少年绘

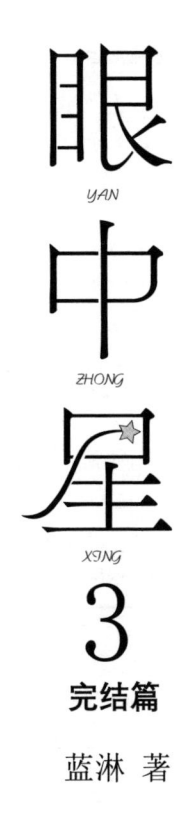

眼中星 3
完结篇

蓝淋 著

长江出版社

图书在版编目(CIP)数据

眼中星，3，完结篇 / 蓝淋著 .— 武汉：长江出版社，2024.10.--ISBN 978-7-5492-9557-9

I.I247.5

中国国家版本馆 CIP 数据核字第 20240GW760 号

眼中星，3，完结篇 / 蓝淋 著
YANZHONG XING，3

出　　版	长江出版社
	（武汉市解放大道 1863 号　邮政编码：430010）
市场发行	长江出版社发行部
网　　址	http://www.cjpress.cn
责任编辑	陈辉
印　　刷	北京盛通印刷股份有限公司
	（地址：北京市大兴区亦庄经济技术开发区经海三路 18 号）
版　　次	2024 年 10 月第 1 版
印　　次	2024 年 10 月第 1 次印刷
开　　本	880mm×1230mm 1/32
印　　张	8
字　　数	220 千字
书　　号	ISBN 978-7-5492-9557-9
定　　价	42.80 元

版权所有，侵权必究。如有质量问题，请与本社联系退换。
电话：027-82926557（总编室）027-82926806（市场营销部）

每个人都有一颗属于自己的星星。

CONTENTS

第 1 章
001

第 2 章
010

第 3 章
016

第 4 章
020

第 5 章
027

第 6 章
037

第 7 章
045

第 8 章
057

第 9 章
064

第 10 章
073

第 11 章
083

第 12 章
098

第 13 章
104

第 14 章
114

第 15 章
119

第 16 章
127

第 17 章
137

第 18 章
143

第 19 章
147

第 20 章
158

第 21 章
165

第 22 章
175

第 23 章
189

第 24 章
198

第 25 章
212

第 26 章
220

第 27 章
226

第 28 章
234

番　外
237

全新番外·暗涌
239

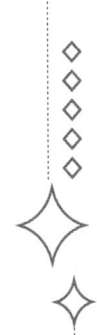

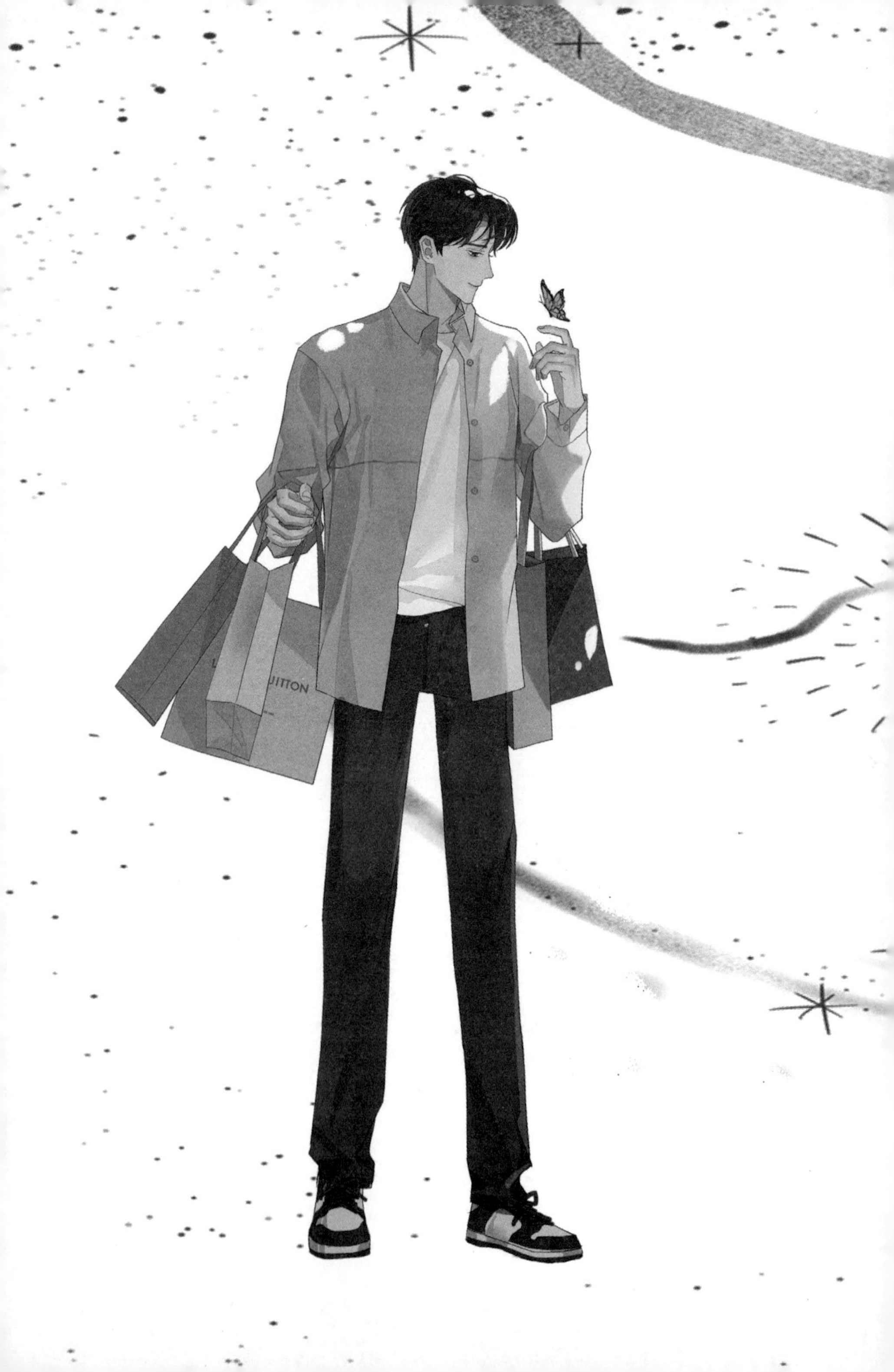
UITTON

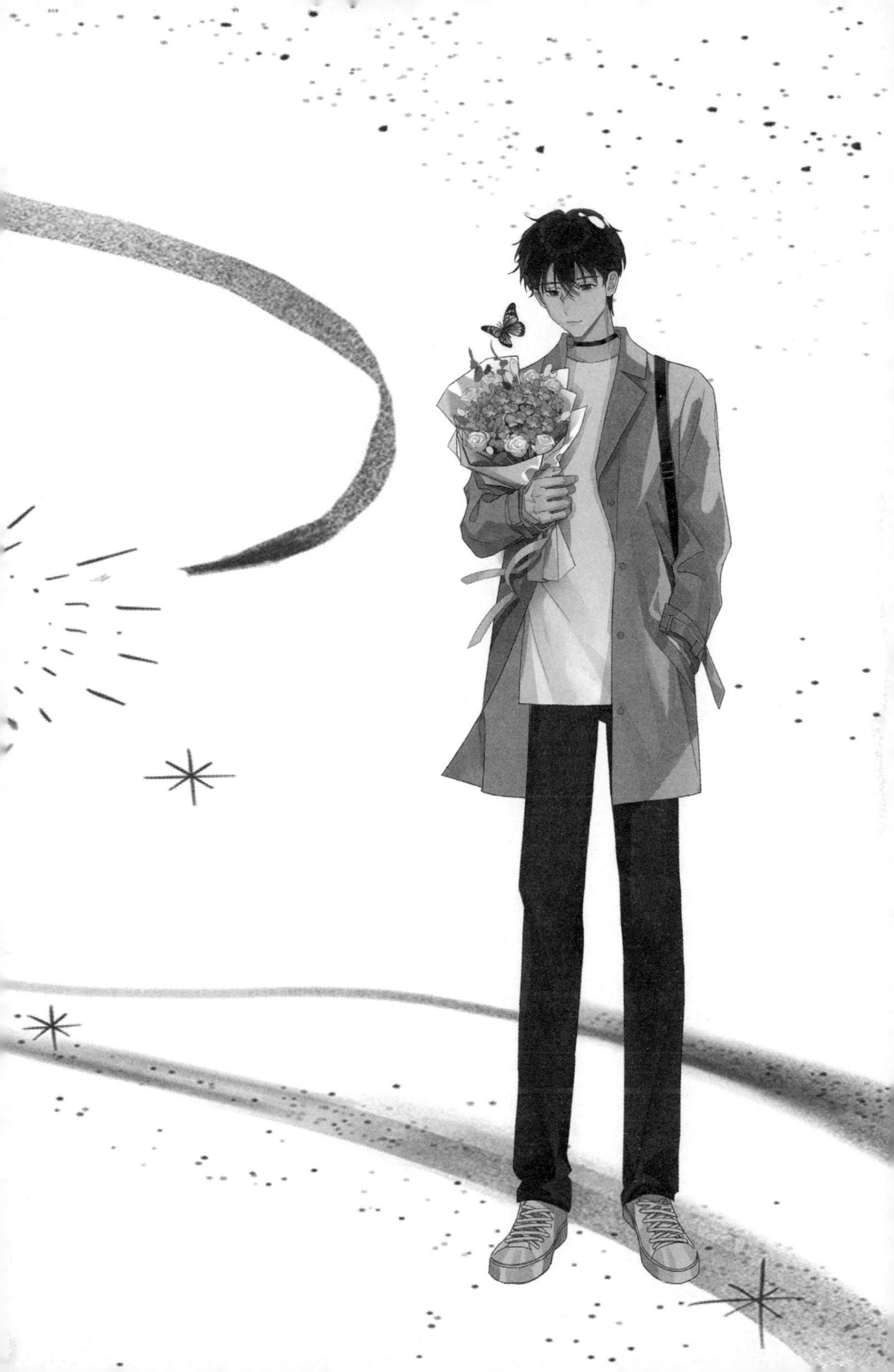

你是说那颗星星吗?
它早已经坠落过了，变成一块臭石头。
是你找到它，把它捡起来了。
从此以后，它就是你一个人的星星了。

第1章

纪承彦和贺佑铭的这一场对决，最终到底会被剪辑成什么样，纪承彦虽然自己不操心，但是有人操心。

过了一阵子，他就收到李苏的消息。

"我看过剪出来的版本了，绝不能这么播，都快把你剪成神经病了，各种断章取义移花接木，照这个版本播，你赢了也白赢，讨不到什么好。"

纪承彦差点笑了，说："贺佑铭还真幽默。"

黎景桐问："什么事？"

纪承彦给他看手机，他把头伸过来的时候，刚好李苏又发了消息过来。

"需要我帮忙吗？"

黎景桐立刻说："不用麻烦他，这点小事，我这边处理就行了。"

"嗯……"

黎景桐叮嘱道："你记得拒绝他哦！"

纪承彦于是回复："多谢，这就先不用大佬出手了，这点事我能行。"

李苏又回了个猫的动图表情。

黎景桐望着他，道："李苏还是很热心的。"

纪承彦半晌才说："是呢，别看他那样，其实面冷心热，是挺好的一孩子。"

黎景桐心不在焉道："是啊。"

顿了一顿，他又说："有机会我得谢谢李苏。"

"这么客气的吗？"

黎景桐说："他帮了你，我当然要谢他啊。"

纪承彦突然觉得他十分热情好客。

"怎么，又要送签名周边吗？"

回想起当时李苏收到那一大堆周边的反应，似乎也不是特别高兴，纪承彦觉得大概是因为李苏作为"资深粉"，这些家里也不缺。

黎景桐看了他一眼："可能会请他一起吃顿饭吧。"

纪承彦道："哟，挺好，这个可以有。"

想想上次一起吃饭的机会还是李苏力争得来的呢，这回黎景桐主动请吃饭，不得把李苏美上天去了啊。

然后华信这边火速联系水果台，用实力证明了瞎剪谁都会。经过一通拉锯，在剪辑师想掀电脑不干之前终于敲定了正式版本。

这一期最后播出来的时候，成片效果很不错，没什么幺蛾子，至少真实还原了当时的表演现场。

普罗大众对此的评价就没有评审们那么温柔了，网上迅速出现了大量的段子、截图和表情包，许多营销号转发不停。

双方粉丝又开始争吵，虽然纪承彦的粉丝在嘲讽这件事上还不是特别高明，未必占上风，但这回许多路人观众也表达了他们的失望。

"贺佑铭这演的啥啊？"

"我怎么觉得比他以往的水平都不如啊。"

"有点失望啊，这里夏钊成应该让人觉得阴冷，可是他的表现完全浮于表面，只有无休止的咆哮。"

"他的狠毒是全靠咬合肌跟鼻孔了吧。"

"真的，这段本来挺悲情的，结果我都快给他的鼻孔逗笑了。"

"说好的反面角色更有发挥空间呢？"

"反派是有发挥空间，可惜他自己没啥可发挥的啊，哈哈哈。"

"唉，真可惜，年轻时候还是挺喜欢他的，至少颜值在线，今晚看他的样子，怎么已经有点油腻中年人的苗头了。"

"是啊，我看他现在只混迹于各种捞钱制作，也不好好揣摩角色了，说穿了就是不敬业。"

"本来就没天赋，偏偏还自负，不用心。"

"说实话，虽然名气大，可我一直觉得他的作品和名气是不相配的。以前就不太够得上，现在就差得更远了。"

"前些年过于顺利，他已经失去了努力向上的动力了吧？"

"他早就没有那种对待艺术该有的态度了。"

"肯努力的话，还是有救的。你看纪胖吧，本来都残成那样了，现在颜值多能打啊。"

纪承彦："……"

这些批评暂且不表，连杨晗的粉丝也幸灾乐祸地来群嘲了。

不仅视频网站的弹幕一边倒说"杨晗演得更好""这个夏钊成真是分分钟出戏""幸好当时电影不是贺佑铭演的"，还把贺佑铭和杨晗饰演的夏钊成拿来对比，做了大量的二人对比集锦。

"放在一起真是没法看啊。"

"我都有点心疼贺佑铭了，哈哈哈。"

其实舞台剧和电影拿来对比是不公平的，但是现在观众都要求很高，可怜贺佑铭，虽有自家粉丝在维护，但是目前的议论几乎都不利于他。

而被媒体采访问及感想时，他还只能风度翩翩地笑道："没有什么可比性，都是很好的演员。"

选角有争议也就罢了，偏偏原作本身的角色争议就很大，当年也在圈内掀起了一波讨论。

这回话题再起，粉丝们再次就原作当中夏钊成到底是不是个吃里爬外的汉奸进行了热烈的讨论，一个不相干的游戏论坛里都能就此谈出上千层楼来。

如此多角度、多维度的讨论，当真热闹非凡，话题度之高令《逆鳞》的制片方喜笑颜开，毕竟给纪承彦炒足了热度。

纪承彦只能感慨现在的网民们精力真充沛，这简直一天什么事也不用干就光上网"吃瓜"了啊。

不过纪承彦也无心关注这些，他开始忙起来，因为《逆鳞》之前已经定档，即将在近日播出了。

纪承彦觉得自己算运气很好了，这部剧的一切流程都很顺利，一下子就定档了。说起来容易，其实少有这样一帆风顺的，随便一个环节都能卡很久。

大家聚在一起吃饭的时候，对于他的感慨，制片人一脸高深莫测地说："有李苏在就是不一样，李苏是我们的吉祥物啊。"

"……"

说话间，该"吉祥物"正好从门外进来，两人四目相对，李苏说："干吗？"

纪承彦还挺意外的，李苏不爱应酬，永远都一副"我没什么好跟你们聊的"的表情，现在外面还下着大雨，这种可来可不来的饭局，他能出现，实属难得。

大家也纷纷打招呼："李苏来啦。"

"很给梁哥面子啊。"

李苏没去制片人梁哥身边，倒在纪承彦旁边坐下。纪承彦给他倒饮料："喝果汁？"

李苏看了他一眼："喝什么果汁，我又不是小孩子了，给我酒。"

"……"

作为不得不开始养生泡枸杞的中年人，他可真羡慕这种喜欢强行装大人的小屁孩。

李苏说："刚我遇到刘晨了，他还跟我寒暄来着。"

"哦？"

"他说是不好意思，发布会跟我们撞了时间，还抢了我们的场地。"

大家都不约而同地露出了玩味的表情。

刘晨的新剧将同期在另一家大电视台播出，题材、阵容、受众、档期，都跟《逆鳞》完全撞上了，可以说是十分巧合了。

> 第1章

当初刘晨想演林逆而不可得，算是受了天大的委屈，映星也很给力，迅速为他揽下了另外一部大制作《昆仑志》。无论IP本身，还是制作阵容，都不比《逆鳞》逊色，甚至噱头更胜一筹，可谓是扬眉吐气了。

这让纪承彦都不由得觉得，当时贺佑铭说资方偏宠刘晨，搞不好倒是句真话。

毕竟刘晨这资源有点太好了，甚至有点压过贺佑铭的风头，不像是贺佑铭愿意替他争取来的。

贺佑铭也不肯作配给他"抬咖"，只友情出演一个高风亮节的传说级人物，并担任联合制片人。

而后这两部剧的制作和宣传都几乎同步，憋着劲赛跑一般，《昆仑志》什么都要稍压一头，颇有要一较高低，处处打《逆鳞》脸的意思。

从前期的声势来看，《昆仑志》确实是更强势一些，大牌云集，经费也足。

反观《逆鳞》，最大的流量担当就是李苏了，除了纪承彦这条半红不黑的老"咸鱼"之外，其他动用的多是名不见经传的新人，宣发费用也没那么高。

网上的风也是吹《昆仑志》的多，前期曝光的片花确实挺精彩，实地取景也都拍得十分高大上。

饭桌上聊起来，纪承彦也打开微博，用流量看了一段，顿时觉得经费在燃烧。

纪承彦不禁感慨："太有钱了！"

"妈呀，这镜头，啧啧啧……"

"这人家剧组的盒饭该吃得有多好啊……"

李苏翻了个扎实的大白眼，说："又不是砸的钱越多效果就越好。"

纪承彦知道李苏老早就跟刘晨互相看不顺眼。

虽然说李苏基本上看谁都不顺眼，但对刘晨又更严重一点，甚至比对简清晨更严重。

简清晨的粉丝固然跟李苏家的不和，但他本人还是很内敛的，性格也好，除了业务能力差之外，没什么"黑点"。而且简清晨对自己的演技是有自知之明的，还挺自卑，顶多就像班上成绩不好但受宠的差生一样。

刘晨的话，演技是比简清晨强得多，可又入不了李苏的法眼，在李苏眼里他很有点半壶响叮当的意思。

李苏自然是很看不上这种自视甚高的年轻人的，何况演艺圈这一亩三分地里，他俩严重撞型，被拿来比较使粉丝之间的讨论比之前的更热烈。

纪承彦一直觉得，李苏之所以会突然杀出来参演《逆鳞》，抢下瞿远熙这一角，多半也是因为刘晨有意向的缘故。

不然怎么会毫无预兆地跳出来，还甘当男二呢。毕竟那时候李苏手里还有几个剧的男一可选。

在一波龙争虎斗的宣传过后，两部剧终于在同一天于两大强台上档，打起了擂台。

这晚黎景桐来他家吃饭，纪承彦特意让阿姨做了几个正经菜。

做了鲍汁捞饭，清蒸了一条龙胆石斑，连一公斤四百多的缅甸大虎虾都买了，一公斤才四只！用黄油蒜蓉爆香煎过以后，淋上热油，撒点黑胡椒粉，香得让人把持不住。

然而黎景桐一副魂不守舍的样子，完全不为所动，可以说是很不尊重这虾了。

"都放凉了，你是不喜欢吃吗？"纪承彦问，"这肉质特别好，火候恰到好处，鲜嫩多汁，不吃可惜啊。"

黎景桐一脸紧绷地说："我现在不太吃得下……"

"怎么了？"

"你的戏今晚开播啊！"

纪承彦道："那又怎么了？待会儿看就行了嘛，又不用你上去演。你是见过大风大浪的人了，这还紧张？"

黎景桐诚实道："每次你的新戏新节目开播，我都很紧张啊！"

转头他又跟家政阿姨卖萌道："阿姨，回去记得看××台的《逆鳞》哦，八点钟黄金档！"

阿姨十分给面子回答道："要的，要的。"

"还要请你朋友的亲戚，亲戚的朋友，也都一起收看啊！锁定八点××台，不见不散！"

纪承彦："……"

不管什么身份，粉丝拉起票来都是一个样的。

片头曲一出来，黎景桐就在电视前面正襟危坐，目不斜视。

纪承彦十分心疼他的高级食材，问："这个鲍鱼和虾，你真的不吃吗？八头鲍呢，不吃我吃了啊。"

黎景桐神色肃穆地竖起手指，"嘘！"

"……"

纪承彦边吃边看，之前他已经看过一部分粗剪了，没什么好奇心，现在对着65寸曲面屏幕上的自己，他只有一个感想："现在这屏幕也太显胖了吧！"

比起早已了然于心的剧情和自己那被屏幕无情放大的脸，他觉得还是看黎景桐的表情比较有趣。

黎景桐私下的模样十分休闲，有点他这种年龄的孩子气，穿个简单的宽领T恤，最近头发长了，为了造型不能剪，就扎了一个小辫在脑后，刘海全梳起来，露出光洁饱满的额头，有种"我好看我怎么折腾都行"的随性。

他也确实有镇得住任何打扮的资本，完全不需要上妆，皮肤状态好得很，还有立体分明的五官。就这么毫不修饰地在那坐着，纪承彦也觉得他比屏幕上经过各种造型打光后期的自己好看得多。

黎景桐看剧看得聚精会神，时而紧张，时而放松，时而愤怒，时而微笑，时而眉头紧锁，时而神情悲愤，戏简直不要太多。

广告时间里，他便发出各种土拨鼠似的尖叫："啊啊，好好看！

"前辈你真的帅爆了！

"我要吹爆林逆！"

第二集开始，李苏也出现了。

瞿远熙出场的第一个长镜头可谓惊艳，比林逆帅出十里地。男二是拿来爱的，这果然是颠扑不破的真理。

纪承彦边啃着饭后水果，边欣慰道："哇，扮相挺好的啊，这孩子很上镜。"

黎景桐："……"

看了一阵，黎景桐突然说："原作中，这里的台词是这样的吗？"

纪承彦道："对啊，编剧改了一点，基本上差不多吧。"

原作者余弃自己也参与了编剧，严格把关尽量还原，不会出现剧情魔改的情况。

纪承彦问："怎么了吗？这段有什么问题？"

黎景桐说："……也没什么。就是有点怪。"

"有什么想法就说嘛。当局者迷，我们还是要多听听观众的真实意见。"

闷了半晌，黎景桐才终于说："之前我看这套小说的时候，没觉得林逆跟瞿远熙有这么熟啊。"

"总感觉有点说不上来的奇怪……"黎景桐说。

纪承彦于是陷入了沉思。

青年有些沮丧，低下了头："抱歉，是我想太多了。"

"过分解读，不是一个好的观众该做的事，"青年反省道，"作为你的'忠粉'，更不该这样毫无依据地质疑你的表演。不管出于什么样的私心，我都不该对你的专业表现有不专业的想法。"

"……"纪承彦只得说，"你这检讨还挺到位。"

"嗯……"

第二天首日的收视率出来，《逆鳞》低于《昆仑志》。

纪承彦吃着早餐，坦然地问："怎么了？我们的成绩也很好了呀，干吗非得跟它比？难道我考了90分，别人家的孩子考了95分，我就不优秀吗？"

"但我觉得《逆鳞》成绩应该更好才对啊。"

纪承彦不争上游："哪里，人家钱都花得比我们多，收视高点也合理嘛。"

黎景桐依旧眉头深锁，一脸不甘，快把手机屏幕瞪穿了。

纪承彦道："你可千万别去帮我们刷收视啊。"

"但是……"

"之前那个《银狼》，你的钱花得还算值，毕竟王文东他们太穷了，草台班子，一点像样的宣发都做不起来。"纪承彦说，"可现在这个是正规军了，一切都安排规划得明明白白的，团队宣发也做得挺好，完全没问题，这不就够了吗？你别瞎操心。"

"也对，"情绪过去了，黎景桐找回理智，握拳道，"这才只是刚开始，后面《逆鳞》的势头一定会很好，不需要我做什么也能赢！"

纪承彦这么云淡风轻，看轻输赢，别人却没有这么"佛系"了。

这段时间明争暗斗，早已经来回掐了不少回合，大家都憋足了劲，只苦于没有"实锤"可供发挥。

数据一出来，对面的粉丝顿时陷入狂欢，冷嘲热讽蜂拥而至。

第 2 章

纪承彦单排了一局游戏,被打得找不着北,还给野排的队友骂得狗血淋头,灰溜溜地退出来,见李苏正一脸阴沉地猛按手机,便问:"怎么啦?"

李苏面色不善道:"这些水军太嚣张。"

"哦,就让他们高兴一下嘛,我们又不掉肉。"

李苏噼里啪啦一通狂按,说:"掉肉了,他们影响我心情了。"

"别理他们嘛,"纪承彦诚恳地提出诉求,"不如带我玩两局游戏啊,大佬。"

李苏还是意难平:"拍得那么烂,收视率凭什么比我们高?"

纪承彦说:"烂不烂是主观的事,客观来说,人家那么多大牌捧一个刘晨,咱这里,靠你一个王者带我们这群青铜,让他们赢一点不是理所当然的吗?我刚才那局才叫惨,被打得……"

"……"李苏道,"你就这点出息啊?让你看看什么才是大佬。"

打了一会儿游戏,李苏说:"不行,还是不爽,我咽不下这口气。"

纪承彦说:"你本来觉得自己得到的还挺多的,可是一看别人,凭啥他们能得到更多?是这种感觉吗?

"这圈子就是容易让人迷失自我,"纪承彦道,"各种各样浮夸的人与事,大数据唾手可得,让你觉得自己的成绩似乎不值一提,永远焦灼、急躁。

"其实你静下心来想想,这个成绩算差吗?

"这个收视率对得起我们的努力了,网上的评分也不错,有什么好烦心的呢?猫有猫路,狗有狗道,跟他们比啥啊?从始至终就是他们想跟我们比,一路跟着拱着,我们不接这个招不行吗?"

纪承彦伸出手来,轻拍一拍他胸口:"这里,要镇定一点。"

李苏:"……"

两人对视了一会儿,李苏道:"说实话,非要跟他们一较高低的话,你有信心吗?"

纪承彦哭笑不得地问:"还得比啊?"

李苏"哼"了一声说:"就要比。"

"好吧,"纪承彦想了想,"我觉得吧,单论主角演技的话,我们还是略胜一筹的。"

李苏挑起眉:"略胜一筹?你开什么玩笑?"

"啊?"

"你比刘晨要强出十个贺佑铭,好吗。"

大约是承黎景桐和李苏的吉言,从播出数集之后的反响来看,《逆鳞》的各项数据都稳定上升。

在没有刻意控评的情况下,自发的讨论度和网站评分都开始显示出它的良好口碑。这也意味着,除书粉演员粉之外,它还吸引到了不少路人的好感。

大家都挺高兴。

这部剧从剧本到演员,对原作的还原程度都很高,虽说不可能百分百照着原书来,但修改得巧妙合理,保留精髓,又不伤筋动骨。所以在满足书粉的预期这方面,可以说是没多少问题。

一度担心的主创们会不会当局者迷,令它只成为圈地自萌、孤芳自赏的作品,仅限于粉丝内部的狂欢,而一般人并不买账。

现在来自粉丝圈之外的认可,于他们而言,算是对这部作品相当大的肯定了。

李苏又在狂刷网络评论。

纪承彦看他时而咬牙切齿，时而神色舒展，觉得挺好笑的："这么在意啊？"

李苏这么患得患失，他是头一次见。之前那部网大《银狼》，作为李苏正式担纲男主的首部作品，李苏当时也满脸的无所谓，一副"扑了肯定不是我的锅"的高冷面孔，连水军都懒得买，然而这会儿都学会亲自下场跟人对峙了。

李苏一边"啪啪啪"地戳着手机屏幕，一边恶狠狠道："我这还不是为你操心？"

纪承彦这一枪中得不明所以："啥？我吗？"

"这部剧的成绩如何，影响最大的人不就是你吗？你能不能咸鱼翻身就在此一举了。"

"啊？"

李苏看了他一眼，道："你想想，你这十年来有过一部挑大梁的爆款作品吗？"

他这打酱油的十年里还真的没有。

李苏傲然道："我不一样，我可是有的。"

他竟无法反驳。

"所以这部你得红，知道吗？"李苏一脸恨铁不成钢的样子，"不然你就没有下一次机会了。"

纪承彦说："哇，原来你这么关心我的吗，大佬？"

李苏道："我才没有！"

而后又说："只是输给一个不红的过气老艺人，会让我很没面子，知道吗？"

前几天他们一起录制了《天生演技派》的总决赛，他击败了李苏，拿到冠军。

纪承彦笑道："好的，我会努力红起来的。为了你输给我也能很有面子。"

李苏安静了一刻，说："你就不能说点好听的吗？"

纪承彦震惊了，这人居然有立场嫌别人说话不够好听？

这边《逆鳞》的粉丝们看物料看得一片欢腾，那厢《昆仑志》的观众尤其是原著粉丝，追了几集之后开始发现走势不对了，剧情和原作差得太多，角色个性也对不上号。

愤怒的书粉们蜂拥而上，把编剧骂得不成人形。

纪承彦真挺同情那些编剧的。其实在资方压力之下，名编剧也未必能有什么发言权。就算内心觉得甲方是傻子，脸上也只能笑嘻嘻。改到吐血，改到住院，都是常规操作，剧拍出来不讨喜，心里窝着一口气，锅也只能接着。

《昆仑志》的女主是柳芷依，出道以来一直声势浩大，豪气冲天。部部大制作，部部大扑街，部部大血亏，然而依旧初心不改，坚持只演大制作的女主，这种坚韧的精神甚是感人。

她背后的投资人不缺钱，所以拍摄经费这么宽裕。

但投资人是圈外人，不懂观众喜欢看什么，只把一些自己觉得好的东西往里面加，所以《昆仑志》就从一部架构宏大、家国天下的热血巨作，硬生生变成了围着女主过家家的言情"玛丽苏"的故事。

本着尊重对手的精神，纪承彦也认真地充钱购买了某独播平台的会员，观看到最新一集。

而后感受到了这部戏对自己精神的强烈摧残。

黎景桐对着电脑屏幕，幽幽道："天哪，她真的'不辱使命'……"

"嗯？"

"严格地做到了演什么扑什么，毁了一部又毁一部。"

纪承彦说："其实能这样的人也不多……"

柳芷依挺漂亮的，据说人也不坏，看得出她在努力地演，但她的演技和改得不明所以的剧情真是令人难受。

"可惜了这本好小说。"

他们是在网播平台上看的，黎景桐喜欢这样，主要是因为可以配合弹幕使用，风味更佳。

果然满屏弹幕飘过，书粉的愤怒滔滔不绝。

"小说铁粉表示翘首盼了十年，还没看完十集就看不下去了。"

"瞎改注水的套路能不能别玩了啊？感情线还这么狗血。"

"我就奇怪了，原作里那么多美好的女性，拍出来除了女主之外，其他的女角色为什么个个都像反派？"

"对啊，明明是那么白富美的师姐，成了成天只会吃醋斗狠的'绿茶'。"

"主要是刘晨跟柳芷侬这两个人毫无感觉啊，硬凑一块儿的吗？看他们谈恋爱我都尴尬死了。"

"就算有感觉我也不想看他们谈情说爱好吗？"

路人观众也觉得这故事看起来怪怪的。

"我是新来的，我想问问，这戏最精彩的部分是不是女主和女二吵架啊？"

"这集是不是在逗我，占昆仑是恋爱脑吗？什么都爱情至上？为了爱情欺师灭祖？"

"简直'辣'眼睛，这段差点没忍住。"

黎景桐："哈哈哈哈哈哈哈。"

纪承彦看得，都有点同情刘晨了。

严格来说这剧难看，并不是刘晨的锅，甚至他多半也身不由己。

虽然身为当红流量小生，加上映星撑腰，他有一定的发言权，但他的权利只在于维护自己的戏份和利益。但他对女主那边，没有任何办法干预。

柳芷侬的团队想怎么操作，只要不影响他大男主的地位，就没有他指手画脚的余地。

原本冲冠一怒为家国，现在冲冠一怒为红颜，在投资人的心中似乎也差得不是很多，他如果执意不演，那也有点说不过去。

纪承彦说："其实刘晨的部分还是不错的。演技比之前有进步，看得出也挺努力。只是这剧的硬伤，不是他认真演就能拯救得了的。"

黎景桐笑道:"前辈你太客气了,他能拯救什么啊?演得也就那样,只不过他的参照物是柳芷侬,被柳芷侬衬托得演技非凡罢了。你看青龙台上那段独白,原文里何等霸气何等澎湃,他演出来多尴尬。"

纪承彦想了想,道:"跟剧组也有关系,连廖正伟这样的老戏骨都发挥不出来,大家的整体表现应该都是低于预期的。"

"求仁得仁,他走捷径,就要做好心理准备啊。"黎景桐说,"要不是柳芷侬,哪来这么大的制作能空着男主的位置?换成是我,一听说有柳芷侬在我就不会接了。明知山有虎,偏向虎山行,图的什么?他既然做出了选择,那就得承受选择的后果。"

纪承彦看着他,说:"你倒挺通透的啊。"

黎景桐说:"看他们挨骂,你好像不是很开心的样子?"

"有点兔死狐悲吧?"纪承彦道,"一部戏拍出来,花了那么多时间,投入那么多资金,那么多人的心血,得不到预期的回报,总是令人伤感的。"

黎景桐望着他,像是叹了口气:"前辈你知不知道,你这种永远都不会得意忘形,永远都温和的样子,也是你吸粉的地方。"

"……"

"我们来看《逆鳞》吧!"

他们的时间没办法追直播,黎景桐坚持要先看完《昆仑志》再看《逆鳞》,理由是当然要先吃苦的再吃糖,反过来的话人生就没盼头了。

纪承彦立刻说:"啊,有点晚了,要不你回去看吧?"

青年有些失望:"哎?还想等你一起看来着……"

"我今天太累,得早些睡,两集看下来时间有点太长了。"

青年道:"好,那你先好好休息吧。"

送走黎景桐,纪承彦才回到电脑前,鬼鬼祟祟地点开视频。

他今天刷微博的时候看到一些评论,让他有种不祥的预感呢。

第 3 章

今天播的这两集里，林逆跟瞿远熙互动的戏份有点多。

这在某些观众敏锐的眼里和大开的脑洞里，多半又是好素材。

被观众解读成这样，他觉得他只能怪余弃了。余弃这人估计也是没谈过恋爱，过着工科死宅一般干巴巴的单身狗日子，压根就撒不出狗粮。

女主固然挺可爱——源于他灰暗的人生中大概确实出现过温柔可爱的女性——但男主的感情线硬得跟什么似的，是这故事里最不精彩的部分。

"……"

纪承彦第一次觉得他有必要花钱买点水军，控一下评了。

幸好他第二天大早就要跟组出外景，跑到国外去录志哥那档节目的最新一季了，不用亲自面对黎景桐。

节目第二季的嘉宾阵容有了一些变动，但他和李苏都会继续参与录制。

要说起来，因为这样那样的缘故，他可以算是李苏出道以来合作最多的艺人之一了，又因为《逆鳞》上映的宣传需要，两人抬头不见低头见的，培养出了相当的默契。

这次来东京拍摄，旺季酒店不好定，权衡之下，制作组对女星们比较优待，男明星就两个人一间房，顺理成章地把他跟李苏安排在一起——志哥的节目一贯是这种抠门做派，纪承彦已经习惯了。

以前他总跟浩呆一间，现在浩呆换成李苏，感觉已经是质的飞跃了。

　　第一日抵达，待得入住酒店的手续办理好，已是傍晚，大家探讨熟悉了一下流程，出去溜达一下拍了些花絮。

　　晚上回酒店休息，纪承彦闲下来，又心惊胆战地看了一眼微博，发现他买的营销号和水军都太没战斗力了，虽然发了一些试图把注意力拉回女主身上的言论，然而势单力薄，不仅没引起共鸣，还一下子就被冲没影了。

　　偏偏制片人梁哥还在群里喜笑颜开地说："哎呀，你看你俩，不用花钱就能上热搜了！带动了整个剧的热度！"

　　纪承彦笑不出来。

　　大家纷纷表示了热烈的喜悦之情，纪承彦说："呵呵。"

　　而李苏一个字也没有，只随波逐流地发了个比大拇指的表情。

　　纪承彦无话可说，抬头看了看李苏，对方也正坐在旁边刷手机。

　　"干吗呢？"他凑过去看了看页面，"怎么，还在看《昆仑志》的评论啊？"

　　"嗯。"

　　"骂的人已经挺多了，咱就不凑那个热闹了吧。老盯着这个没意思。"

　　李苏看了他一眼，道："你这人真的挺无趣的。"

　　纪承彦讪讪，就见得李苏的小号打了一行字："大家也别骂《昆仑志》了吧。"

　　纪承彦不由肃然起敬，原来是自己小人之心了，看不出来李苏这么仁慈。

　　而后李苏继续输入："就让它默默地沉寂吧，不要激起一点水花。"

　　"……"

　　李苏倒也真换了个软件，开始刷别的，刷着刷着就开始大皱其眉："什么玩意儿啊？这关简清晨什么事？"

　　纪承彦说："哈哈。"

　　这他今天也看见了，一部分粉丝觉得李苏跟简清晨本来玩得很

好，因为纪承彦的出现两人变得生疏了。

这种事情以前也反复上演过几次，纪承彦倒无所谓，还有点佩服这些粉丝的坚韧。随着李苏和简清晨各自事业发展，两人再无交集。

其实简清晨也转发过他宣传《逆鳞》的微博，并给了高度评价。当然是完全没有粉丝脑补出来的那种不甘情绪。

但那条微博底下高赞的评论居然是一水儿的"心疼"，仿佛简清晨是大度的代表，在忍痛装若无其事。

纪承彦看了一圈，觉得趣味横生，又哭笑不得。

只能说人类的本能，让大家只看得到自己想看到的东西，只往自己愿意解读的方向去解读。

李苏刷了一会儿，脸色越来越臭，甚是烦躁，然后又换号亲自去评论。

纪承彦："……"这个套路跟黎景桐一样一样的。

为了不抢浴室，纪承彦先去洗了个澡，出来发现李苏还在沉迷刷评论中不能自拔。

纪承彦怕他上火，忙劝："哎，那些言论别当回事，她们玩她们的罢了，自娱自乐嘛。"

"自娱自乐跑来我微博底下留什么言啊？"

"你别看了，实在不高兴就眼不见为净。我们这一行，对评论睁一眼闭一眼还不是基本要求？"

李苏说："服了，怎么就提到简清晨了呢？！"

"粉丝都擅长幻想。你看他们把我俩想成已经认识十几年的好友，"纪承彦安慰他，"其实你跟我又有啥关系啊。"

李苏："……"

他的安抚似乎不到位，李苏的心情并没有变好的样子。

"去洗个澡，然后早点睡吧，明天一大早就得起来了，休息得不好也影响情绪，"纪承彦诚心建议道，"温泉浴池你可以泡一泡，还有薰衣草精油呢，舒压解乏！"

　　李苏看了他一眼，面无表情地走开了。

第4章

　　李苏这澡还真洗得有点久，大约是听取了他的建议，正在混着精油，舒服地泡澡吧。

　　趁着四下无人，纪承彦又小心翼翼地了解了一下高级点的水军的价格。

　　营销公司的报价令他虎躯一震，这年头想稍微扭转一下舆论的成本实在也太高昂了吧。

　　正为自己的血汗钱痛心疾首，突然收到黎景桐发来的消息。

　　"前辈休息了吗？"

　　纪承彦有种差生终于被查到作业的感觉，但还是硬着头皮回道："还没呢。"

　　"那，有时间视频聊天吗？"配上纯洁的"星星眼"和柴犬表情。

　　纪承彦打开了特意带来的笔记本电脑——他觉得电脑上视频聊天的效果比手机好点，毕竟对面的影像可以比较大一些，而且不用一直在眼前傻举着，让黎景桐看他被无限放大的脑门。

　　连接好之后，他便看见青年微笑的脸。

　　纪承彦不由得暗自评估他这个微笑有几分诚意。

　　和他四目相对，黎景桐的眼睛开始发亮："哎？前辈是刚洗完澡吗？"

　　"嗯哪。"

　　"今天还好吗？累不累？"

　　"挺好的，吃得也不错，"纪承彦说，"今天公费吃了和牛呢！"

"对了，你看了今天的话题热度榜没？前十名里，《逆鳞》的话题就占了两个。人物榜你和李苏一个第五一个第六，"黎景桐道，"各大平台都在刷你们，我觉得这回你们是真的要爆了。"

纪承彦干笑道："啊哈哈，是吗，没有留意呢……"

"你都不关心这些数据吗？"黎景桐道，"也太'佛系'了吧，我找点评论给你看看。"

纪承彦忙阻止了他，说："有啊，我也有看大家反馈的！"

纪承彦小心地向着镜头展示了他筛选过的评论，都是些针对他个人的赞美之词。

"我胖的声音真心好！"

"突然感受到了纪胖的'颜值'。"

"黎景桐不说自己当年是他的粉吗？我现在完全可以理解了。"

"身材比例也很好啊。"

"真的特别好看啊，他那双眼睛。"

"是个睫毛精没错了！"

黎景桐像是GET（感知）到了他溢出屏幕的求生欲，忍不住笑了："挺好的呀。"

"嗯。"

"你不用担心，我已经成熟了，不会被那些舆论所影响的，更不会再幼稚到试图去限制你的表演、你的发挥，"黎景桐说，"虽然以前难免觉得三人成虎，会有点情绪，但现在不一样啦。"

黎景桐微笑道："比起网络上的虚名，当然是实际上得到的东西更重要啊……"

正说着，黎景桐的表情突然僵硬了。

纪承彦看到李苏穿着浴袍，用毛巾擦着头发，大大方方出现在自己的镜头里。

"黎老师好。"

李苏还十分自若地对着屏幕打了个招呼。

纪承彦忙解释道："男嘉宾都是两个人一间的。"

屏幕上黎景桐的面部表情定格了好一会儿。

"喂，喂？能听到吗？"

过了数分钟，定格的黎景桐才终于露出微笑："你好。"

纪承彦说："酒店的信息好像不太好。"

黎景桐笑道："节目组还是这么精打细算啊，还以为换了东家经费能宽裕一点呢。"

"哈哈哈，不精打细算，那经费再多也是不够花的。"他和志哥这些老家伙对开支是很敏感的。

黎景桐道："两个人一个房间会不会很挤？"

"不会，双床的房间，"纪承彦把电脑抱起来，给他参观了一圈室内的布局，"这样比较不影响室友休息。看，房间还挺大的吧。"

待要再聊点什么，屋里有人在，而且还盯着他们看，感觉也不太自在，要延续被打断之前的话题是不可能了，只得漫无边际地瞎扯些有的没的。

而后李苏接二连三地打起了呵欠。

注重室友感受的纪承彦不由得问："哎，你要睡了，是吗？"

李苏道："还好。"接着又漫不经心问："明天我们是五点半就要起吗？"

"是的，"纪承彦于是回头对屏幕里的黎景桐道，"那先不聊了，我们差不多要睡了。"

"……"黎景桐又露出一个网络信号不太好的微笑，"好的，晚安，好好休息。记得锁好门，注意安全。"

"会的，会的。"酒店安保还是很周全的。

很快便收拾好，关了灯，各自睡觉。

酒店的床品很好，躺下去犹如陷进一个令人无法自拔的温柔乡，隔音也好，四下甚是静谧，丝毫无被干扰之忧。

纪承彦沾着枕头，没多一会儿就意识渐渐模糊，困意来袭，随时都能做一个好梦。

倒是号称"睡眠挺好"的李苏，似乎一直在翻来覆去，发出轻微的响动。

纪承彦迷迷糊糊地问："怎么了吗？"

李苏闷闷道："没有……"

"睡不着吗？温度不合适？还是什么？"

李苏说："我想起一个鬼故事。"

纪承彦整个人顿时清醒了。

"……"

"要听吗？"

"……不了吧。"

李苏说："可是我一个人老想着这鬼故事，就睡不着啊。"

纪承彦只得本着"独怕怕不如众怕怕"的精神，开了灯。

"好端端的，想什么鬼故事啊，就不能想点别的吗？"

李苏一脸无辜地坐在床上，也看不出有多害怕，毕竟他的表情本就不多。

极度怕鬼的纪承彦内心郁闷，甚至有点想打人。

但李苏卸下了平日的高冷架势，穿着睡袍顶着一头辗转反侧的乱发，一副单纯的模样，看起来有种动物幼崽般的孩子气。

想一想这家伙的实际年龄，本着慈祥老父亲的心态，他也只能忍着内心对鬼故事的恐惧，慷慨壮烈道："行吧，你说吧！"

李苏慢吞吞道："我想起朋友说过的一件事，一个女生在酒店里想要臭美自拍一番，她开了手机的前置摄像头，奇怪的是，房间里明明只有她一个人，屏幕却出现了许多个人脸的识别框。"

纪承彦："……"

李苏说："我就一直在想，我们要识别一下吗？"

纪承彦立刻说："不了吧！"

李苏道："我还是想看一下，万一呢。"

而后他举起手机，看了一会儿。

纪承彦警惕地观察着他的表情变化，试图从他脸上读出个子丑寅卯来，偏偏他又面无表情。

纪承彦提心吊胆地道:"……看见什么了吗?"

"你自己看不就知道了。"

"……"

李苏坐过来,把手机举到他面前。

纪承彦内心抗拒,但横竖躲也是躲不开了,索性把心一横,看了一眼。

幸运的是,镜头只识别出他们俩,给他们一人配了一个猫耳特效,朝屋里各个角度转了一圈,也并没有其他的识别框。

纪承彦虽说是个虔诚的唯物主义者,此时也终于大大松了口气。

而后猝不及防地获得自拍合照一张。

李苏给了这合照成品一个差评,皱眉道:"你的表情也太僵硬了。"

他还能怎么样啊,这不是在"找鬼"吗,难道还要喜笑颜开、眉飞色舞吗?

李苏说:"我又想起别的故事了。"

"……"这还思如泉涌了啊。

纪承彦说:"那什么,不如你先留着,明天再慢慢分享?"

"可是不说出来我睡不着啊。"

"……"

李苏道:"是小时候我们那里流传的一个故事。有个男的,'劈腿'抛弃了未婚妻,他未婚妻就在半夜十二点穿着红衣红鞋跳楼死了。"

"……"

"这样自杀的人,那定然是要变成厉鬼的。这男的吓得要死,就找了高人求助。"李苏道,"高人帮他算过一番,就教他:'这月某日晚十二点整,回魂之夜,女鬼会来找你寻仇。你找地方躲起来,别让她找到你。只要能躲过这一晚,不让她看见你,此后她就拿你没法子了。'男的害怕了几日,回魂夜终于到了。"

"……"他第一次觉得李苏很适合做鬼话夜谈的主持人。

"这男的一晚上都躲在床底下,不敢动,果然快到十二点的时候,他就听见外面传来奇怪的声音,"李苏低声说,"咚,咚,咚……"

李苏看着他:"你觉得像什么声音?"

纪承彦说:"不……不知道。"

他也不想知道啊!

"咚,咚,咚,像是有人跳着进来。"

"……"

纪承彦不由得一把抓住他的胳膊。

"男的藏在床底下,吓得魂都要没了,大气也不敢出,更不敢往外看。只听得那声音越来越近,咚,咚,咚……

"声音到了床前,停下来。

"他吓得半死,但想起高人说过,只要不让女鬼看见他,就行了。鬼是不会弯腰的,所以他在床下万无一失。

"过了很久,再没动静,他想着女鬼没在床上找着人,应该是走了,就从床底下偷偷往外看了一眼,想确认女鬼还在不在。

"你猜他看到了什么?"

纪承彦颤抖着说:"不……不知道……女鬼还没走吗?她的脚?不过鬼不是没有脚的吗?"

"确实不是脚,"李苏幽幽道,"他未婚妻是跳楼死的,死的时候头朝着下。所以她是倒立着跳进来的。"

纪承彦一个激灵,整个人"嗷"地蹿起来。

李苏笑道:"这么怕啊。"

"……"

什么呀,不是他自己先怕得睡不着吗?

事实证明分享果然是有用的。

李苏把他吓得魂不附体,就犹如将恐惧击鼓传花一般丢出去,自己就一点都不怕了。

李苏神清气爽道:"好了,我要睡了。"

纪承彦神情苦闷,内心复杂:"……"

听完鬼故事以后,他从头到脚、由里到外都处于一种风声鹤唳、惊弓之鸟的状态。

第 5 章

次日起来，纪承彦失魂落魄，神色萎靡。
"你干吗一副睡眠不足的样子？"志哥说，"李苏是做了什么吗？"
纪承彦奇道："你怎么知道？"
袁一骁在边上毫无防备，"噗"地喷了一口茶。
纪承彦说："大半夜的他非得跟我讲鬼故事，还讲了两个！"
"……"
顶着黑眼圈的纪承彦生无可恋："真是要命了。"
一行人浩浩荡荡驱车到了拍摄地点，这期节目他和李苏被分配到对立的队伍里。
毕竟上一季他们同队的"梗"用得太多，怕套路太旧会让观众失去新鲜感。
抱不上李苏的大腿，纪承彦全程都表现得甚是哀怨，冲着摄像机镜头表达了无数次对李苏大佬的怀念。
实际上没有了竞技游戏达人和吉祥物李苏的加持，纪承彦所在的这一队果不其然地输了。
上天确实是小气的。
给了他那么一点演戏和唱歌的才华，就残忍地剥夺了他抽签方面的天赋。
但凡要抽签、掷骰子来决定下一步游戏的选择或者资源，他总能摸到最糟的那一种。
可以说是"黑手"附体，倒霉到底了。

袁一骁一声叹息："你这个水平，带不动带不起啊，真得要李苏那样的'欧皇'才带得了你！"

纪承彦恬不知耻："居然不能带我躺赢，经不起我这种试金石的考验，算什么'大腿'！"

午饭时间，胜利的组可以享受丰盛的美食，失败的一组只能在旁边眼巴巴看着，期待着偶尔的"投喂"。

李苏突然夹起一筷子鸭胸肉问："谁要吃？"

纪承彦以迅雷不及掩耳之速冲过去一口叼走。

失败那组的众人齐声感慨："天啦，纪哥，你要是刚才能有这速度，我们也输不了啊！"

志哥也慷慨地捐献出一只炸虾，袁一骁力挫众敌，一口咬走，表情顿时精彩异常。

他一手捂胸一手捂嘴，半天才以一种"这虾有毒"的表情，颤抖着说："里面……有芥末……"

众人发出同情之声："哈哈哈哈哈。"

在这充满"尔虞我诈"的餐桌上，纪承彦表现出了超常水准的速度，李苏刚一有举筷子的苗头，他就闪电一样地蹿上去吃掉，别人想都别想。

"不对啊，李苏你居然没在菜里给他加点东西？"

纪承彦感激涕零："好兄弟是这样的！"

李苏一本正经道："毕竟合作久了。"

纪承彦咀嚼着蟹肉，点头如捣蒜："对对对。"

"哈哈哈哈哈。"

这一天的录制非常顺利，都是梗，花絮小哥也录了一大堆素材。

吃饭的时候纪承彦刷了一下手机，发现志哥在朋友圈里发了几张他从李苏手中飞速夺食的照片，简直是快到模糊，用一串"哈哈哈哈哈"来盛赞他的身手不凡。

这也就罢了。

黎景桐还在下面点了个赞。

纪承彦："……"

纪承彦内心还是有那么点忐忑的,他怕黎景桐笑话他。

晚上纪承彦跟他视频的时候,他在那儿镇定自若,谈笑风生,表现得十分淡定大气。

"哈哈哈,那都是节目效果啊。"黎景桐顶着黑眼圈说,"我当然了解你的综艺风格。前辈你在节目里制造笑点的那些苦心,我要是连这都体会不出来,岂不是粉丝失格吗?"

资深粉的专业素养不容小觑啊。

"有很多人喜欢你,也会有越来越多的人喜欢你,这是无法阻挡的事,我需要认清这一点。毕竟你无时无刻不在散发你的魅力啊。"

"……"这就太过了吧?

"从我劝说你重回舞台上的那一刻起我就明白,这世界上原本就不会只有我一个粉丝看得到你的星光。"黎景桐说,"其实我也没什么好介意的,在前辈的粉丝里面,我就算不是最好的那一个,也绝不会轻易输给任何人。"

纪承彦不由感慨,果真成熟了啊。

只不过这家伙对他的所谓魅力是不是有什么误会?

青年满脸斗志："努力!"

话音未落,就听得李苏在浴室里喊:"哎,我忘了拿衣服,帮我看看是不是在沙发上。"

纪承彦缓缓转向沙发:"……对的。"

"方便的话帮我拿进来一下呗。"

黎景桐:"……"

没得到回应,李苏又道:"行吧,你要是忙的话我就这么出来好了。"

纪承彦忙说:"我这就给你送进去!"

进了浴室,见得李苏已经洗好了,关上了热水,室内没有那么多水汽。

"……"

虽然他跟李苏玩得挺熟走得挺近，知道对方身材高大又是运动达人，但对于真实的身材并没有概念。

此刻他只能说，年轻人的体格真心好，对比起来，他都不敢再吃夜宵了。

纪承彦本着非礼勿视的原则，两眼望天地双手奉上衣服。

李苏并不立刻伸手接过，皱眉道："干吗呢？跟个小姑娘似的。"

纪承彦："……"

"你盯着天花板是几个意思？"李苏怒道。

纪承彦忙说："不不不，大佬你误会了，我只是怕自己自卑而已！"

李苏这才意义不明地笑了一声，接过衣服。

纪承彦立刻如获大赦，落荒而逃。

回到电脑前，见得黎景桐还在对面坐着，一脸网络又卡顿了的感觉。

"喂？"

黎景桐露出一个慢半拍的微笑："回来啦。"

"嗯哪，"纪承彦试图继续方才被打断的话题，"刚我们说到哪了？"

黎景桐突然问："李苏身材好吗？"

纪承彦为难道，"应该还行吧？"就那么猝不及防的一眼，也就一个大概印象而已。

李苏穿好衣服出来了，过来大方地打招呼："黎老师好。"

"你好，"隔着屏幕，黎景桐似乎不动声色地打量了他一番，"刚纪前辈直夸你身材好呢。"

纪承彦："啥？"

我不是，我没有啊！

李苏像是笑了："是吗？还行吧，最近练得比较勤，胳膊还可以。"

黎景桐笑道："羡慕你，我最近都没什么时间去健身房了，来看看你的效果？说不定我得向你讨教呢。"

纪承彦还来不及说什么，就听得李苏爽快道："好啊。"

而后李苏毫不纠结地就脱了上衣，在镜头前向黎景桐展示他练得相当出色的上半身，肱二头肌、胸肌、腹肌、背肌……

纪承彦一脸僵硬："……"

不等他缓过神来，更可怕的事情发生了，黎景桐在那边也开始比了起来！

"不是，等一下！"纪承彦因这满屏的肌肉心发慌，"你们这样会不会引起管理员误会啊？我这会被封号吗？"

黎景桐似乎还很诚恳地和李苏就着健身问题探讨了起来："我觉得我上臂这里，线条是不是需要再加强一下？"

"也不用，"李苏说，"有的人苗条一点会更上镜吧。"

完全插不上话的纪承彦："啊？"

面对这诡异的场面，他内心只有无尽的问题：我是谁？我在哪儿？他们在做什么？

在这两位健身达人争先恐后地展示之后，纪承彦再次感受到了自己的弱小无助。

他虽然也有在敬业地改善形体，但也只是为了能塑造出在镜头中具备美感的线条。他还停留在增肌的基础阶段。

这两个体格强壮的男人在那边孔雀开屏一般地炫耀他们的肌肉，令他不由得瑟瑟发抖。

纪承彦好不容易熬到他们探讨完肱二头肌、胸肌、腹肌、背肌，然而这俩人似乎意犹未尽，完全不体谅独自围观全过程的他的感受，不仅还没有停止的打算，还越聊越起劲，大有想要进一步掏心掏肺的意思。

纪承彦生怕他们接下来越聊越兴奋，赶紧说："行了吧，明天要早起，我得睡了，你们以后单独找时间慢慢切磋吧，啊？"

好容易强行切断视频，纪承彦赶紧洗洗脸压压惊，带着满脑子的问号，自卑地去睡觉了。

现在的年轻人太可怕了，一个个不知道吃什么长大的，完全不给他这种中老年选手活路啊。

这日的节目进度赶完，这一趟的工作便大功告成，剩下的时间没什么正经事了。

大家各自休息，在回国之前四处溜达放松，在这并不会随时遭遇各路粉丝围追截堵的异国他乡，自在地吃吃吃，买买买。

纪承彦本来是想在酒店里躺着的，但李苏的贴身助理袁琳一副希望放她去扫货的可怜模样对他说："我有好多明星的周边要买！"

李苏怒道："当我的助理还粉别人，是几个意思啊？"

"呜呜呜……"

纪承彦只得爬起来说："让她去嘛，来都来了，不让小姑娘自由地买买买，多造孽啊。你要去哪我陪你嘛，我能挑能提，可比袁琳好使多了。"

袁琳感恩戴德地一溜烟跑了，纪承彦遂陪李苏去银座购物，他会一些日语，到处又都是汉字，连蒙带猜不成问题，不带翻译也没问题，李苏对此表示满意。

路过一家有名的甜品店，纪承彦突然兴奋："就是这家的镇店之宝芝士舒芙蕾！据说超好吃！一直在必吃榜上！"

进去之前，他又考虑到李苏这种一直严格控制自己饮食的健身狂人的感受："你要试试吗？"

李苏表示无所谓："试试呗，来都来了。"

两人排着队，李苏双手插在口袋里，漫不经心道："那晚你看过我跟黎老师的身材，有什么感想吗？"

纪承彦想了一想："……游泳健身了解一下？"

李苏沉默了。

"我怕是没那个魄力练成你们那样了，"纪承彦摇头叹息表示认老，"差不多就行了。"

"……"

"哦哦，还有，我以后也会更加尊敬你的！"纪承彦说，"好怕大佬你一拳就把我给打死了，胳膊一勒我就得断气。"

"……"李苏半天才说，"你的想象力可真贫瘠。"

"啊？"

李苏又道："多的是其他死法呢。"

纪承彦："……"

不了吧，这有什么好想象的啊？

轮到他们，纪承彦点了单，服务生妹子说："非常抱歉，舒芙蕾只有一份了，请问您有其他需要的吗？"

纪承彦就给自己换了个蒙布朗，待取了糕点，李苏看了一眼，问："怎么？"

纪承彦解释道："就一个舒芙蕾了，给你吧。"

"不是你想吃的吗？"

"我比较随意啦。倒是你难得来了，当然要吃上最值得吃的才行啊。"

李苏挑起眉："嗯？对我这么好？"

纪承彦毕恭毕敬："当然了，我尊敬你啊，大佬。"

甜点果然可以改善人的心情，吃过网红甜点芝士舒芙蕾，李苏看起来心情很不错，在这可以随心所欲说着别人听不懂的语言的地方，他显得格外放松。

一路买菜一样地买了一些衣服配件，李苏问："你没有要买的吗？"

纪承彦果断道："没有。"

李苏说："这么抠门的吗？"

纪承彦毫不脸红："对啊。"

他虽然事业走上正轨，算是要重新翻红了，但其实还是比较穷的。毕竟接的工作并不多，也都不是冲着酬劳去的，没什么高收入的活。

华信替他把关把得很紧，挑挑拣拣的。有限的酬劳经过抽成过后，到他手里的那就更有限了。

当然比起之前朝不保夕的日子，他现在的经济情况肯定是好得多，算颇有盈余。

但自从告别了那种今朝有酒今朝醉的自暴自弃的生活方式以后，他就恢复了本来的习性——得赶紧攒存款，凑个首付，买套房子，做做保本理财什么的啊！

不然照一些乍红的明星浮夸虚荣的消费方式，钱来得再快也不够花的，再沾染上点恶习，那钱真是着了火一样地飞快消失。待到过气，收入无法维持那种生活的时候，就只能无下限地堕落了。

很多事情上，他都可以说"大不了就是像以前那样嘛"，反正也不是没经历过。

唯独重见光明之后，是不会想回到黑暗的。

李苏斜眼道："恐怕所有人里，就只有你是空手回去的，不觉得不合群吗？"

纪承彦辩解："我买了一盒东京香蕉啊。"

李苏翻了个白眼说："跟你这样的人逛街真是扫兴。"

纪承彦只得勉为其难地研究起了B牌里的折扣款。

李苏说："看新款啊，看p系列啊。你看的那些有什么意思？国内都有的款，这有什么值得在这买的？"

纪承彦说："兄弟，差价难道不算钱吗？"

"抱歉，还真的不算钱，"李少爷说，"打折的东西有什么好买的？跌分。"

"……"回去还是把他拉黑了吧，做朋友太勉强了啊。

纪承彦觉得自己的时尚品位可能有点问题，店里最贵的系列他始终觉得不太好看，不够日常；反而是商务款，他觉得端正又大方，简洁实用，最重要的是七折！

想起之前黎景桐也带他去过一趟B牌的店，但因为遇见贺佑铭，他逃之夭夭，购物大计便搁置了。

他眼光多停留了一会儿，李苏便问："怎么，觉得这件好看？喜欢吗？"

"嗯……"

李苏冲着店员用英文说："拿一件我试试。"

纪承彦惊到了，可真不按套路出牌啊，兄弟。

虽然李苏对打折的东西不屑一顾，但这件风衣他穿上身，真的挺拔帅气，很有秀场男模的风范。

李苏身材跟黎景桐差不多——这是纪承彦昨晚被逼目睹两人"比武"现场之后得出的结论。纪承彦琢磨着，他穿着合适，那黎景桐肯定也不会差。

"好看吗？"

纪承彦诚实道："好看。"

李苏回头道："包起来。"

待得衣服包好，纪承彦想了一想，跟店员说："麻烦再来一件，一样的尺码。"

李苏有些意外："一样的尺码？"

"给黎景桐带个礼物，"纪承彦说，"他之前出国工作送了我不少东西，我也该回个礼。"

纪承彦邀功："助你和爱豆穿同款，高兴吧？美滋滋！"

李苏没说什么，而后问，"你自己不来一件吗？"

纪承彦说："不了吧，没钱了，超预算了。"

李苏看了他一眼说："有折扣呢。"

纪承彦道："笑话，我是差那四千五的人吗？"

"……"

"我差的是那一万块！"

李苏受不了地说道："拿件小一号的，包起来。"

"干吗？"

李苏面无表情："送你。"

纪承彦受宠若惊地说道："怎么了？又不过节，无缘无故的为啥送我东西啊？"

李苏看着他问："怎么的啊，还想着过节就要我送你东西吗？"

纪承彦说："其实我自己也还是付得起啦，这样让你破费多不好意思。"

　　李苏表示不屑，看他还要再推辞，说："反正钱我付过了，不要就扔了。"

　　纪承彦忙从善如流道谢："谢谢大佬！"

第6章

　　回国的时候，遇上恶劣天气，原本晚上九点半左右就能到T城的航班愣是延误了三个多小时，纪承彦只得在休息室跟着李苏打游戏，硬是从白银打到了黄金。

　　待得终于落地，已是深夜了，回到家中之时，万籁俱寂。

　　但客厅里的灯亮着，像静候他的归来一般，而室内悄无声息，有种沉睡中的安静。

　　黎景桐已经在沙发上睡着了，桌上还有未动过的饭菜。

　　纪承彦轻手轻脚放下行李，挂好外套，洗手给自己倒了杯热水，一切都进行得悄无声息，以免惊醒沉睡的青年。

　　自从他把门锁密码告诉黎景桐，就逐渐习惯了家里时不时凭空多出一个人——反正他也没什么好防着黎景桐的，难道还怕黎景桐来偷东西吗？

　　青年睡得很熟，浓密纤长的睫毛紧紧地贴着眼睑，像是疲惫之极，蜷起来像一只大型犬一样——沙发其实不短，只能怪他太高了。

　　纪承彦不想惊扰他的好梦，轻轻地坐到餐桌边上去，准备吃两口夜宵——虽然飞机餐是很用心的，但日式传统风格的餐点对他来说过于精致了——换句话说就是不够吃。

　　这个点了，桌上除了米饭，能有蒜蓉粉丝虾、滑蛋牛肉、酱烧鸡肉丸子、炒莴苣，还有碗三鲜汤，纪承彦顿时觉得阿姨太客气了。

　　平时怕他吃不完，不舍得浪费，阿姨一般都只给他烧一荤一素两

个菜加个汤,这知道他要回来,还主动加菜了呢。"

纪承彦吃了两口,觉得味道不如以往,阿姨明显是"划水"了,不过他对中餐甚是想念,还是飞快地扒了一碗饭。

青年的睫毛动了动,调整了一下姿势,打算继续睡,但睡眼蒙眬中瞥见餐桌边上正在大吃特吃的人,他立刻清醒过来,而后一个鲤鱼打挺坐起身。

"啊!你回来了?"

纪承彦喝着汤:"嗯哪。"

"什么时候回来的?怎么不叫醒我?"

"看你睡得那么沉,叫醒你干吗?"纪承彦道,"跟我抢饭吃吗?"

黎景桐又要笑,又有点羞赧:"想着今天你回来,下班就过来等你吃饭,但在前辈家里,实在是太想睡觉了……"

黎景桐又问:"饭菜怎么样?冷了会不会很难吃?"

"还成,"纪承彦咀嚼着牛肉,"阿姨的手艺有点下滑啊,丸子咸了,牛肉老了,莴苣油了,蒜蓉也实在是放太多了,干吗要这样糟蹋我家里的蒜啊。"

黎景桐"哦"了一声。

"回头给她提提意见,让她改进一下。"

黎景桐安静了一下,说:"不关阿姨的事,是我做的。"

纪承彦"噗"地喷了一桌的牛肉。

"不是,应该是因为冷掉了的关系,"纪承彦说,"而且我吃了一周的寿司生鱼什么的,是我自己口味变得太淡了,一时没调整回来。其实这盐和油都放得刚刚好,尤其这蒜蓉正是我思念的祖国的味道……"

看黎景桐没有说话,纪承彦一脸诚恳继续道:"真的,挺好的。"

他如此卖力吹捧,黎景桐也憋不住地露出腼腆的微笑,说:"我刚学了没多久,跟阿姨的水准肯定是不能比的,就是想试着给前辈你做个饭。能吃我当然开心,不好吃也不要勉强。"

纪承彦真心实意道:"不不,不勉强,比你上回那个香肠炒蛋可进步太多了。"

黎景桐笑了,说:"那应该是的。"

"你还特意去学做菜啊?"

"嗯哪,"黎景桐非常有上进心,"上次做的早餐我觉得太糟了。"

明星有烹饪方面的兴趣也挺常见的,可以在美食综艺上露一手,还能卖卖人设。

但黎景桐这个学厨的方向有点让他意外。

黎景桐这种风格、这种人设的男星,正常思路应该是去法国蓝带厨艺学院,学学西餐,做做甜点,考点证书回来。

结果黎景桐貌似去的是一般的中餐学校。

"怎么不学做西餐呢?"他有点难以想象黎景桐在那颠大勺的画面,"应该会比较优雅又少点油烟?"

黎景桐说:"嗯?可是学西餐做什么?我比较喜欢中餐,恰好你也喜欢吃炒菜。"

"……"

"我还想做点川菜湘菜什么的,酸汤鱼、毛血旺,就是目前对我来说还比较难,"黎景桐面露遗憾之色,"我时间也紧,还没正经上完几节课……"

纪承彦看着他,说:"没事,慢慢学,来日方长。"

黎景桐端了金橘柠檬水回来,纪承彦已经在那刷起微博来了。

纪承彦还挺喜欢刷微博的,只不过他的关注对象除了那些老朋友和必须互关的合作对象之外,都是各种有趣的搞笑视频。

这会儿又看了个老外防止松鼠偷吃鸟食的视频,松鼠被投掷器弹飞出去的时候,纪承彦哈哈大笑。

黎景桐微笑着看了一会儿,也跟着打开微博。

纪承彦发现他关注了一大堆"纪承彦资源站""纪承彦数据站""纪承彦个人图博"之类不知道哪来的组织。

"……"纪承彦说,"不是,这些有什么好看的,你找小张找李哥，要什么资源没有吗，再说我真人就在你眼前，你还关注这些博主？"

"有很多是前辈不在我面前，官方也未必会记录的。"黎景桐说。

黎景桐果然美滋滋地刷到了新东西，说："新鲜的机场路拍！哇，这张抓拍得真好！前辈穿这款风衣真好看！"

说起来他们当时也没想到会有那么庞大的接机粉丝人群，很是吓了一跳，以至于他真的有点自己要重新红起来的感觉了。

实际上粉丝离他们还是有一段距离的，但照片的清晰程度令人惊讶，可见现在粉丝摄影设备的专业程度。

而且上传之前貌似还帮他修了图，效果还十分自然，令当时困得找不着北的他在镜头前居然显出一种慵懒优雅。

纪承彦不由肃然起敬，粉丝的水平实在太高了！

下面又有一组图，这就不只是他的个人特写了，还有团队里的其他人入镜。

李苏也穿着风衣。

下午的时候天气变了，风衣正合适，又是新买的，就都顺手穿上了，真没想那么多。

纪承彦只得若无其事道："这衣服真的不错，容易穿，版型好，质地轻盈，防风防雨，舒适透气！人人都喜欢！"

黎景桐道："嗯……"

纪承彦感觉十分尴尬，他买来给黎景桐的那件还连着包装，在客厅椅子上放着呢，以黎景桐现在的反应，那还送得出手吗？

安静了会儿，黎景桐说："刚吃剩的饭菜还没收呢，我去收拾一下。"

纪承彦忙说："我来吧。"

黎景桐手劲不大，但坚决地按住他："不用，你今天很累了，休息就好。"

黎景桐去客厅了，纪承彦听着外面碗筷交错的声音，不免纠结了一阵，有点愁眉苦脸，连搞笑宠物视频也一时难以令他开怀了。

过了一阵，黎景桐大约是将餐具都洗刷好了，进了卧室，有点犹豫道:"刚看见椅子上有个B牌袋子,我就擅自打开看了一眼,好像也是一样的风衣,是多买了一件备用吗?还是……"

纪承彦略微尴尬道:"不是。"

"哦。"

"那是我给你买的。"

猝不及防地,黎景桐突然冲出去,又"嗖"地一下比视频里的松鼠还快地冲回来。

"这个吗?"黎景桐双手捧着那风衣说,"这是要送我的吗?"

"是的……"

"啊,"黎景桐又不吭声了,憋着什么似的,过了半天,才略微颤抖地说,"这是前辈第一次买东西给我呢。"

纪承彦顿时觉得自己是不是太抠门了。

认识这么久,他上一次送黎景桐的是两罐秃黄油,还是简清晨给的。

相比之下黎景桐送给他的东西可就太多了,数不过来。

纪承彦不由反省了一下,得出结论:他可能主要不是抠,而是穷。

黎景桐的行头基本都是大牌的,而他自己买的用的多是平价产品,就算回归公众视野以后不好意思继续拿地摊货对付,但一般的平价品牌也能解决大部分需求。有时候看到觉得有趣的东西,想送黎景桐也拿不出手。

要强行送那些配得上黎景桐日常用度档次的东西,又太打肿脸充胖子了。

纪承彦只能长叹一声。

好在黎景桐很容易满足,他抿紧嘴唇抱着风衣,情绪激动,纪承彦甚至都有点担心他要哭出来了。

过了好一会儿,他才又说:"我现在可以穿吗?"

"……当然啊。"

黎景桐立刻将那衣服穿上身,上下收拾抚摸平整,而后问:"合身吗？"

不等纪承彦开口，他又忙说："等一下！"而后手忙脚乱地对着镜子抓头发，又说："我里面衣服得换一下……"

纪承彦看着他那慌里慌张的模样。其实即使像他现在这般头发乱糟糟的，内里穿着T恤，套上商务风衣，却也别有一番潇洒不羁的混搭风味。

人长得帅真的是可以为所欲为的。

纪承彦说："没事，这样也很好看的。"

"是吗？"黎景桐像是又开心，又略微害羞，踌躇一下，又把外套脱下来折好，"还是下次再穿，免得弄皱了。"

"……没事呀，这衣服不就是拿来挡风遮雨的嘛。"相对于黎景桐的那些日常穿着而言，这件都没多少钱，皱了就皱了吧。

"谢谢你，"黎景桐郑重道，"我会很珍惜的！"

第二天晚上纪承彦就看见黎景桐在微博上发了一组穿这风衣的照片，都不知道他什么时候拍的，感觉还是找的专业摄影师，图也极其高效率地精修过了，简直大片水准，黎景桐更是热情洋溢地各种角度地发满了九宫格。

"……"

黎景桐衣柜里的那些衣服要是人的话，估计恨不得把这新来的风衣给撕了。他的私服哪有享受过这种待遇的啊，哪怕是大牌高定也不会这么高调。拍成这样，粉丝在欣赏之余都不由议论纷纷，何况黎景桐还专门提到了他。

很快勤劳的八卦博主们便搬来了他和李苏的机场照，加上黎景桐的套图。

粉丝们大概的逻辑是这样的，两个男人一起穿，那是团购款，三个长得帅的男人都在穿，那就是爆款了。

这衣服压根就不是当季新款，甚至还有折扣，一夜之间莫名其妙就火了，成为各大代购争先抢购的对象。

纪承彦万万没想到自己的照片有朝一日能出现在某平台的山寨爆

款的卖家秀里。

他时隔多年重新引领时尚风向居然靠的是这个。

不管怎么说,身为艺人,有流量,能带货,就是好样的。毕竟他上一次展现带货能力,还是几年前在节目里大聊某几种泡面有多好吃呢。

纪承彦也意识到,《逆鳞》确实在短时间里给自己带来了相当高的关注,远远超出预期。

至于关注内容,大部分是对他个人魅力的肉麻吹捧,其中掺杂一些虎狼之词,吓得他赶紧关了网页。

然后他收到了黎景桐的消息。

黎景桐说:"前辈,时间合适的话,明晚就请李苏来家里吃饭吧?"

"啊?来我这里吗?"

请李苏吃饭的事之前就提过,不过他盘算的是去有名的餐厅吃一顿大的。

"你觉得怎么样?"

"会不会太抠门了啊?"纪承彦说,"至少得去个米其林一星吧,上次他请我们吃的那顿可贵得很呢。"

"怎么会呢?"黎景桐说,"米其林算什么呀,就算三星李苏也不会觉得有意思,什么高级料理他没吃过,有钱就能办到的事有什么稀奇的。"

"……"

"重要的是待客的诚意。"

说得也是。

纪承彦犹豫道:"那我去跟阿姨说说,明晚买些大菜……"

黎景桐道:"不用,我来下厨。"

纪承彦吓得手里的酸萝卜都差点飞了。

"你?"

当然李苏应该会很高兴的——黎景桐说得对,再奢华的餐厅,有钱有心就能吃得上,而黎景桐亲自下厨,那就不是一般人能吃到了。

只不过水准方面……

纪承彦忐忑道:"确定不用阿姨留下来帮忙吗?"

"不用,"黎景桐自信满满,"我最近又上完了一整套加强课程,没问题的。"

都不知道他是从哪里挤出来的时间,更不知道又是从哪里来的自信。

纪承彦也只能自我安慰地想,对于粉丝来说,爱豆为自己亲手做菜,光这一点应该已经足够了。

即使口味上有所欠缺,只要不被毒死,想必也是会欣然下咽的。

毕竟美食易寻,殊荣难得啊。

于是他试着给李苏发信息:"明天晚上有安排吗?"

李苏迅速地回复了:"想干吗?"

"……没其他事的话,来我家吃顿便饭呗?"

过了一阵子,李苏才发消息过来:"去你家吃饭?"

纪承彦惶恐道:"这阵子你也帮了我不少忙,替我操碎了心,聊表谢意嘛。"

李苏说:"哼,算你懂事。"

并不懂事的纪承彦其实有点心虚,毕竟难得请人吃饭,还非得自给自足。

"虽然在家里吃是相对简单一点,但比较自在,而且诚意十足啊。"

他还在想着要怎么表达比较诚恳动人,李苏却很爽快道:"好啊。"

"哎?"

李苏又不甚在意道:"不过难道你要做饭?你的手艺我信不过啊,估计得带点肠胃药过去配着吃吧。"

"不用,"纪承彦特意把这分量最大的糖留在最后,"这回是黎景桐亲自给你下厨呢。"

"……"

哈!吓到了吧!惊不惊喜,意不意外?!

纪承彦嘿嘿道:"不要太激动哦!"

第7章

　　定下了饭局，那次日当然得赶紧安排出买菜的时间，从这方面来讲，是真的很有诚意了——毕竟他们的时间都很宝贵啊，尤其黎景桐。
　　李苏知道了不知道得多感动呢。
　　还没到中午他们就出发了，选址是家很有名的菜市场，有名是因为它在娱乐圈内大受欢迎，T城一半的明星都在这买过菜，带来的好处就是，摊贩们对于见到明星已经习以为常，十分平静了。
　　纪承彦问："你连助理都没带吗？"
　　他自己没特别的事就不会带上助理，但黎景桐不一样，咖位不同，又是娇生惯养出来的，别的不说，他怀疑黎景桐压根就没自己去过菜市场这种地方。
　　"不用助理呀，"黎景桐元气满满道，"我拎得动，交给我就好！"
　　纪承彦自己其实也是第一次来这里，他压根不懂做饭，能叫得起外卖的时候何必来菜场，而穷困潦倒的时候，那生活就是一把挂面加一把青菜，有时候连青菜也可以免掉，完全没有来这儿的理由。
　　他印象里的菜场都该是嘈杂脏乱的，而这里倒是意外整洁，十分亮堂，东西也惊人地齐全。
　　一进来就是琳琅满目的水果，泰国红毛丹、马来西亚榴梿、智利蛇果、新西兰猕猴桃、突尼斯石榴，各种稀奇古怪的蔬菜、调料，好像全世界的美食都在这里了。
　　纪承彦正有点蒙，黎景桐已经从口袋里掏出了一张备忘录："我做过功课啦，1-20号是水果，39-60是肉类，猪牛羊家禽的还要细分一下，65-77号是海鲜……"

纪承彦："……挺认真的嘛。"

黎景桐兴致勃勃："跟前辈来买菜，当然要认真啊。"

走到肉类区，纪承彦不由觉得人类站在食物链顶端真是太美好了，各种丰富而齐全的肉类，牛腩、牛上脑、牛腿肉、牛里脊、牛腱子、牛尾……

这还是吃了饭菜出来的，他已经活生生把自己看饿了。

更别说海鲜区的各种海鲜在那华丽地摆出一道彩虹，帝王蟹、面包蟹、澳洲龙虾、阿根廷红虾、三文鱼、金枪鱼、鲅鱼、石斑鱼、多宝鱼……

纪承彦只觉得快看不过来了，说实话他根本认不全，真是吃货失格。

一圈下来，黎景桐已经大包小包拎得两手满满，他对要做什么菜，貌似也是做过功课的，心里有谱。

然而这分量，怕不是想把李苏撑死。

纪承彦提醒道："买多了吧？"

黎景桐有点不好意思："嗯，忍不住……"

在买买买的快乐面前，真的很容易失控呢。

买菜跟其他买买买有所不同的是，它那种浓郁的人间烟火，充满生机，琐碎又温馨。

与纯粹花钱的快乐相比，它显得更幸福。

期间有个小插曲，黎景桐被摊贩拉住要了合影——这很正常，尽管店家们见惯了明星，不代表没有他们想要合影的选手。

黎景桐算国民度很高的男星了，虽然全副武装，还是被水果的婆婆认了出来。

"真人可真好看！帅得哟，比电视上好看十倍！"婆婆说，"车厘子多送你一点。"

黎景桐腼腆了："谢谢。"

纪承彦在旁边一直乐，问："你在电视上是有多难看。"

"你不是那个谁吗,"婆婆惊喜道,"我女儿可喜欢你了!最近都在追你那个剧!逆什么的!你这打扮得不一样,我差点没认出来,比电视上好看一百倍!"

纪承彦沉默了。

婆婆又热心地塞了两个石榴给他。

对于他的这个待遇,黎景桐表现得比他还高兴。

"我说得没错吧,前辈你真的红了!"

"……"纪承彦揣着俩不要钱的大石榴,"嗯,我体会到红的好处了。"

待得食材采买完毕,黎景桐又说:"旁边就是鲜花市场,带点花回去吧。"

纪承彦一愣:"行啊。"

家里倒是有花瓶,不过一直都空着,他自己是个没什么生活情趣的糙男人,但被黎景桐这么一说,突然也觉得那些锦簇的花团也很美好。

两人在店里挑着花,黎景桐弯下腰,一脸认真地搭配着花束。

"桔梗配绣球,挺好看的呢。"

纪承彦看着鲜花簇拥中青年那灿烂的面孔,阳光里他的笑容。

"是呢。"

挑完花,结好账,纪承彦看着黎景桐双手拎满袋子,活像个移动购物车,忍不住又说:"东西分一半给我拿呗,怕什么呀,难道我还能带着它们跑了吗。"

虽然黎景桐是一副轻松愉快游刃有余的模样,但他自己两手空空,黎景桐大包小包跟在身边宛如打杂助理,这像话吗。

黎景桐坚持道:"不用,你不要干这些重活。

"你帮忙拿这些花就好了。"

纪承彦只得抱起包装好的几捧花束。

黎景桐突然说:"等等!"

而后赶紧放下手中杂物，掏出手机，对着他前后左右上上下下一通拍。

纪承彦在花店老板吃瓜的眼光里一脸的麻木。

"太美了！"黎景桐满脸兴奋，赞不绝口，"这简直是电影画面！"

黎景桐双手提着菜，他怀里抱着花，两人并肩慢慢往回走，去往停车场的路并不长，阳光正好，风很轻，空气里树叶和花的气味甚是好闻，连受不了秋老虎的纪承彦也开始觉得，这是很好的季节。

家里用花束粗略布置了一下，虽然他没有任何的插花天赋，但有了这些温柔繁盛的花朵，确实就显得温馨多了。黎景桐则将菜拿去厨房收拾，俨然大厨的架势——离约好的晚饭时间还有一阵子，差不多可以开始准备需要时间比较长的菜品了。

黎景桐在捣鼓虫草花番鸭汤，煞有介事地泡着虫草花，汆烫着鸭肉，纪承彦则在旁边心不在焉地给白萝卜削皮。

他对于今晚究竟吃什么，居然并不很上心，反倒是浮想联翩地觉得黎景桐围着围裙忙碌的样子，也很挺拔潇洒。

黎景桐将萝卜接过去，在砧板上唰唰唰几下麻利地切成滚刀块，纪承彦在旁边墙上靠着，拿眼睛上上下下瞟着这年轻人，道："哟，刀工挺熟练嘛。"

黎景桐立刻脸红了，边七手八脚把萝卜跟虫草花生姜葱段放进砂锅里，边强作镇定道："基本功嘛……"

这厢刚把番鸭汤炖上，那厢门铃突然响了。纪承彦忙把双手擦干，过去开门，外面站着的却是李苏。

纪承彦略微惊讶问："这么早？"

李苏反问："早吗？"

纪承彦看看表，道："还有一个多小时呢。"

李苏道："等最后一刻才到，直接吃现成的，我是那么不礼貌的人吗？"

每次聚会他不都是姗姗来迟的那一个吗？

请客进门，他把李苏打量了一下，不由觉着，李苏今天穿得，怎么讲呢，让他有些说不上来。总之比休闲的时候正式，又比正式的时候休闲，有点要郑而重之，又要举重若轻的意思。

纪承彦暗自思忖，表示理解，毕竟这要来见偶像呢。

李苏带了瓶酒过来，算是得体的礼节，寒暄了一下，又问："黎老师在做饭呢？"

"对啊，"纪承彦忙把他拉到厨房门口，热情展示，"你看，挺有模有样的吧？"

黎景桐不仅架势十足，最近还特意新添了一套德国刀具，据说相当专业，他当着两人的面在那切牛肉，拆俄罗斯板蟹，几把菜刀耍得是虎虎生风。

李苏挑起眉毛看了一会儿，说："我之前都不知道黎老师会下厨。"

"也就刚学的呢，已经很像那么一回事了。"纪承彦道，"怎么样，你的偶像很多才多艺吧？"

李苏说："嗯。"

"你去坐会儿吧，看看电视，我来给大厨打下手。"

李苏说："那怎么行，我当然也得帮忙。"

纪承彦原本打算在黎景桐边上帮忙给煮熟的小土豆去皮，再剥点虾仁，然而这厨房要容下三个人，显得过于逼仄了。

但要把李苏留在这埋头剥土豆，他跷腿看电视，又太说不过去了，纪承彦只得说："那我们把东西拿去客厅处理吧？"

于是黎景桐在厨房掌勺，他和李苏在客厅边打杂边聊天。

电视放着娱乐新闻，今日的热点之一，某流量小生在拍戏过程中不慎受伤，手擦破了皮，连夜送医包扎，之后带伤坚持拍戏，十分敬业，甚是感人。

李苏说："那是得赶紧送医啊。"

"……这么要紧的吗？"

李苏道："必须的，不然晚点伤口都自己长好了，赶不上拍照了。"

"哈哈哈哈。"

看业内新闻，李苏真是白眼都要翻到天上去了，吐槽起来毫不留情，把他们的快乐建立在同行之上，倒也欢声笑语。

李苏突然道："你以前拍戏也受过伤的吧，四根肋骨断裂，小腿骨折。"

"啊，是有过那么一次。"

这是不值一提的陈年旧事，那个年代用替身没如今这般泛滥到一部戏能搞几十个文替武替，除非风险系数实在过高，否则能自己上的肯定是自己上，工作中受伤是正常的。他比较意外的是李苏会提起。

"你怎么知道？"

李苏说："翻了点陈年八卦，刚好看到，好像挺严重？"

"还好啦……"在当时而言，自然是痛得天昏地暗，接下来几个月都无法剧烈活动，也导致他转型打戏的尝试草草收场。

但那时候他已经在走下坡路了，这无非是那条向下的路上一个微小的曲折而已，于他，于舆论，都波澜不惊。

"据说手术还留了疤。"

"哈哈，是的。"

虽然他觉得往事没有重提的意义，但这点关怀还是颇令人感动的。

李苏看着他，道："疤痕现在还在吗？"

"哦，"纪承彦把衣服撩起来，"好多年了，淡了很多了……"

黎景桐突然从背后出现喝了一声："菜好了！"

纪承彦忙转头，见黎景桐正端着一大盘蒜蓉粉丝蒸俄罗斯板蟹，一脸的凝重。

"哇，这么快，"纪承彦起身帮着把菜送上桌，热情洋溢地夸赞起来，"看起来很不错啊。"

蟹拆得甚是齐整，蟹身按纹理各切成四块，蟹腿也都剪开了，露着雪白饱满的蟹肉，铺着粉丝，撒了蒜蓉葱花，光看着就已觉得十分鲜美。

就是闻起来有那么点酸。

纪承彦吸了两下鼻子，疑惑道："你是往里面放醋了？"

黎景桐保持微笑道："嗯。"

纪承彦虽然没多少做饭的本事，但也算"吃多识广"，不由迟疑了一下："蒸这个，好像不用放醋吧？"

黎景桐笑容不变："是新配方呢。"

"哦……"

黎景桐又笑道："你们刚在聊什么呢？"

李苏说："也没什么，一些陈年旧事。"

黎景桐饶有兴致："哦，有趣吗，我也想听听。"

"……"那点破事翻来覆去地说，他自己都觉得太像祥林嫂了。纪承彦道："没什么有趣的，土豆皮都去好了，你赶紧做那什么肉末土豆饼吧。虾剥完了我给你送过去。"

黎景桐端着盆土豆被轰走了，李苏挑起眉，意味深长道："是怕黎老师听了难受吗？"

黎景桐对他的崇拜，在相识的朋友圈子里是人尽皆知的。但李苏会这么挪揄人，还真是第一次，纪承彦略微尴尬："嘿，那点小事，有什么好难受的。"

李苏看着他问："嗯？你吃了那么大苦头，不难受吗？"

"那算什么呀，不都是当演员应该付出的吗，是分内的苦，本来就该吃的，哪行没有工伤呢。"纪承彦说，"来，赶紧把虾剥了，等下我也给你露一手。"

本来这顿饭是要让黎景桐一手包办，大显身手。后来一想吧，又觉得，明明他是自己请客致谢，却一个菜都不做，全由黎景桐代劳，未免显得诚意欠缺，还是该尽力做一个简单点的，顺便还可以衬托一下黎景桐的厨艺。

"待会儿我做个咸蛋黄焗南瓜给你们尝尝，"纪承彦说，"虽然味道不敢保证，但这咸蛋可好了，正宗高邮咸鸭蛋，全是双黄的！高级！"

待得黎景桐做好香煎鳜鱼、玫瑰虾球，又炒完一个辣汁安格斯牛肉，就轮到他下厨了，纪承彦把袖子一卷，系上围裙。

这菜他早年做过，材料和做法都简单。咸蛋是很好的食物，容易

保存，又百搭，蛋白拿来配稀饭，蛋黄拿来炒任何蔬菜都很好吃，令乏味的它们变得十分精彩，可以说是穷人贫瘠生活里闪亮的点缀。

虽然太多年没动手了，但在进入娱乐圈之前，那段特别清贫的年少时光里，每逢过完端午，他都是拿凳子垫在脚下，在灶台前费劲地倒腾过不少咸蛋黄炒蔬菜的，从地瓜到南瓜到苦瓜。

固然谈不上什么水平，但反正就是平常心，简单炒炒就好。

等他把南瓜切好细条，一回头，发现黎景桐和李苏一起站在门口盯着他。

猝不及防被围观的纪承彦："……"

干吗呀这是，一定要这么严格地审核他吗？

纪承彦在两人的注视之下，瑟瑟发抖地开始起油锅炸南瓜条，然后剥咸蛋，这咸鸭蛋是真心好，拿在手里又大又沉，能比普通的重一半还多。

切开之后，蛋白紧致滑嫩，犹如凝脂，橘红色的蛋黄宛若两枚夕阳，淌出金黄的油来。

闻起来真是有种记忆里的，永不褪色的香气。

纪承彦将锅烧热，放入少许油，下入咸蛋黄翻炒，待得冒出细小的泡泡，再放入准备好的南瓜条，轻轻翻炒到南瓜上都覆盖了均匀的一层蛋黄细末，再加盐和鸡精，便出锅了。

相比黎景桐的那些大菜来说，他这个毫无技术含量，不过装盘以后倒也有模有样，毕竟色泽金黄，观之酥脆。

然后那两人目光炯炯地看过来。

纪承彦在他们的注视里，战战兢兢地把这盘成本一共不到十五块钱的菜端了出来。

至此菜算是全上齐了，三人终于能一起坐下来享受这意义非凡的晚餐，客套寒暄了一番，便开始各自动筷子。

纪承彦赶紧先尝尝那盘粉丝蒸蟹，加了挺多醋，是稍微有那么点奇怪，但他个人觉得还是挺清新开胃的，算是成功的创新。

另外几个菜也都很不错，比起黎景桐上一次的发挥，进步十分明显。

他个人认为完全可以使足了劲来夸!

至于自己那个咸蛋黄焗南瓜,南瓜炸得有点过,他觉得打五分不能再多,反正也只是凑数的,当当绿叶可以了。

然而李苏大概是不好意思,又有着当客人的矜持和在偶像面前的谨慎,于是只一个劲地在那埋头苦吃摆在面前的南瓜。

纪承彦热情道:"李苏你不用客气啊,来尝点这个牛肉,黎景桐烧得可好了。"

李苏嘴里应着,却并不伸筷子,纪承彦就主动给他夹了两块放到碗里。

李苏这才终于客客气气地吃了。

"不错吧。辣汁还特别下饭!"

李苏点头道:"嗯,想不到黎老师的手艺这么好。"

"是啊,他这才学没多久呢,"纪承彦一通夸,"有天赋的人学什么都容易上手,不像我。"

吃完这两口,李苏再次进入矜持模式,纪承彦赶紧又给他夹了点玫瑰虾球,说:"这也特别香,瞧这摆盘多好看,花瓣也铺得很精致……"

黎景桐突然插嘴:"这配菜的花是我跟纪前辈去买的。"

"……"纪承彦说,"对,你看连这都是他亲自挑的,为了这顿饭多上心。"

李苏说:"谢谢黎老师。"

热心主人纪承彦继续推销菜品:"来来,这个也尝尝,这鳜鱼可嫩了,肉特别细,还没小刺,难得的是煎得这么焦黄,他皮都没煎破……"

黎景桐突然说:"就让他自己吃吧,这么大的人了,也会自己吃饭夹菜了。强迫客人吃自己硬塞的菜其实不太好吧,这都算是我们的陋习了。"

纪承彦有点意外,忙停了手,迟疑道:"啊……会吗?"

李苏说:"我觉得不会啊,热情好客挺好的,怎么会是陋习呢。"

"哦……"纪承彦想重点推荐一下那个费了黎景桐最多工夫的蟹,问,"蟹你喜欢吃吗?"

李苏微笑道:"我其实挺喜欢的,但很少吃,因为不会剥。"

"没事,我给你剥就行。"

黎景桐说:"我饱了。"然后便起身拿了碗去厨房。

李苏一脸无辜:"是我吃得太多,惹黎老师不高兴了?"

"……"纪承彦忙安抚道,"没有的事,他本来就吃得不多。这些就是特地做来招待你的嘛,来来,多吃点。"

黎景桐从厨房出来,也毫无要在客厅待客的打算,只径自去往阳台。

纪承彦叫住他:"你干吗去?"

黎景桐淡淡道:"我去阳台抽个烟。"

纪承彦转头跟李苏说:"那什么,我也去蹭点二手烟。"

纪承彦推开阳台的玻璃门,他心里是有点窝火的,但对着青年的肩背绷直的身影,又生不起气来。

于是开口前他特意放软了口气:"怎么了?生什么闷气呢?"

"我没生气,"黎景桐说,"我就是想不通。"

"啊?"

"为什么你要那么殷勤呢?"黎景桐说,"你不觉得自己很过火吗?"

"哎?"纪承彦有点发愣,"过火吗?我就是,给客人夹点菜而已。"

"而已吗?"

"……"纪承彦说,"我觉得我没做什么失分寸的事啊。"

"什么都是'你觉得'。你觉得没问题就没问题了吗?你是那样想的,不代表别人也是那么想的,别老拿你的逻辑套在别人身上,完全不懂要换位思考。"

纪承彦过了半天,说:"行吧。"

独自回到客厅，他也只能跟李苏说："你黎老师他烟还没抽完呢，雪茄呢。"

李苏表示理解，"哦。"

气氛难免有点尴尬，为了不让李苏觉得难堪，纪承彦只得努力试图活跃气氛，想尽各种段子，好在李苏很配合，心态也好，并没有因为偶像的态度而消沉，倒也算其乐融融。

待得送走李苏，室内才是真的沉闷了。

菜剩了一大堆，倒了太可惜，只能一份份覆上保鲜膜放进冰箱里。黎景桐一直在阳台上待着，怕是要在那里做窝，不打算进来了，他就一个人沉默地收拾着。

原本纪承彦在朋友就那么几个，其中对他最真诚的非黎景桐莫属了，黎景桐一直鼓励他、帮助他，看着他翻红，人缘越来越好，有点小情绪是在所难免的。但有些情况下，放任那种小情绪，就真的不是很理智了。

他只能在体谅黎景桐的那些小情绪，和顾及其他人的正常感受之间，努力维持一个平衡点。

保鲜膜剩下的那一点刚好用完了，该拿一盒新的出来备着。这些厨具用品都放在厨房的顶柜里，柜子做得太高了，存放的位置又深，纪承彦只得踮起了脚。

一只手从他头上伸过去，帮他拿出了那盒保鲜膜。

黎景桐在他背后低声说："对不起。"

"我不该那样发脾气，也不该让你为难，是我不好。"

"其实道理我都懂，"黎景桐说，"但我要怎么办呢？我不想成为那个给你带来负能量的人。"

黎景桐又道："但这是不应该的，是错的，所以我还是要向你道歉。"

纪承彦说："其实你不用那么压抑自己。我从不认为，也没有设想过你得是一个没有任何脾气、完美无瑕的人。"

黎景桐:"……"

"不过,不是说好了成熟了吗?为什么对李苏脾气就那么大呢?人家来做客,又是答谢他才专门请的这顿饭,还给他脸色看,就算你心里对他有点芥蒂,这样也不合适吧?"

黎景桐憋了一会儿,终于说:"那是因为,我觉得他是真的很崇拜你!"

纪承彦一脸蒙,问:"……啥玩意儿,他不是你的死忠粉吗?"

黎景桐抓狂道:"我就是觉得他早就变了啊!"

纪承彦看了他一阵,不由若有所思地问:"所以你这是,爱豆失去粉丝的不甘心吗?"

"……"

纪承彦有点无奈地问:"讲真的,在你眼里,谁不崇拜我啊?你甚至连简清晨都误会过。现在他有小半年都没主动联系过我了,人家哪把我放在眼里啊。"

纪承彦又道:"我们就是很普通的临时同事关系。"

黎景桐想了半天,说:"……他和以前不太一样。"

"嗨,就是那次带他去跟你一起吃了顿饭,他对我的态度才开始转变的啊,要不然一开始他,咳……"纪承彦差点说漏嘴,赶紧刹住车。

他一直没敢告诉黎景桐,李苏一开场就给过他一记响亮的大耳刮子,当作下马威呢。

"一开始他跟我其实挺疏远的,就是同事之间的客气,点头之交。纯粹是因为你,我们才渐渐熟起来的。不信你可以去问王东文,问简清晨,他们都是看在眼里的。"

黎景桐神情复杂,说:"你说得都对。"

第8章

纪承彦这天在休息室,不由自主地多看了好几眼坐在旁边埋头专心打游戏的李苏。

因为《逆鳞》的缘故,这段时间的大部分工作都是两人绑定的,杂志采访、综艺节目、品牌邀约。李苏玩得来的朋友本来就不多,相比之前现在跟他算是关系相当好的"小伙伴"了。

在他百般揣摩,试图从李苏脸上看出点端倪来的时候,李苏突然发话了:"偷看我干吗?"

"……"纪承彦讪讪地,"没有呀……"

李苏瞥他一眼,又运指如飞地专心和人厮杀,边道:"有话想对我说?那就说呗,别害羞。"

为了给黎景桐一个交代,终于鼓起了连听一晚上的歌才有的勇气,硬着头皮:"你是不是,崇拜我啊?"

李苏顿时停了手,而后慢慢转过头来,注视着他。

"为什么突然这么问?"

纪承彦一脸僵硬:"……我就,随便问问嘛。"

"随便?"李苏说,"这种问题是随便问的吗?谁给你的勇气随便问问?"

不不不,是你黎老师给的。

纪承彦战战兢兢地嗫嚅:"也就是,有人跟我这么一说,我也就这么一问了。"

李苏看着他:"那你自己觉得呢?"

纪承彦瑟瑟发抖地瞥了一眼手机，刚才还是大好局势，现在已经被对面一路推到老家，水晶马上要被打爆了。

李苏把手机"啪"地放到桌子上，盯住他问："你觉得这事需要问吗？"

说实话他很少有和李苏这么对视的机会，毕竟大部分情况下李苏是不爱正眼瞧别人的，哪怕他们玩得好，能对上彼此眼神的时候也不多。

所以他还是第一次感受到来自这年轻人的视线的压力。李苏的眼光是高傲的、尖锐的、严肃的……

这样四目相对，空气凝固了有几十秒，纪承彦的心态终于崩了。

他号啕道："是我错了！"

"……"

"我不该想太多的，大佬！"

李苏面无表情，半晌没说话，然后起身说："就这样吧。以后游戏你就单排去吧，带不动你。"

纪承彦愈发痛哭流涕："我错了啊，大佬别这样……"

这回的节目录得有点尴尬，李苏明显不是很愿意搭理他。

之前李苏虽然也话不多，但跟他的互动是很有趣的，恰到好处的拌嘴，一语中的的吐槽，云淡风轻就能效果满分。

这回的沉默就很不一样了，谁都能嗅得出李苏的不快和不满，而且是只针对他的。

尴尬地录完节目，纪承彦回到休息室，发现李苏已经不见踪影。

原本说好了等收工大家就一起去志哥新开的餐厅帮忙试菜。然而现在李苏摆明是压根没打算等他，连招呼也不打，就走得没影了。

纪承彦自然也不敢多找没趣，只能夹着尾巴灰溜溜地自己赶过去。他也知道这回是把李苏给得罪惨了，但没办法，虽然难以启齿，问终究还是得问的嘛。

只能说他问得太不高明了。

谁叫他没有过这种厚颜无耻又自作多情的经验啊。

到了店里，志哥正为自己的副业团团转地张罗着，一见他就问："怎么，李苏呢？没跟你一起来？"

纪承彦只得说："他好像临时有点事吧。"

"那你也得把他带来啊，不然要你来干吗？除了吃还会别的？"

好在虽然李苏缺席，黎景桐随后倒是赶来了，算是给志哥"挽了个尊"。

到了重要的吃饭环节，纪承彦居然提不起劲来，战斗力大幅度下滑，跟黎景桐一桌四个菜半天都没吃完。

黎景桐看他灰头土脸地咀嚼着羊肉，问："怎么了？"

纪承彦叹了口气："我觉得我已经被李苏拉黑了……"

黎景桐"哦"了一声，道："原来是因为李苏啊。怎么了吗？"

"还能有啥事呢，"纪承彦说，"不就是你觉得他崇拜我，所以我去问了啊。"

黎景桐嘴里一口汤喷了老远。

"……你去问他了？你怎么问的？"

"就直接问啊。"

"……"黎景桐震惊道，"为什么要这么问？"

"不是你一直纠结这事吗？我们背后也讨论不出个结果来，不如直接问当事人啊。"

黎景桐一脸震惊："……那么直接的吗？"

"我也不知道怎么含蓄啊，"纪承彦说着也有点苦恼，"含蓄的话又怕人家听不懂，是吧？我没干过这事，不是熟练工啊。"

黎景桐半晌说："其实你不用去问的。这种事情大家都是揣着明白也要装糊涂，没有非要问个明白的。而且，虽然我纠结这事，但这只是我自己的小心眼而已。你可以不用理会。何况，倘若你也觉得，那旁敲侧击一下还是有意义的，但你始终不能认同我对他的揣测，那这一问就有点没必要了。"

纪承彦说："我是不觉得他崇拜我的啊。可是吧，虽然我不赞同你的看法，我还是会维护你有小情绪的权利。"

"……"

黎景桐有那么几分钟没说话，一脸强行按捺住快乐的若无其事的表情，半天才说：“那……然后呢？他什么反应？”

纪承彦甚是沮丧：“你没看他连饭都不来吃了吗？问完他直接就不理我了。要不是外边有人，说不定他能打我。”

"……"

"我怕我是要上他的黑名单了。"

"……"

纪承彦生无可恋地问："我这得怎么跟他道歉啊？送个果篮行吗？"

这边小声嘀咕着，那边桌上几个女性客人已经热火朝天地聊起新话题了。最近爆出的某高管职场骚扰事件，在短时间里迅速发酵，引起连锁震动，上了热搜和头条，很多女性都纷纷站出来控诉自己在职场上受到过职位较高的中年男人的恶意骚扰。

聊着聊着她们就越来越控制不住音量。

"这种人多得是。"

"很多人不把这当回事啊，他们自我感觉良好着呢，被拒绝了还挺惊讶的。"

"臭不要脸。"

"这些老男人最让人生气的就是，把年轻女孩子对他们的礼貌、尊重，当成是示好、崇拜，自我感觉太良好了。"

"也不照照镜子，想想自己几岁了。"

"这些人最擅长的就是过度解读。多看他们一眼呢，就觉得是被他魅力征服了，跟他们吃个饭，那就得是崇拜得不行了。"

"自己心里没点数。"

纪承彦："……"

黎景桐："……"

纪承彦说："我这是要上社会新闻了吗？"

纪承彦虽然没真的上社会新闻版面，但惨遭李苏嫌弃，这是没跑了。

第8章

他微信发消息过去全都如同泥牛入海；真寄了果篮上门，对方签收倒是签了，就是不回应。

当然了，往乐观的方向想，李苏至少没拉黑他。

但《逆鳞》宣传的周期也差不多过去了，李苏都已经准备进新剧组了，没那么多天天碰面的机会，李苏再继续拒他于千里之外，不予理睬，这么下去也不是个办法，什么时候才能和好啊。

纪承彦真真切切地觉得烦恼了。

通常得罪了朋友，想要去哄回来，嬉皮笑脸，脚勤嘴甜，也就差不多了。但现在这状况，他又不能过于讨好。

他自觉地保持距离吧，两人就更没话可说了，渐渐就会形同陌路，越来越冷淡尴尬。

不过纪承彦也没有太多的时间为此事伤神，挽回友谊当然重要，但他还得把精力花在苦读各路剧本上。

自从《逆鳞》杀青之后，他歇到现在是有点久了。

虽说有大爆的综艺作品，还上了五大时尚杂志封面，尽管他内心觉得爱穿地摊货的自己不配拥有时尚，但没接下任何新的影视工作，这慢悠悠的节奏在别人看来是不可思议的，但凡有上进心点的估计能急死。

只能说公司十分谨慎挑剔，他自己也是"很佛系的一条咸鱼"。

早期递来的合作邀约里，质量高的并不多，秉着宁缺毋滥的原则，还是决定搁后再议。

而在《天生演技派》和《逆鳞》接连播出之后，他的热度短时间里暴涨，四面八方闻风而来的剧本简直如排山倒海，虽然李哥已经先粗略帮他筛选过一遍了，送到手上的还是读得他头昏脑涨，老眼昏花。

讲真这回的待遇和诚意都提升了许多，但公司的预期也水涨船高了。

比起他的"故事有趣就行"这样肤浅的要求，李哥的追求就具体又大气得多——李哥现在一心想他能接部电影，最好能国际化，要大公司出品，大制作班底，大投资手笔，而且还得是绝对男主角。

纪承彦觉得那还是拉倒吧。在电视剧圈，如今要是想接一部含金量高的，在新鲜的收视率加持之下，趁热打铁，他还挺有戏。而想跨到电影圈，人家那样的配置，还能非得要他演男主？他是想上天吗？

纪承彦和李哥面对面坐着，挑相亲对象一般地翻着剧本。

"其实我觉得这个还可以，挺感人的。"

"不行，就一个都市爱情故事，格局太小，没什么发挥空间。"

"这个呢？很有发挥空间啊，国仇家恨，乱世江湖，虐恋情深！"

李哥一口否决："这个人家只想让你演男二，绝对不行。"

"那这个呢？也挺有深度的，这主角命运多舛，灾星附体，苦大仇深，简直就是我本色出演嘛。"

"这倒霉故事看着就让人生气，票房八成不会乐观，又不是能冲奖的片子，没啥必要，省得到时候被人笑你扑。"

"……"

这挑个本子比挑老婆还严格，照这节奏，李哥怕不是想他光棍到老啊。

纪承彦忙了一天，半夜三更才回到家，一屁股坐进沙发里，又察看了一回手机消息，而后十分落魄，喃喃道："哎，还是没回我。到底怎么样才能关系破冰呢？"

李苏今晚有通宵录影的工作，他花大钱叫了龙虾炒蟹夜宵送过去，还特意落款"你永远的好兄弟：纪承彦"，以表诚意。

对方默不作声地吃了，然后又是不理不睬。

他简直是没法子。

黎景桐帮他把随手扔在沙发上的外套挂好，过来给他按着肩膀，问："前辈后悔了吗？要是当时没那么问他，你们现在关系应该还是挺好的。"

"倒是没后悔问他这事。"

"哦？"

"但主要是我处理得不够圆滑，没充分从对方角度出发，没考虑到他可能会反感,"纪承彦深刻反省,长叹一声。

黎景桐想说点什么安慰他,突然纪承彦的手机铃声大作。

场面一度很尴尬,纪承彦只得接起来,说:"李哥,虽然我们关系挺好的,但你这个点打给我,最好是有足够重要的事……"

"……"

纪承彦蓦然坐直了:"真的吗?"

"……"

"好的,没问题,我可以!"

挂了电话,他脸上还有些泛红,眼里闪闪发光,黎景桐问:"什么事?"

纪承彦说:"谭鑫导演的那部拳击电影,想让我去试试。"

青年一把抓住他的肩膀:"恭喜你!"

谭鑫是拿过数次最佳导演的殿堂级名导,以沉得下气打磨影片而闻名,虽然费工费时,可以说所出必属精品。这部电影从故事成型,到筹拍,亦是用了很长时间,一直在等合适的演员,至今男主还未敲定。

他沉寂了这么多年,第一次重返大屏幕,要能是这个作品,纪承彦自己都有点不敢相信。

只能说《逆鳞》真的给他带来了可观的关注度和业界认可。虽然之前粉丝的上涨速度让他觉得这部剧是成功的,自己也暂时红了,但其实对于前景的预期并不是太高。

这对他而言是超乎想象了。

他在事后又有一点忐忑:"其实我不知道我可不可以。"

黎景桐立刻说:"你当然可以啊!没有什么是你不可以的!"

而后又道:"唯一的问题是你没有拳击基础……"

"这我可以学,"纪承彦说,"给我两个月时间。"

没过几天,志哥和浩呆他们喜获一大堆纪承彦转手的餐厅充值卡和优惠券,成为最大赢家。

第9章

　　在志哥他们喜极而泣大快朵颐的时候，纪承彦则准备进入疯狂的魔鬼训练期。

　　他现在的形体在镜头前当然也很正常，具备一个有演员应有的美感。但想要称职地演绎一名专业拳击手，那自然远远不够。

　　他首先需要降低体脂，增加肌肉，拥有一个充满说服力的体型。

　　纪承彦去了一家职业拳击手训练馆，老板兼教练是位退役的前最佳拳手，对这种为了拍电影练点花架子的明星，满脸的看不上和不耐烦。

　　"来这干吗呢，白斩鸡似的。"

　　嫌弃归嫌弃，训练还是要正常进行的。

　　教练丑话说在前头："训练计划都在这了，写得清清楚楚，你自己看看，要是受不了的话就回去，别在这浪费彼此时间。"

　　纪承彦任劳任怨地开始了他的地狱式培训之路。

　　每天从十五分钟跳绳开始，接下来是拳击手脚部训练，然后是挥拳训练。

　　这些做完，感觉身体已经被掏空，然而一天的训练才刚刚开始而已。

　　后面还有五百个伏地挺身、重量训练、跳绳、跑步在等着他。每天锻炼六个小时，还得严格控制饮食，淀粉、油、盐，这些已经离他远去了，每天只有甘蓝菜和白水煮鸡胸肉。

　　黎景桐有空时也会过来，陪他训练，给他一点"不是只有我一个人受苦"的精神支撑。

但有着良好健身习惯和基础的黎景桐，也表示无法撑完全部练习。

"这真的太夸张了，"黎景桐冷汗涔涔，"我做完这些已经快暴毙了。你确定还能继续吗？"

纪承彦一脸壮烈的听天由命的样子，说："这不是由我决定的啊。"

黎景桐已经开始担忧了，问："你真的要练这么狠吗？会不会影响健康？"

纪承彦安抚道："别担心，教练是专业的。"

教练一脸冷漠，"赶紧的，还有一百个深蹲没做。"

"……"

当初跟黎景桐去健身房，随便举一举重就已经生无可恋，现在像是变身超级赛亚人一样，每天都在拼死拼活地做着这些非人类的训练。

这些之外，为了不仅仅只身材像样还得在打斗上有专业拳手的气势，他还有半小时的速度球和与其他拳手的实战练习。

终于结束了一天的训练，把紧紧缠在拳头上的绷带取下来的时候，纪承彦虽然忍耐了，但还是控制不住地露出一点龇牙咧嘴的表情。

黎景桐忧心忡忡地问："很痛吧？"

纪承彦笑道："还好……"

那感觉仿佛是硬生生撕下了一层皮肤。

送他回家的路上，黎景桐全程都很沉默。

一直到回到家中，放下东西，纪承彦坐到沙发上休息，他才说："我都不知道该不该支持你了。"

"嗯？"

"当然这角色非常棒，前辈也练得非常好，"黎景桐说，"但真的好辛苦，太辛苦了。"

"辛苦是正常的，这行有几个不辛苦呢。值得就行了，"纪承彦坐着，轻微晃了一晃头，又拍了拍左边耳朵。

"怎么了？"

"刚才实战的时候，被打到耳朵了。现在还是嗡嗡的，有点听

不清。"

"那怎么办？"黎景桐一下子紧张起来，"现在去医院吧？！"

"不用，我刚试过了，"纪承彦道，"捏着鼻子出气，耳朵里没有气流出来，那就是耳膜没穿孔，不是大事。"

黎景桐没说话。

"吃点消炎药就好了。"

黎景桐望着他，没有说话。

他只得反过来安慰道："没事啊，这难免的，一点小失误，很快就养好了。而且以后拍摄的时候，为了对战效果真实，不太可能不受伤的，你得习惯啊。"

"……"

"你要连这都受不了，到时候在戏里看我被打得不成人形，你还能行啊？"

"……"黎景桐说，"我开始犹豫到时候要不要去看了。"

纪承彦笑道："这都还没开拍呢，严格说起来都还没定呢。"

谭导虽然看好他，也只对他伸出橄榄枝，但他们还没有真正签订出演合同。

幸亏这样的日子是有回报的，纪承彦的体格肉眼可见地在改变，教练也不再对他冷鼻子冷眼了。

黎景桐来接他，问："是跟谭导约了明天吗？"

"对，明天去一趟，再拍一些镜头，展示一下现在的效果，看谭导满意不满意。"

"怎么可能不满意，"黎景桐说，"可惜我明天出门了，没法去现场看你。"

教练说："你要是干不好明星这行，可以来我这兼职。"

纪承彦回答："……谢谢您了啊。"

次日的试镜非常顺利。他的训练很低调，一句也没对外提过，除了身边亲近的人，都不知道他最近在忙什么。以至于他露面时的状态，让大家都震惊了。

第9章

谭导说："好，好，你在这片子里，会是一头猛兽！"

回头接到黎景桐电话，青年在那边急切地问："今天怎么样？"

纪承彦笑道："还可以。"

李哥插嘴："岂止是还可以啊，是非常成功！我觉得纪哥能造就这个片子，谭导找他是对的。"

这晚回去，纪承彦好好睡了一觉。

他满怀着崭新的希望，愉悦又放松，直睡得天昏地暗，如同昏迷过去一般，一觉睡到第二天下午。

他是被经纪人的电话吵醒的。

"嗯？李哥？抱歉，"纪承彦揉着眼睛，视野模糊地去看床头的闹钟，"我睡过头了吗？好像还没到时间吧……"而后他坐起身来，"什么？"

"……"

"态度突然变了？"他问，"谭导呢，也没有回应吗？"

他握着电话，看着窗外昏沉的暮色，一颗心也跟着那落日一般，缓缓沉下去了。

虽然对方只是客气地、含蓄地推诿，拖延，说暂时签不了，流程没走完，耽搁了，得安排改天再约。但大家都很敏感。事有反常必有妖，无缘无故地推迟了既定的签约计划，那肯定不是"临时有事来不了"这么简单了。

只能说是，有了其他的，足以让他们动摇的人选。

角色临时被抢也不是新鲜事，但这片子挑主角已经有相当长一段时间，但凡有可能性的演员应该都已经考虑和洽谈过一遍了。

这时候冒出来一个更好的？没有这么巧的。倘若有更好的，那早就该出现了。

太有针对性了。

晚上经纪人李哥来找他，坐下来未开口，李哥就先点了根烟。

待得一根烟快抽完，李哥才道："听说是贺佑铭想要演。"

"……"

"其实很早之前资方就找过他，没谈成，他压根就看不上。毕竟片酬不高，周期又长——谭导的慢是众所皆知的，加上这片子拍起来肯定得吃不少苦头，灰头土脸的，不是能舒舒服服站着耍帅的，怎么都不是他的选择。"

"……"

"现在他突然自降片酬，表示很有兴趣，愿意接演，在一些条件上甚至主动让步了。"

"……"

"你说这样，人家能不动心吗？"李哥骂了一句脏话，"这可真歹毒。"

"……"

"不管怎么样，贺佑铭这些年来一直很稳，大奖也拿过，票房也扛过。就算没惊喜，他至少安全。而你是生过异数的人，"李哥顿了一顿，"随便挑拨两句，人家就会觉得你是颗不定时炸弹了。"

纪承彦没说话，他看着眼前烟灰缸里未熄的烟头，突然像被抽空了全身的力气。

在如今的贺佑铭面前，他确实缺乏竞争力。

一个是老牌优质偶像，一个则浑浑噩噩了十年，近来才初见起色。

就算他对于角色的投入程度也许会更高，就算贺佑铭的演技不一定那么精湛深刻，答案也是显而易见的。

没有一个资方会在他跟贺佑铭之间选择他。

"但贺佑铭怎么知道我要演这个戏？"

他们其实对此一直很低调，没有透露半点风声，也是为了免得被有心人搅黄。贺佑铭突如其来的兴趣，只是巧合吗？

"教练在健身房夸你，拿你当教材把其他人骂出花来了。健身圈子拿来当段子说。贺佑铭估计也是听人聊起这就放在心上了。你无端开始练拳击，这事真有心要挖的话，不会猜不到的。"

"……"

李哥说，"所以他就是针对你，就是一肚子坏水，就是专门盯着你的墙脚来挖。哪怕这个角色对他没什么好处，哪怕损人不利己。"

纪承彦沉默了一会儿，说："这事，你先别告诉黎景桐吧。"

"……"

"免得他受不了，"纪承彦道，"要说也等他忙完回来再说。"

李哥看着他，说："你还真是……这时候，还有空担心别人。"

虽然这事没多少挽回的余地，但李哥接下来几天还是在尽力为他奔走。

对此，纪承彦还是很感激的。

而且他还意外地收到了来自李苏的消息。

一直像一面沉默的墙和毫无回应的古井一样的李苏，居然会主动给他发消息，纪承彦一时也是百感交集。

这算因祸得福吗？

两人有阵子没见了，还是有点尴尬的，这回见面的契机也不是什么好事，因此也约得很随意，只在李苏收工后，随便在附近找了个公园碰头。

纪承彦现在毕竟也是有粉丝的人了，不好太光明正大地抛头露脸，于是就穿个加绒连帽衫，把帽子扣上去，拉链拉到最高。反正天冷，风大，这样穿的人也多，不起眼。就这么鬼鬼祟祟地一路摸到约好的地方。

结果李苏竟然已经先在那等着了，弄得他怪不好意思的。

李苏也谨慎地戴了个鸭舌帽，戴个口罩，穿个黑色高领毛衣，灰色狐狸毛领羽绒外套，自然而然地藏住了大半张脸。

不知为何，同样是防粉丝防路人的装备，李苏这样看起来就很有范儿，充满秋冬时尚的感觉，而他就活像个坏人。

李苏看起来比之前清瘦了一点，大概是最近工作太密集太累了。

未等他问候，李苏倒是先开口："你还好吗？"

纪承彦道："哎？还行吧。"

李苏端详着他的表情，像是要从他的脸上看出些端倪来。

"谭导那边的事，没让你太难受吧？"

"我又不是第一天入演艺圈。临时换角的事,很正常,不是没发生过。"纪承彦说,"不用担心,我这种老骨头,什么都受得了。"

李苏又看了他一会儿,而后说:"黎景桐还不知道?"

"嗯哪。"

"你们最近没见面吗?"

"见他干吗呀?"

李苏又看看他:"这时候需要他安慰你吧?"

纪承彦摇摇头:"不了,他要是知道,心里一定比我还难受。我不会去见他的,免得他不止难受,还得想出话来安慰我。"

"……"

"自己的倒霉事,自己消化就完了,不拖别人下水了。"

李苏又沉默了一会儿,道:"抱歉。"

"嗯?"

"其实,一开始是我向谭鑫推荐的你。"

纪承彦挺惊讶的:"哎?"

"如果知道会变成这样,那我就不会做这件事了。"

"怎么会,"纪承彦赶紧说,"你能跟他推荐我,这是一番好意啊!我感谢你都来不及。说真的,我以为你都打算跟我老死不相往来了,结果还能帮我找资源!大佬,现在惊喜完全压过了我的悲伤好吗。"

李苏道:"这事要能成倒也罢了,我还勉强算卖了个人情。但是不仅没成,又浪费你时间浪费你感情,这就太扯了。"

"哪算浪费啊,"纪承彦说,"至少我证明了自己的能力,而且还多学了门手艺,日后过气扑街了还可以兼职当拳击教练讨生活,说不定就开拓新事业版图,重返人生巅峰啊。"

李苏说:"……看把你能的。"

纪承彦又笑道:"说来你这人也有意思。"

"嗯?"

"背地里帮我的忙也就算了,之前事情快成的时候,你不出来邀功,倒是等事情黄了,你主动跳出来领罚。我也是不太懂你的脑回路。"

"……"

"你真的很搞笑，哈哈哈哈——阿嚏！"

李苏把外套脱下来，罩他头上："穿上吧你，寒酸。"

猝不及防兜了他一头一脸。纪承彦取下来，感恩戴德："谢谢大佬。不过你不冷吗？"

李苏说："我跟你又不一样，我年轻。"

"……"

李苏又说："这事你能想得开，也是很难得了。"

纪承彦道："混得不好的人，大部分都想得很开啊，哈哈哈。"

"……"

"也没什么想不开的，机会总能再有，只要肯等，总会有好事情发生的。"纪承彦道，"再说了，我都浪费十年了，浪费几个月又算什么？不差那一点。

"再说，就因为有这个事，才能又跟你说上话，我觉得很值啊。"

李苏像是有点不自在了："是吗？我比一部电影更重要吗？"

纪承彦道："这是当然的啊。"

名利不过云烟，友情才历久弥坚。

李苏"哦"了一声，双手插在口袋里，抬头看着天，心情似乎不错。

回去李哥又和他聊了个八卦："其实一开始谭鑫想找李苏演男二，李苏说考虑一下。"

"需要考虑能理解，毕竟他是当红流量，给你做过一次配，已经挺委屈了，要让他再接男二，那这部戏其他人的分量得足够才行。"

"现在定下来主演是贺佑铭，按理更有噱头了，结果李苏倒干脆，一口回绝，搞得他们很没面子。"

纪承彦闻言不由肃然起敬。

李苏真心义气，够朋友啊。

黎景桐回来了，听闻此事，差点当场爆炸。

　　"真的是小事，其实我也没有很想演，"纪承彦安抚道，"你想嘛，真去拍这部戏，我难免要受更多的伤，耳膜穿孔只是小意思，一个不小心就可能鼻子歪了，下巴烂了，肋骨随便断个几根，大家也受不了是不是？"

　　黎景桐在屋子里走来走去，满脸通红，一副很想扛着加特林杀出去的样子。

　　"而且说不定有更合适的作品在等着我，这部戏没接成，刚好能空出档期呢。塞翁失马，焉知非福，对吧？算啦。"

　　黎景桐一声不吭地来回走了好半天，简直要把地板踏烂了，而后才说："这事不会这么简单就算了。"

　　"……"

　　"你过得去，我过不去。"

　　"哎……"纪承彦就是见不得对方这郁结于心的样子，多一个人陪他难受，甚至比他更难受，作孽啊。

　　"还有，"黎景桐说，"我知道，前辈你是不想影响我的心情，不想扰乱我的工作，所以之前特意瞒着我。"

　　黎景桐看着他说："但是，如果可以的话，你遇到好事其实不一定要和我分享，但遇上坏事请务必第一时间告诉我，好吗？"

　　纪承彦愣了一会儿，微笑道："好。"

第10章

接下来的日子算是过得风平浪静，但大家都并不愉悦，纵使纪承彦表现得豁达乐观，气氛也始终是压抑的。

纪承彦盘腿坐在地板上翻着剧本，在上面来回做着标注，这几天已经看了一大堆本子了，最后挑剩出这三本，但说实话他觉得都不是特别合适，也可能脑内模拟的效果有点粗糙，实际拍摄会好一些也说不定。

黎景桐说："《铁拳》的剧组已经在筹备了，下个月应该就要开拍了。"

"嗯……"

"想过要打他们的脸吗？"

"哦，那倒也不需要吧。"

他对谭鑫的团队没太多怨气，毕竟那只是很正常的商业行为。

"你有没有考虑过去演《追击》？"

纪承彦有些吃惊道："啊？但是……"

"没错，那本来是贺佑铭要接的片子，但他为了截你的和，自己放弃了，"黎景桐说，"谭鑫这边能给的片酬只有一半不到呢，贺佑铭也是很舍得做出牺牲啊。"

纪承彦笑道："那还真是委屈他了。"

"之前把这部戏筛掉是因为剧情有点单薄，而且，另一个男主是施博言，作为自己扛过七亿票房的动作片明星，他一定会对片方施压，保证自己的角色出彩，挤压你的发挥空间。事实上他出演的所有片子都是这样的，只以他自己为中心，别人的存在感都很薄弱，而我们都不想你沦为陪衬。"

"但不管怎么说，这是万讯影业的大制作，而且贺佑铭为了《铁拳》，不惜放弃了接近三倍片酬的《追击》，如果你这时候反过来接下《追击》，这事就变得很有意思了，不是吗？"

这是赤裸裸的打脸，当然很过瘾，但纪承彦不由苦笑道："我个人认为，当时没考虑这部戏，纯粹是因为人家看不上我吧？"

黎景桐说："我当然会让他们看得上你。"

因为被贺佑铭临时放了鸽子，片方也有点着急了，在积极物色人选，很快纪承彦得到了一个单独试镜的机会——这已经很不错了，对方必然是拿着一批一线男星的名单在挑人，像他这种最近才靠综艺和一部电视剧回春，勉强挤进三线的选手，怕不是多如过江之鲫，能把人家门槛都踏破。给他单独试镜的机会，不用跟一大群人挤在一起任挑，已经很尊重了。

"别迟到啊，"黎景桐老妈子一样念叨，"明天资方、制片人和导演，重要的人物全都在。"

"当然不会，"纪承彦大拍胸脯，"我可从来没有不守时过呢。"

次日怕路上堵，纪承彦大早就出门了。上了高速，他在看剧本，忽然听得助理小张说："前面那车怪怪的。"

"嗯？"

"这样都不减速吗？"

纪承彦抬头看了一眼，清早的高速路上车很少，远远地，可见前方是辆黑色卡宴，在这路上，它像一枚射出的子弹——过弯道的时候它没有丝毫减速——朝着护栏迎头撞了上去。

撞断护栏，又撞断了两棵绿化树，才停了下来。

这一切猝不及防，就发生在他抬眼的那么一瞬间，轰然数声巨响，纪承彦心跳都漏了一拍。

"停车！"

小张也吓得有点蒙了,手忙脚乱地把车停到应急车道,纪承彦边开门下车,边喊他:"去把安全警示牌拿出来!报警!叫救护车!"

　　小张一溜小跑着去事故车后面放警示牌的时候,纪承彦过去打开那车门,见到气囊已经全弹出来了,驾驶位上的青年满头鲜血,一动不动。副驾上的男人也昏迷不醒,眼镜碎了,划伤了他的眉骨,流了一脸的血。

　　纪承彦心跳如鼓,忙解开安全带,试着把他慢慢移出车外。

　　小张又跑着来:"报警了,纪哥!"

　　"帮我把人抬出来!"

　　两人一起小心翼翼地将伤者先后抬出车外,移到护栏外的安全地带。

　　刚勉强安置好,就有后车经过,幸而有警示牌和双闪,后面的车安全绕过了,纪承彦只觉得自己出了一背的冷汗。

　　他又问:"叫救护车了吗?"

　　小张忙不迭地:"叫了。"

　　"再催催。"

　　小张说:"纪哥,我们……要不要先走?"

　　纪承彦愣了一下,才意识到自己是有要事在身的。他看了看那两个人,又看了看自己满手的鲜血,衣服上也血迹斑斑。

　　未等他开口,地上的男人动了一动,睁开眼睛,对不准焦似的,意识模糊地望着他们。

　　纪承彦忙说:"救护车很快来了,不要怕。"

　　男人茫然了好一会儿,而后像是终于意识到发生了什么,惶急地做了个想要起身的动作——自然是坐不起来的,肋骨断裂的痛楚让他的脸瞬间扭曲了。

　　纪承彦头皮都要炸了:"哎,你别动啊!"

　　男人惶惶然地问:"小竞呢?小竞他怎么样了?"

　　纪承彦迟钝了一刻,才反应过来这名字指的是驾驶位上的那年轻人。这是他人生中第二次亲历车祸,一时间有些恍惚慌张。

他口中回应男人道:"还好,他还好。你别担心。"

实际上那年轻人依旧昏迷,满头的血污令那面容都显得模糊。纪承彦尽量让自己冷静下来,控制着手指的颤抖,翻开青年的头发,仔细寻找出血的地方。

终于他见到了伤口,忙从外套口袋里翻出条手帕,将它折成小块,用力压上去止血。

黎景桐送他的,用来装绅士的奢侈品H牌的手帕,他一直觉得纯属摆设,不如纸巾实在,但也还是随身带着,而此刻它终于派上了真正的用场。

而后他叫助理:"赶紧,帮我把围巾拿下来!"

小张将他脖子上的围巾解下来,两人一起将青年的头结结实实包扎了一圈。

不知道有没有用,但至少算是止了血,H牌和B牌至此做出了它们最大的贡献。

纪承彦略微松了口气,小张看了看表,说:"纪哥。"

确实是耽误时间了。

纪承彦有些迟疑,而后道:"等救护车来吧。应该很快。"

"你就先去吧,"小张说,"要是误了事,李哥回头要骂死我的。"

"我把车开走吗?"

在警察或救护车来之前,把他们单独留在这儿,他心里总有点不踏实。

"没事纪哥,有我陪着他们在这等就行了。"

小张当然是很认真负责的,但毕竟还是年轻,也没什么经验,万一有什么突发情况,只怕第一时间就没了主意。

人命关天的事儿,要是能让他留下,小张多才多艺去试镜,那就皆大欢喜了啊。

小张走到边上打电话给经纪人汇报情况,纪承彦放心不下,又看了看地上的两人。中年男人的状态较好一些,至少神志清醒。而那青年至今仍未醒来,之前摸着他脉搏也觉得微弱,胸口起伏也……

他试了一下青年的呼吸。

"……"

没有呼吸。

纪承彦的心一下子沉了下去。

他又去摸青年的心跳。

没有心跳。

纪承彦一时间里只觉得全身的血都冷了,大脑空白了几秒,他忙弯下腰,仓促地为青年做了几次人工呼吸。

而后意识到这完全没有用,他大叫:"小张!!"

小张还在焦头烂额地打电话,回过头问:"怎么了,纪哥?"

"你会做心肺复苏吗?"纪承彦说,"他心脏骤停了!"

小张呆滞了一刻,张了张嘴,显然慌了神:"……心肺什么……我不会啊……"

纪承彦心嗵嗵跳着,简直要跃出胸口,但脸上还是强作镇定,一个字一个字地命令道:"我做,你看着,随时需要你接手,明白吗?"

他无比庆幸自己在那不务正业的时间里,去学过各种乱七八糟的东西。

"一二三四……"

一次又一次地快速按压着,他感觉得到自己的冷汗顺着额头滴下来,渐渐地双手开始发抖,没有足够的力气,动作也不够准确了——这实在需要巨大的体力。

他说:"小张,你来。"

小张一脸紧张地问:"我……我行吗……"

"别慌,你刚才也看到我是怎么做的了,很简单,你这么聪明,学得会。按我说的做就行。"纪承彦把他的手抓过来,"准确的按压点在这儿,你双手这样交叠,保持手腕手肘和肩膀垂直,用上半身发力来按,深度大概五到六厘米,做得到吗?好,照我的节奏来。"

在他的正确指导下,小张从一开始的六神无主,到慢慢专注和冷静下来。年轻人头脑灵活,上手快,力气也大,坚持了颇长一段时间,才又由纪承彦接手。

两人轮流按压了许久——至少在他们的感知里，这漫长得仿佛不止一个世纪。救护车依旧还没来，青年也依旧没有任何声息。

一片死寂里，除了他们急救的动静，就只有车辆从旁边高速路上疾驰而过的声响。

躺着的中年男人之前在断断续续地流眼泪，现在只发着呆，想着什么似的，泪水和血迹混在一起，干涸在他苍白的脸上，显得毫无生气。

小张满头大汗，低声说："纪哥，还是没有呼吸。"

"……"

对年轻的他来说，这反复的枯燥的，却换不回任何反应的，又令人精疲力竭的按压，好像太令人绝望了。

"这有用吗？"

"……"

纪承彦没回应，也没停手，他就像一台不知放弃的机器一样。

"呃……"

小张猛然大叫一声："有了！"

有呼吸，虽然很微弱，但他们都感觉到了。

"有了！"小张整个人激动得要蹦起来，仿佛自己重获新生一般，"我来，我来！"

纪承彦再次让他接手，这才意识到汗水已经把自己的衣服里外都浸透了。

在青年恢复呼吸、心跳后不久，救护车和警车终于先后到场。

堵车在T城，真的是令所有人无奈。

接下来的事交给专业的人员处理，一番沟通过后，两人总算得以重新上路。

纪承彦道："其实刚才应该让你跟着到医院，看看有什么后续要帮忙的。我自己开车过去就行了。"

"不了吧，"小张说，"要是家属赶到医院，围着我一个人感谢，我会不好意思的呢。"

"哈哈。"

纪承彦在后座上尽量收拾自己，早上出门的时候还衣冠楚楚，花枝招展的，现在整个成"残花败柳"了。

一身衣服已经没法看了，更别说发型了，已经不存在了。

幸亏车上有备用的衣服，但即使换了，模样也还是很狼狈。

"纪哥，今天我明白了一件事。"

"嗯？"

"有时候虽然不知道坚持下去有没有用，但停下来一定是不行的，对吗？"

纪承彦微笑道："是的。"

小张还在兴奋状态，说："这是我第一次救人耶，纪哥！"

纪承彦给他逗笑了，问："怎么？感觉好吗？"

小张狂点头道："很好！我现在整个都很兴奋！不知道怎么说，但我觉得好棒啊！救人真爽！比小时候我妈给我买了台游戏机都爽！"

纪承彦不由微笑了。

然而待得试镜完成，打道回府，小张就笑不出来了。

见了李哥，他立即一副慷慨就义，等着要被骂惨的壮烈表情。

倒是李哥一见他俩的模样，先惊呆了。

"你们这，还真是遇上车祸了啊？"

"嗯……"

"哎，你好歹还换了身衣服，小张这是刚杀完人吗？他们没被你们吓着？"

纪承彦说："我到的时候，罗先生已经走了。"

李哥道："我听说了。"

可以理解，人家的时间，说真的每秒都贵过黄金，当然无法耗在那里等他一个小时。

迟到就是不专业，就等于错过，这个无法辩解。

纪承彦说："很抱歉。是我浪费了机会。"

李哥叹了口气："哎，算了，运气不好。"

　　没等到一顿骂的小张，忍不住插嘴道："其实也不是纪哥运气不好……"

　　"谁说他了？"李哥两眼一瞪，"我是说我运气不好！你说这叫什么事！煮熟的鸭子估计要飞了，我还不能发脾气！我要是怪他因为救人误了事，又显得我不算个人。可我这一肚子火，我真的没处发，我糟心啊！"

　　"那就骂骂我呗，李哥。"

　　"……"

　　小张如愿以偿地挨了一顿劈头盖脸、狗血淋头的骂，表示心满意足。

　　临走前，李哥说："这事你也别多想了，我再争取一下。不行就算了，机会到处都是。"

　　纪承彦诚恳说道："李哥，我是不是你带过的最差的一届？"

　　"……"李哥说，"你别往这方向努力就行了！脑壳疼！"

　　《追击》很快定了男主。

　　消息传来的时候，纪承彦正在和黎景桐喝茶。

　　黎景桐最近很努力地找机会在他面前展示茶道，以至于他也被动地变得养生了。

　　"薛凯宁吗？"纪承彦面前的茶凉了，他说，"他是不错的演员，恭喜他。"

　　黎景桐给他倒了新的茶，问："前辈后悔吗，你当时的选择？"

　　纪承彦笑了一笑，道："错过这个机会，要说一点都不遗憾，那不可能。只要是失去，那就一定都是痛苦的。"

　　"和一部好电影失之交臂，这种痛苦会持续一个月，两个月，甚至一年。"

　　"但如果当时我们不管那场车祸，直接驶离现场，或者报警以后就离开现场，那就不一样了。"纪承彦说，"那个年轻人原本有机会获救的，然而因为我的事不关己，无动于衷，可能他会错过那几分钟最佳急救时间,可能他就那么死了。"

"……"

"看起来才二十几岁呢,"纪承彦说,"那样的话,这件事会纠缠我一辈子。我可能会在几十年后都从梦里惊醒,后悔那天没有停车,没有尽力救他。"

"……"

"所以如果再来一次的话,我还是会那么做,也只能那么做。这不是选择的问题,根本无法选择。"

黎景桐沉默了一会儿,道:"其实我大体上,也猜得到前辈你会怎么想。"

"嗯。"

青年认真地看着他道:"你比我身边的所有人,都更加耀眼。"

这彩虹屁简直不堪入耳。

纪承彦说:"耀眼啥啊?就我这样?也没有过破亿票房,也没拿过影帝,你那朋友圈子里,随便哪个不比我强?"

"你比他们酷多了啊!他们有过票房。可他们没有让心脏骤停的人恢复过心跳啊!我认识的人里,有过亿票房的,多的是,但做过这事的,你是第一个,"黎景桐说,"所以还是前辈你比较优秀!"

"……"

纪承彦赞扬道:"你可真会吹。"

手机响了,是李哥打电话过来,纪承彦以为他是来表达关怀的。

"不用安慰我啦,"纪承彦豁达道,"我也只是有一点点失落而已。"

"谁要安慰你啊,是不是想多了。有戏没戏你自己心里没点数吗?还要我安慰?"

"……"纪承彦说,"所以你就是来骂我的吗?"

"有个事比较突然,我不太确定该不该直接帮你拒了,所以跟你说一下,你自己拿主意。"

"哦？什么事？"

"有人想约你吃顿饭。"

"哦，哪位大佬吗？"不是大佬也没什么好让李哥伤神的。

"是巨佬，"李哥说，"陆风，你知道是什么人吧。"

"……"纪承彦道，"是哪个陆风？那个陆风吗？"

"还有哪个？不然难道是陆风汽车那个陆风吗？"

"……"

其实娱乐圈这样的大染缸，大家都是见过大风大浪的，不至于大惊小怪。

但陆风这个人，当年的有些事，即使在这奇葩见惯的圈子里，也是用得上惊奇这个词的。

所以跟他打交道，就像和恶魔交易一样。也许你可以得到你想要的，但代价往往也是你最珍贵的东西。

陆风约他吃饭，图什么呢？

纪承彦思考了很久，真的想不出有什么请他吃饭的动机。

看上他的演技？他的潜力？

拉倒吧。

李哥说："我一开始一听说是他，本能就想直接替你拦下，但转念一想，你也没有什么能跟人家做交易的，可能是有什么正事想约你谈谈。反正我打听一下，你也自己想想。"

第 11 章

纪承彦不由得赶紧想了一想。

冷静下来一分析,其实陆风此人的事迹,也是很多年前的听闻了,颇有点"我已不在江湖,江湖却有我的传说"的意思。

虽然大家对他的印象还停留在当年,严格来讲,近年来确实算得上风平浪静,起码没有什么这方面的八卦。

纪承彦沉思道:"我觉得可以去见一面。"

黎景桐立刻问:"为什么?"

"要用发展的眼光看待问题嘛。人是会变的。"纪承彦语重心长,"你觉得呢?"

黎景桐说:"我觉得,江山易改,本性难移。"

"我这里没有什么值得他下手的。"

纪承彦最后还是接受了来自陆风的饭局邀请。黎景桐固然相当纠结,但偶像的决定,死忠粉还是得尽力去支持的。

他前往赴约的当晚,李哥和黎景桐都一脸沉重。

"……干吗一副要送我上路的表情?"

李哥说:"吃顿好的吧。"

"……"纪承彦道,"哥,这顿饭应该是会很奢华大气上档次没错,但你这样说让我很害怕啊。"

李哥幽幽道:"勇敢点。不入虎穴,焉得虎子啊。"

纪承彦说:"天喽,我突然压力很大!"

黎景桐始终忧心忡忡,一言不发,眼看他要走出门了,千言万语才化为一句："你要小心。"

即将身入虎穴的纪承彦表现得十分淡定，反过来安慰他："别担心，没什么好怕的。我觉得陆风也就是个纸老虎，花架子。"

"啊？"

"真跟他对上了，我也不虚啊。要不了三秒，我就要他跪在我面前。"

"嗯？"

"掐着我的人中求我不要死。"

陆风专门派人派车前来接他，保镖威武雄壮，礼车豪华结实得很，乐观点说是体现了尊重和礼仪，悲观点说犹如瓮中捉鳖。

车子在纵横交错的小巷里穿梭，而后停在一条昏暗的胡同里。

纪承彦在夜色中，老眼昏花地费了老大的劲，才发现眼前略微破败的砖红色大门便是餐厅门口，实在是毫不起眼，平淡无奇。

在这深巷中，倒是一点都不孤高冷漠，满满的人间烟火味。

推开门，进去便见得一座古香古色的四合院。影壁墙之后，庭院深幽，红房绿植，仿佛穿越到了多年前的大户人家。小院坐北朝南，西面是通透的全开放式大厨房，东面是工作间，北面是餐厅，灯火通明，厨师已在其间忙碌，却没有别的客人。

陪同的人毕恭毕敬为他拉开了门，包间内十分宽阔，并不豪奢，但很有品位。纪承彦看见屋内已有一人坐着，未等他有所反应，门便在他身后关上了。

"……"

纪承彦顿时背上一紧，还真的是只有两个人吃饭啊。

坐在桌后的高大男人朝他轻微点了点头："请坐。"

居然还用了"请"字，纪承彦立刻被控制了一样，规规矩矩地坐下。

这资讯发达的年代，他即使从未和陆风这个人直接接触过，也自然知道对方的长相。

但第一次正式见到这个人，这么近的距离，感觉是完全不同的。

传说中的陆风并不是模糊印象里，或者说想象里过分渲染出来的，凶神恶煞。

固然令人害怕，但这人可以说长得非常英俊。

然而又很危险，让他莫名地有种在雄狮猛虎面前的本能畏惧。

陆风看着他，说："我想这种地方比较有人间烟火气，不会给你压力。"

"……"并没有呢，大佬！

然后大佬甚至还亲自给他倒了一杯茶。

服务生来上了菜，清汤白玉饺、松露紫金配、乌参扒鱼肚、菊花炖飞龙、罗汉大虾、红烧紫鲍、清蒸鳜鱼、鸳鸯鸡粥，陆续摆了满满一桌子，黄灿灿明艳艳，两人却是相顾无言，不动如山。

陆风应该是不想动，他是一动也不敢动。

气氛紧张地沉默半天，陆风突然想起什么似的，面无表情地拿起筷子，给他夹了一整条海参，说："请用。"

在陆风的注视之下，他慢吞吞地将那条海参吃了。

茶也喝了，菜也吃了，完成了这一系列礼节性的前置步骤，陆风终于说："知道我为什么请你来吗？"

纪承彦精神一振，来了，要进入主题了！

"请你来，是为了向你道谢。"

"啊？"

"之前我的朋友遭遇车祸，得到了你的救助。"

"啊！"

"多亏你的及时处理，为他们争取了时间。这事情于我意义非凡，所以我必须当面向你致谢。你希望得到什么回报，都可以尽管开口。"

"啊？"

陆风说完这么一串场面话，纪承彦说完三个单音节的字，现场又

陷入面面相觑的死寂。

两人继续尴尬地对视了一阵，纪承彦顶着这注视的压力，赶紧把来龙去脉理顺了，而后说："那什么，真的只是举手之劳，人之常情，不值得您这么客气。而且当时还有我的助理，他帮了很大的忙，靠我一个人可能也无济于事。最重要的是，他们俩现在的情况怎么样，都已经好转了吗？"

"小辰已经出院了，恢复得很好。林竞目前还没清醒，但医生说他生理特征平稳，近期随时可能醒来，等着就是了。"

"啊……"想起那位青年，纪承彦有点后怕，但好歹是脱离危险，状况稳定了。

"原本小辰也是打算来的，主要还是他特别想见你，"说到这个，陆风表情明显柔和了，"其实他算是你粉丝，只不过第一次亲眼见真人是在那种场合，要签名是不可能的了。"

"……"

"但他今天感冒了，胸口又疼得比较厉害，怕失礼，就不来了，他还挺遗憾的。"

纪承彦立刻说："其实可以改天的。"

能多一个人在场，那气氛就完全不会是这样了啊！

"我也是这么跟他说的，但他说绝对不可以对你爽约。你可以说是现在他在这个世界上最感激的人。"

"……"

他多希望能被爽这个约，能被放这个鸽子啊。

"通常，我不会这么大方，但你不同，"陆风道，"有任何的要求你都可以提，有任何的问题也都可以问，我会尽力。"

"太客气了，"纪承彦说，"小辰……"

陆风看了他一眼，淡淡道："你可以称呼他程先生。"

"……哦，"纪承彦立刻说，"程先生太客气了。救命恩人什么的谈不上。"

"倒不是，"陆风说，"你确实救了很多人。你还救了林竞，也

第 11 章

等于救了我。"

"所以你可以放心提要求，"对面的男人十指轻松交叉，放于桌上，淡淡道，"你要什么？"

"……"纪承彦不由得目光呆滞。

大好机会就在眼前，金山银矿等着他挖啊！然而他一时间还真想不出自己要什么。

他怎么就这么没出息啊！

安静了一阵子，他看得出来对方尽量在耐着性子等待，直到看了一眼手表。

"想不出来没关系，你可以回去慢慢想，想好了随时联系我。"陆风说，"我要回去了。"

"哦，好的，您先忙，您慢走。"

"对了，小辰让我给他带个签名。"

"……"纪承彦捏着对方准备好的纸笔，给大佬签名着实让人有点紧张，"抬头怎么写比较合适？"

"程亦辰。"

纪承彦便中规中矩地写道："致程亦辰，早日康复，笑口常开。"而后龙飞凤舞签了自己的大名。

陆风看起来颇满意，点点头说："他是该多笑。"

而后将那张纸小心折起来，揣在怀里，像准备带回家的宝贵礼物一般。

纪承彦悻悻回到家，刚按密码开锁，"嘀"了一声，门就立刻打开了。

"……"

门后露出的是青年欣喜又担忧的脸。黎景桐果然在他家里等着他。

纪承彦举起手里的打包盒，说："我给你打包了大虾！"

说是给黎景桐打包的虾，实际上拿去厨房热过以后，反倒是纪承彦自己美滋滋地吃了起来。

大虾个个肥硕饱满,足有三两,前半段带壳的部分咸甜爽口,后半去壳镶馅,炸得酥香鲜嫩,纪承彦就直接端着盘子站在厨房门口,一口一个地停不下来,不知不觉盘子就快空了。

纪承彦有点不好意思,于是虚伪地留了一只:"这只大的,留给你。"

黎景桐边在厨房里用带回来的鲍鱼海参熬着粥,边说:"我不用,前辈你都吃了吧,打包了这么多回来,一看就是没吃饱。"

纪承彦叹口气:"还真是没吃多少。"

"对着陆风吃不下?"黎景桐笑道,"说来第一次和他见面,感想如何?"

纪承彦客观真实地评价了起来:"说实在的,他风评虽差,真人可比杂志上的帅多了,脸就不用说了,身材还特别好,气场又足。"

"……"

"而且对我很客气,礼貌得令人害怕!他还非常大方,直接就问我有什么要求,感觉只要我别太过分,要什么他都能答应。不过我实在也想不出来能跟他要什么,总不能让他给我点钱花花吧。"

坐在一起吃着海参鲍鱼粥,黎景桐道:"说来,公司最近一些有意向开发的故事中有个我小学时候就很喜欢的,就把原著带来了,前辈有空也看看?"

"行啊,拿来给我瞧瞧?"

黎景桐递了本书过来,纪承彦接到手,一看名字就说:"啊,这本我年轻时候也看过!确实是好故事!"

黎景桐挺高兴的:"是吧!真是太好了!"

"这是奇幻类的经典故事,真要拍的话,成本低不了吧?"纪承彦道,"你有心演这部?"

"嗯!"

"刘长应这个角色不错,人设好,高光时刻多。"

虽然是多年前看的,但他对细节印象颇深,刘长应从少年英雄到以一己之力开宗立派,仁爱大义又杀伐果决,就是骨子里总透着种微妙的忧郁和早早被打磨过的沧桑。

虽然契合感不是很强，但他相信黎景桐有能力驾驭各种角色。

黎景桐问："那前辈你愿意演吗？"

"啊？"

"你演刘长应的话，一定很合适，"青年的眼神真挚诚恳，"你就是我心中最好的刘长应。"

纪承彦大吃一惊："我？"

黎景桐的粉丝滤镜也就罢了，重点是怎么可能由他来演大男主啊？

黎景桐担一番，让他二番，都已经是顶流带着拖油瓶的配置了。他男一，黎景桐演男二钟青云，听起来就很荒唐。

纪承彦道："我配吗？这种片子，我当男主？谁还敢投资啊？"

黎景桐道："可以的，投资的问题你不用担心，我相信你的实力，你也要相信我的能力。"

"……"确实，再怎么臭鱼烂虾的演员，以华信的体量，拍一部特效大片来硬捧也不是做不到。

但他算哪根葱，人家为什么要在一个扛不起票房的老艺人身上花大钱。

虽然圈子里也有不少投资人硬捧小明星的例子，先不说基本上结果都是扑街，而且里面的水有多深大家背是心知肚明的。

纪承彦连连摆手："不开玩笑，这不是过家家，还能给我拍着刷经验值吗？"

黎景桐十分认真："我觉得这是个适合前辈的好剧本。"

"别瞎想，"纪承彦劝他，"不可能让我来演的。这种制作成本的片子，除了你能挑大梁，二番多半也得有杨晗那样的江湖地位，或者李苏那样的票房号召力。我这咖位差得太远了，过于勉强，大家都难受。"

男一和男二的戏份差不多，但谁是大男主一目了然，最后男二英年早逝，男一成为一代宗师，这样的剧情，安在他和黎景桐身上，倒像他一个人的幻想，哪个能买账。

黎景桐十分诚恳："我可以去说服他们。"

纪承彦叹了口气："我知道，那两个电影黄了的事，你一直放不下，想帮我找其他机会，想安慰我。但我真的没关系，也不急，慢慢来就好。真下那么大功夫捧我，想一步登天，我脚下不踏实，心里更不踏实。赔了我拿什么还啊，你怎么跟投资人交代啊？"

"再怎么赔都有我兜着，前辈你完全不用操心的……"

纪承彦摆摆手。

黎景桐说得很简单，表现得很天真。但他知道青年其实一点都不天真，黎景桐只是打算把复杂的沉重的部分都先自己挡住，而将过滤之后，剩下的最简单的部分留给他。

他相信黎景桐的诚意和能力，但这没必要。他压根不愿意为了一己私欲，让黎景桐去承受那些压力。

"这电影能不能拍，都还是未知数，咱们就先别讨论得有鼻子有眼了。单纯为我考虑的话，那还是踏实一点，挑个低成本的，不容易赔钱的拍拍吧。"

刚说完"低成本"，隔天王文东就来找他了："哥，我这有个挺有意思的剧本，喜剧片，你演不？"

"……"

王文东满脸都写着"低成本"三个大字。

"等等，"纪承彦说："你能先告诉我你预算多少吗？"

王文东又做苍蝇搓手状："嘿嘿，预算还是可以的……"

"你就直说吧。"

王文东伸出四根手指。

"四百万？！"纪承彦立刻站起身，说，"告辞！"

他们当时那部穷苦的网大，要放在现在拍，算上通货膨胀，成本都不止四百万了。

"不不不，哪能只有四百万呢，哥，你也太小看我了，我现在鸟枪换炮了啊，是四千万！"

第11章

"……"虽然这鸟枪换炮的"炮"口径还是小了点,但这预算听起来好歹比较像样。

纪承彦重新坐下来,接过剧本,边翻边说:"讲真的,有四千万,剧组的盒饭能吃好一点吗?"

待得把剧本看完,纪承彦道:"你这家伙,还是一如既往地俗啊。"

王文东嘿嘿笑道:"那是啊,做人最紧要的是始终如一嘛。"

"……"

"俗不俗不重要啊哥,重要的是,有趣吗?"

这故事虽然俗,又无厘头,但他确实觉得很好笑。说实在的他自己当了这么多年的搞笑咖,笑点是很高的,能让他笑出声的故事,是有点东西的。

对着王文东充满期待的眼神,纪承彦故作深沉状:"我觉得还行。"

"是吧,是吧!"王文东很是兴奋,"哥你不知道,这本子是改了多少次才改出来的,把两个被毙了的项目合在一起重新编的……"

"你说什么?"

"没什么,我要说的是,大纲一出来,其实我就想到你了,这简直是为你量身定做的,你是我心中男主角的不二人选!"

纪承彦有点被感动了。

虽然王文东始终全身散发着"我没钱"的气息,但其实这两年来他发展得很不错,当时《银狼》作为低成本网大却收获了远超预期的利润和口碑,还捧出了李苏跟简清晨两位现在当红的流量小生,王文东自己也是水涨船高,终于能执导真正登上大银幕的作品了。顺利上映的两部,虽然成本都不到千万,票房却能有六七千万,跟那些动不动几亿的大制作是没法比,但投资回报率算很优秀的了。

这部预算高达四千万的新作,算是王文东电影生涯的一个里程碑,而这家伙登上一个新台阶的时候,第一个想到的还是他。

苟富贵,勿相忘啊。

纪承彦道:"就这么想找我演啊?"虽然是喜剧片,男主角冯归程这个进退维谷的金领精英角色,还是挺有发挥空间的。

王文东点头如捣蒜，说："是啊，是啊。"

纪承彦略微矜持道："我是可以考虑一下。"

"太好了，"王文东喜滋滋地，"我就知道哥你仗义。"而后又愁云惨淡的："还有个人我想请他来演的，但估计很难。"

"谁啊？"

"杨晗。"

"是那个杨晗？"

"还能有哪个杨晗啊。"

"你是说那个靠《风雷引》拿了影帝的杨晗吗？"

"对啊。"王文东满脸向往，"他是我的白月光！"

纪承彦不由问："等等，先不说这白月光理不理你，你想让他演什么？陈小包吗？"

"怎么可能？"王文东说，"当然是冯归程啊。"

"那我是演陈小包那个土包子吗？"纪承彦说，"你觉得我合适吗？"

王文东一脸信任跟他说："哥，你可以的。"

"你说说，你来说说，我究竟哪里土了？啊？"

王文东满脸堆笑，瑟瑟发抖，说："不是，哥，你当然不土啊，但这不是挑战自我吗？本色出演的话没有挑战空间啊，是吧？"

"那你怎么不让杨晗挑战自我呢？"

"他不合适嘛……"

"滚犊子，"纪承彦怒喝两口王文东买单的咖啡，说，"你怎么不考虑黎景桐？说动他来演的可能性还能比杨晗大一点呢。"

看在他的面子上，黎景桐还是有可能降尊纡贵的；看在黎景桐的面子上，他演一土包子也不是不能接受。

结果王文东斩钉截铁道："那可不行。"

"你几个意思，黎景桐还能比不上杨晗？黎景桐的票房是杨晗能比的吗？"

王文东十分坚决："杨晗在我心中就是第一位的，其他人，不管是谁都得往后排。"

这也算是十分有原则了。

纪承彦道："你认真的？你家白月光愿意拍的都是冲着拿奖去的文艺片。就你这个？他肯演？"

王文东长叹一声："所以才是白月光啊。"

纪承彦赶紧把那不要钱的咖啡一口喝光了，这项目感觉是要凉啊。

"其实我跟杨晗，还是有些渊源的，"王文东说，"我们以前是同学呢。"

这纪承彦也知道，杨晗和王文东同一个院校出来的，但那没什么稀奇，这圈子里科班出身的大咖们无非就来自那几家艺术类大学，所以到处都是同学。他俩还不同系，一个表演系一个导演系。就算人家同系同班出来的，最后往往也各奔东西，有的成星有的成泥，压根攀不上关系。

"以前我们玩得还挺好的呢，那时候他是我铁哥们。"

这纪承彦倒是不知道了。

"是吗？那后来怎么了？"

王文东那张只会为钱发愁的脸上，居然露出了其他的烦恼之色，道："哎，不说了吧。"

纪承彦回家以后，说起这事还是十分地愤懑难平："让我演陈小包也就算了，居然还敢看不上你？"

黎景桐道："我看了这剧本，是双男主模式，但真要细算下来，陈小包才是第一男主。"

"这我知道，"纪承彦道，"所以杨晗更不可能接这玩意儿啊。人家又不傻，跟我搭戏已经够吃亏了，还能给我作配？"

王文东看起来滑头滑脑的，其实心眼少有地实在，他俩交情不算深，王文东待他却是真的不薄。

"那你们俩最后是怎么商量的？"

"我跟王文东说了，他有本事把杨晗请来，那我就演。"

黎景桐问："前辈真打算演这个吗？"

"杨晗都不怕的话，我怕什么？"纪承彦笑道，"这剧本挺好，就是个明确的喜剧片，核心人物关系清晰，故事完整，笑料包袱充足。你知道我看的时候，觉得最好的一点是什么吗？就是它没野心，它很有诚意，也很专心地在搞笑。"

黎景桐想了一想，说："我明白前辈的意思。它很单纯。"

纪承彦笑了："对，它很简单，它只走一条搞笑路子，连说教都没有。这圈子里，大家都太有才华，脑子里的思想也太多了，导致想表达的也太多，总想在一个作品里加进去许多私货，到最后出来的作品往往可能不伦不类，格调混乱，连一件事都没讲好。它不同，它特别朴实，就跟陈小包这人一样。"

黎景桐睁大眼睛，甚是认真："所以前辈对这个剧本，很有信心吗？"

纪承彦摇摇头笑道："多大信心倒也谈不上。但要说起来，现在喜剧的市场基本还是空白的，虽说空白有空白的原因，现在喜剧格局小、烂片多，拿不了奖，也挣不了几个钱，但越是这样吧，越不是没有突围的可能。"

黎景桐叹口气："这越讲，越觉得应该让我来演啊。"

纪承彦正色道："那可不行，哪能把鸡蛋全放一个篮子里？"

"啊？"

纪承彦头头是道地分析着："要是你我主演，这片子扑街了，那咱们不是被一锅端？我跟杨晗搭档就不一样了，万一爆了，你可以替我高兴；万一扑了，杨晗不高兴，那你还是可以高兴。这样是不是很稳妥？"

"……"

也不知道是谁争取的结果，这天杨晗还真的出来和他们组了个KTV的局。到场的除了有王文东以及他心中的主演们，还有黎景桐和一干凑热闹的吃瓜群众。

大家吃吃喝喝，唱唱闹闹，相处得也算融洽，就是杨晗这个人吧，纪承彦觉得他实在是特别闷，全程坐在那里似笑非笑的，不动声色地喝着水,谁都说不清他到底是高兴还是不高兴,也跟他聊不太起来。

还是黎景桐去和他说了会儿闲话,而后问他:"来都来了,你要不要也点几首歌?"

杨晗微笑道:"我就不唱了,最近嗓子不好。"

这拒绝倒也在意料之中,黎景桐刚转头跟纪承彦说了句话,又突然听得他说:"我倒是想听王文东唱个歌。"

他说话不疾不徐,声音也不大,在这热闹的KTV包厢里却十分清晰,一时间大家都看着王文东。

王文东猝不及防:"……"

王文东平时讲话内容固然是没什么营养,音质倒还算悦耳。纪承彦没听他唱过歌,但以这声线,感觉怎么也是个KTV歌王级的吧。

在一屋子里期待的眼光中,杨影帝钦点的歌手王文东郑重其事地接过了话筒。

前奏响起,数秒之后,王文东开了口。

纪承彦精神顿时为之一振,刚捏起来的爆米花应声落地。

"我天……"

"这难道就是传说中的开口跪?!"

不光是他,大家都激动得睡意全无。

"我觉得KTV的保安等下会来打人。"

"我家的鹦鹉都比他有节奏感。"

"这是有毒吧!"

"这里是在杀鸡吗?"

"切歌,快切歌啊!"

杨晗发话了:"谁敢切?"

"……"

熬到王文东终于唱完了最后一个音,群众纷纷真心诚意地为他热烈鼓掌,并一齐露出了劫后余生的笑容。

"这真是我人生中最漫长的五分钟……"

"我差点以为我挺不过来……"

"每个音都不在调上,这究竟是怎么做到的?"

"这尝试真是令人敬佩!"

王文东坐下来擦汗,纪承彦看向杨晗:"你挺满意啊。"

"还可以,"杨晗微笑道,"你觉得能打几分?"

"从音色音准音域各方面综合考量,这我给十分吧,"纪承彦说,"满分一百。"

杨晗点点头:"还挺中肯。"

纪承彦道:"王文东这个戏,你考虑得如何了?"

杨晗反问:"你觉得我演这个,合适吗?"

"合不合适,我说了不算,"纪承彦道,"你自己心里怎么想才算。"

杨晗笑道:"说实话,我觉得俗了点。"

"是俗,但不恶俗,热闹,但是不闹腾,不是吗?"

杨晗说:"我是考虑转型,但也不能太向市场妥协,过于迎合大众了。"

"我觉得这不是妥协,也没有迎合。"纪承彦说,"被市场牵着鼻子走,削尖脑袋想着挠观众痒痒,那没意思,人家也不会买账。你也是看过剧本的,它是真正独立思考出来的东西,既不抄以前港式喜剧片的套路,也不抄现在网络上的时髦段子,里面的笑料都很自然,也很新鲜,对吧?"

杨晗并不反驳,只说:"深度还是差得远了。"

"虽然谈不上多少思想深度,但我觉得它会好看。说真的,现在电影市场上,大家看好的都是立意深刻的大片,好像没有深度就没有价值一样,"纪承彦说,"其实'好看'本身,不就是价值吗?和市井百姓的共鸣,就不是共鸣了吗?"

杨晗笑道:"它好像让你很有共鸣?"

纪承彦也笑了:"没错。我是个俗人嘛。"

短暂的沉默里,黎景桐突然插了一嘴:"你要是没兴趣,那就跟王文东推推我,我还挺乐意演冯归程的。"

杨晗:"……"

回家路上，纪承彦看着黎景桐："你越是跟杨晗那么说，他越不可能推荐你，这你知道的吧？"

黎景桐说："我当然知道啊。"

而后又说："只不过，我有兴趣的东西，他通常也会变得有兴趣。"

"……"

收到王文东的消息的时候，纪承彦正在健身房努力举铁。

"哈？杨晗答应出演了？"

纪承彦着实有些意外。虽然杨晗的态度也让他觉得有戏，颇有几分希望，但这有点太快了。他都做好了心理准备要好好跟杨晗磨一磨，打个持久战呢。

"真的假的，杨晗能这么爽快？"

"嗯，合同已经签好了，"王文东说，"哥你什么时候也来签下合同？把流程走一走，咱们就抓紧时间，准备开拍了。"

这比预想中的突然得多，纪承彦边琢磨其中的微妙之处，边回应道："行，我这边也安排一下，可以的话明天下午见。"

"好的。"

挂了电话，黎景桐在旁边问："杨晗同意了？"

纪承彦心不在焉道："嗯……对。"

"杨晗偶尔还是该演商业片的，总是叫好不叫座也不行。不过接这片子确实也有点冒险，反差太大，难得他这么干脆。"黎景桐也在那琢磨起来，"不知道到底是什么说服了他。难道就因为我也想演吗？"

纪承彦："……这个我也不知道。"

第12章

不管怎么说,这项目是迅速启动,顺利开机了。

剧组效率是真的高,一点时间都没浪费,很快就发了先导海报。

海报宣传一出来,不出意外地变成重磅炸弹,引起议论纷纷。

"杨晗为什么要演这种东西?"

"是想要票房想疯了吗?"

"票房毒药坐不住了啊,哈哈哈。"

"何必呢,走他原本的路线不好吗?高冷人设不挺好的吗?"

"总要吃饭的嘛。"

"问题是这片子也未必有票房啊。"

"一看就是烂片预定。"

吃瓜网民们一边骂杨晗抛弃节操就为了冲票房,一边又骂这烂片不会有票房,明明意见相左,却也能骂得志同道合,齐心协力。

粉丝们除了那些"无论爱豆做什么我们都无条件支持"的中坚力量之外,其他的则纷纷表达了对此的失望和不解,而后一边和黑粉们对骂,一边骂纪承彦。

"羊咩和纪承彦这个组合也太奇怪了吧,就好像鱼子酱配上酸黄瓜。"

"纪承彦的格调之低,我很不能理解羊咩跟他合作的动机。"

"纪承彦跟这片子倒是挺搭的,羊咩为什么要自降身价和这种人合作呢?"

纪承彦吃着片场的盒饭,看他的粉丝们反击。

第 12 章

"酸黄瓜怎么了？我吃巨无霸最喜欢的就是里面的酸黄瓜了。"

"对啊，鱼子酱有什么吃头？腥得很，还咸。"

"还不如吃爆爆蛋。"

纪承彦："啊？"

各位粉丝是不是有那么一点点搞错重点了啊？

倒是黎景桐的粉丝也跑来凑热闹。几家粉丝讨论的热度直线上升，结果就是这个电影刚开拍就上了热搜。

纪承彦自己倒是没什么感觉，这种程度的言论，在他的挨骂生涯里，那算非常温柔非常客气的了。

真正惨的是杨晗，原本是高在云端的神仙人设，因为这部戏惹了一身骚，就算将来票房大爆，卖个七八亿，他都替杨晗觉得不值。

然而杨晗居然没什么反应，至少表现得云淡风轻。

甚至于被千夫所指的杨影帝在片场的心情还都挺好的。不知道是因为他压根不屑理会那些粉丝在说什么，还是因为有其他让他心情好的事情发生。

这天纪承彦接到了李苏的电话。

"你现在的资源那么差吗？走投无路了吗？真接不到更好的了？"李苏问，"你怎么不先问问我？我这边有一堆项目比你那个强得多，我嫌都不够好才没推荐给你。你接这个会不会太急了？"

纪承彦笑道："其实还好，没他们说得那么烂。"

李苏说："那也还是烂啊！"

"不会啦，我觉得不烂的那就真的是不烂。你要相信我的眼光嘛。"

李苏道："你也说过简清晨的演技不烂。"

"……"

"所以这戏是真有那么糟吗？"

烂片主演纪承彦表现得十分超脱，说："现在大家都说烂，其实是好事。"

"一脸扑街相的小成本喜剧，刚开机就被骂得狗血淋头，连粉丝

都不看好，"纪承彦道，"这样就不会有人紧张得睡不着了。"

李苏反应得很快，问："你指贺佑铭？"

"他对于一个没票房没口碑的烂片的诞生，应该是求之不得，乐见其成，不会出手干预的。"纪承彦笑道，"我也只求安安心心地拍完我的小烂片。这不挺好的吗？两全其美。"

李苏安静了一会儿，说："你啊。"

"嗯？"

"反正有什么搞不定的，你就打给我。没什么好怕的。"

纪承彦客套道："怎么好意思给你添麻烦……"

李苏不耐烦了："我的资源比你强百倍。你那点破事也配叫麻烦？"

纪承彦立刻说："谢谢大佬！"

虽然在大众心中，这已经是个注定扑街的烂片，然而剧组的氛围一直很好，一派乐观，热闹，热火朝天，丝毫不受舆论唱衰的影响。

毕竟大家都心知肚明，有热度就是好事。挨骂不可怕，可怕的是连骂都没人骂。

而且托杨晗的福，这回的盒饭真的升级不少，有荤有素，有鱼有肉，食材新鲜，口味颇佳，还附带一份汤呢。

吃饭前纪承彦一通虔诚的祷告："感谢杨晗大大，赐予我们三十五块一个的便当。"

"……"

王文东基本都跟他们一桌吃饭，有时候还要边吃边跟他俩沟通剧本。

黎景桐那边半晌没声音，纪承彦喂了两声也没反应，仿佛信号不佳。

这边下一场重头戏要开拍了，王文东在那亲自张罗，老母鸡一样地到处喊人，纪承彦便匆匆先将电话挂断。

拍完这场关键的夜戏，大家都又累又饿，仿佛身体被掏空，纪承彦和王文东相约去吃烧烤喝啤酒，放松一下紧绷的神经。

趁着杨晗不在，又喝了几罐啤酒，王文东颇为真情流露地对着纪承彦吐了一番苦水。

纪承彦一边面不改色，沉稳淡定，陪着王文东长吁短叹，一边内心惊涛骇浪，汹涌澎湃。

倾诉了半天，王文东把剩下的半罐啤酒一饮而尽，长叹一声："谢谢你听我诉苦啊，哥。"

纪承彦强行按捺住内心的澎湃："小事情。"

"唉，也只能跟你说了。"王文东一脸惆怅，"跟你说，我放心。"

"……"他是守口如瓶没错啦，但一个两个都这么说，你们考虑过装太满的瓶子的感受吗？

次日接着拍戏，纪承彦在化妆间里等着补妆，工作人员一路小跑过来，尖叫道："纪哥，有人找你！"

正想着她兴奋个什么劲呢，一转头，就见得门口站着一个高大的男人，虽然打扮得很简单低调，戴着压低的帽子，还有点风尘仆仆，但依旧显得很英俊。

"李苏？"

纪承彦有点意外，但也挺高兴的："你怎么来啦？"

李苏说："刚好到这附近工作，顺便过来看看。"

化妆师妹子兴致勃勃插嘴："我知道哦，你们在Q市拍广告！但Q市到这里，要快两百公里耶。"

纪承彦十分受宠若惊地问："这么远专程来看我吗？大佬这么有心啊，那我可是会很感动的。"

被他这么一说，李苏脸有点僵，只面无表情地看了化妆师一眼，而后道："是外面都在传你们拍了个大烂片，连我都忍不住想来看到底是有多烂。"

"……"

还好化妆间里除了他和开始眼观鼻鼻观心的化妆师妹子，没有其他人，不然他真怕李苏挨打。

化妆师一脸敬业地继续在他脸上涂涂抹抹，李苏看着他，说："怎么每次见你拍戏，造型都能比上一次更土啊。"

纪承彦说："……咳，本色演出不好吗？"

"这到底是，什么片啊？"李苏一脸嫌弃，"太不像样的话，你就趁早别演了，毁约顶多只是要钱，烂片那是要命。"

"还好吧，"被化得满脸狼狈的纪承彦说，"你等下看看，给点意见呗。"

李苏说得没错，陈小包确实是比林逆更正宗的土包子。

林逆虽然家道中落，出场时十分落魄，但好歹父辈出身显赫，他骨子里还是带着那种名门之后的傲然和贵气。

陈小包彻头彻尾就是乡野里长出来的一棵狗尾巴草，缺少见识，头脑简单。

同为穷人，他那种穷得浑然不觉，并不觉得自己有什么问题的满足，和林逆的苦大仇深是完全不同的。他和大都市的方方面面都格格不入，和许多人习以为常的种种都充满了可怕，从而贡献了密集丰富的笑点。

傻头傻脑的角色不难演，难的是得要演绎得不讨人嫌，甚至讨人喜欢。

在李苏面前的监视器里，陈小包无疑算是讨人喜欢的那一类角色。

他的傻气不是愚蠢，不是低能，他只是不适应现代化的都市。他以他那跳脱出常理框架的思维行事，时不时让一开始稳操胜券的冯归程无话可说，疲于奔。

而且除了笨手笨脚之外，陈小包那一身淳朴的乡土气质，某些镜头中竟然还显得有那么点好看。

他会流露出一种未经雕琢的、散发着泥土芬芳一般的气息。

这种气息和他的灰头土脸并不矛盾，反而很有美感。

陈小包就仿佛地里挖出来的一棵红薯，看着脏兮兮的其貌不扬，可是只要擦去表皮的泥土，咬上一口，就会发现居然很清甜。

顺利拍完几条，休息时，纪承彦过来问："怎么样哇？大佬觉得可还行？"

李苏淡淡道："整体还可以吧。"

"哦？"李苏说还可以，那就是非常可以了。

"演得还行，导得也不差，"李苏说，"主要是杨晗拉低了分值。"

纪承彦："啊？"

这都不是"有失公允"可以形容的了。

要让杨晗的粉丝听见，能冲上来把杨晗出道以来得过的表演方面的奖项一股脑儿全拍在他脸上。

不过李苏对杨晗看不顺眼，纪承彦倒是可以理解，毕竟杨晗是他偶像的劲敌嘛。

"累不累？觉得无聊的话要不要去休息一下？"

李苏道："不会。"

纪承彦觉得李苏这方面就特别敬业，很愿意观摩拍摄现场，用心钻研学习。即使车舟劳顿，依旧一看就是一下午，专心致志，既不嫌摄影棚里闷热，也不觉无趣。这般刻苦好学的精神，堪称新生代当红演员里的楷模了。

"等下就要回去吗？"

李苏看了他一眼："其实我可以待到明天。"

"好啊，那晚上一起吃夜宵！"

第13章

下午的最后一场是外景的哭戏，剧本里跟哭有关的戏码实在没多少，王文东难免担心他情绪不对，拍不出准确的感觉，也担心陈小包这个角色本身深度不够，热闹欢腾的时候是没什么，一旦需要挖掘深层情绪，触及内心，可能就会露短。万一多重拍几次，天色暗下去，就抓不到他理想中那个景了。

于是王文东在那死催活催，纪承彦一边准备就位，一边抱怨："刚刚我才让你笑过，现在你就要赶着想让我哭。"

王文东："……"

陈小包坐在泥地里，看着手上的盒子。盖子打开了，里面空荡荡的，原本该在的东西已经不在了。

镜头里他脸上满是惊慌的愕然。

足足蒙了有一分钟，他才终于慢慢明白过来，却又难以置信。

他的失望、受伤、无助，一股脑儿涌上了他那一贯情绪简单的脸。

他眼底迅速就盈满了泪，然而出于男人的自尊，他还是强忍着。

但这忍耐坚持不了多久，尽管竭力忍耐，眼泪却依旧越积越多，超过了他紧屏呼吸所能控制的界限，终于从发红的眼眶里满溢出来。

眼泪一流下来，他的情绪和防线就都崩溃了，他发泄一般地号啕起来，不管不顾，涕泪横流，不知所措，绝望透顶。

他像个全心信任托付，却被欺骗了的小孩子，所有的情绪都在翻腾，却又无能为力，只能混乱地，毫无章法地倾泻着那些排山倒海的痛苦和愤怒。

而后他听见背后细碎的动静。

　　陈小包慢慢回过头来。逆着光，他看见了暮色里冯归程的身影。

　　过于惊讶的缘故，他几乎是立刻停止了哭泣，但肩膀还在止不住地颤抖。

　　悲伤的神情还未从苍白的脸上褪去，脸颊就又泛起些许即将燃起希望的血色，然而还是不免带着怀疑和畏惧再次受伤的胆怯。

　　他的微表情精准，也复杂到了极致。

　　夕阳在冯归程身后，拉长的阴影在陈小包身后，冯归程的神情模糊不定，而陈小包含了泪的眼睛在落日的余晖下，闪闪发光。

　　"咔，好！"

　　场记妹子捂住脸："啊啊啊啊！"

　　"怎么办，我居然有心动的感觉！"

　　李苏："……"

　　纪承彦过来，李苏就瞪着他："你是不是该反省自己的演技了？"

　　纪承彦："啊？"

　　"怎么演什么都让人往剧情的反方向跑？"

　　纪承彦说："不是，这不是我演技的问题啊！"

　　李苏看起来挺气的："你还不承认！看来是不打算改进自己了？"

　　专业水平惨遭质疑的纪承彦有点委屈："大佬，我不是，我没有啊。"

　　"哼。"

　　"咱们来聊聊别的话题吧，"纪承彦说，"听说你有女朋友了？"

　　李苏嫌弃道："瞎说。"

　　"哎？没有吗？不是那谁谁吗？"

　　"这你也信？"李苏说，"她的工作室想给她造势而已，绯闻刷刷存在感。"

　　"工作室趁机炒一炒也是常规操作。但你对她没兴趣吗？她那么漂亮！"

李苏皱眉道："我能有什么兴趣？"

纪承彦回忆着自己看过的八卦："但你不是深夜跟她在酒店房间待了两个小时嘛？"

"我们在讨论剧本啊。"

纪承彦露出狗仔附体的笑容，暧昧道："真的只是讨论剧本？"

李苏看了他一眼，说："不然呢？"

"但照片不是拍到她衣衫不整地从你房间里出来吗？"

李苏说："那晚她说要来找我探讨剧本，我想这大姐，平时台词都恨不得能念一二三四五六七，居然愿意聊剧本，实属难能可贵，就答应了。结果她裹着睡袍就来了。"

纪承彦问："然后呢？！"

"她说屋子里太热了。于是我就把冷气开到十八度。"

听到如此不解风情的八卦，纪承彦大失所望，只能喃喃道："你这是什么反应？我觉得她对你多半有想法啊。"

李苏说："我知道啊。有次大家出来吃饭，她就在一直凑过来。"

纪承彦精神为之一振："然后呢？"

"我就问她，是没地方坐了吗？"

"……"

这打听到的真实八卦和传闻以及期待中的，实在相去甚远，令纪承彦十分失落，不由长吁短叹。

拍完戏去吃夜宵的路上，他还一直拉着李苏："来吧，还有什么八卦，说说呗？"

"……"李苏说，"懒得理你。"

纪承彦不依不饶地缠着他，说："别这样啊大佬，再聊聊嘛。"

正逼迫李苏跟他分享八卦，手机突然响了，拿出来一看，是黎景桐的来电。

刚接通，他就听得青年在那头口气雀跃地说："前辈！猜猜我在哪儿？"

纪承彦："啊？"

"嗯？你在哪儿？"纪承彦反应过来，"等等，你来N市了？"

青年的声音听起来甚是快乐："前辈好聪明！对啊，我来探班。"

"……"

青年笑道："本来想给你惊喜，不过刚才到片场，他们说你收工了。"

"对，你来晚了点，我刚刚离开片场……"

"没关系，前辈是回酒店了吗？"

"啊，我不在酒店，我正出来吃夜宵呢。"

青年兴冲冲地说："在哪里？我去找你啊。"

"……"

从片场过来也不花多少时间，纪承彦在烧烤店门口等着，黎景桐远远见了他，就一脸绽放的欢喜："前辈！"

青年脸上笑容灿烂之余也颇有些疲惫之色，想也知道是从满档的行程里挤出时间跑来的，纪承彦便问："挺累的吧？"

黎景桐笑道："来见你啊，怎么会累！"

进店门的时候还说说笑笑的，待得看见桌边稳稳坐着的李苏，黎景桐脸上有了那么短暂一瞬的僵硬。

李苏挺有礼貌地站起身，打了招呼，又递上菜单，说："菜我已经先点好一部分了，黎老师看看还有没有想加的？"

黎景桐伸手接过，微笑道："你什么时候来的？"

李苏恭敬道："中午就来了。黎老师是刚到吗？"

"嗯，"黎景桐看向纪承彦，"前辈喜欢吃点什么？"

李苏说："他爱吃的我都已经点好了，饮料也叫过了。就差黎老师您的，我不敢自作主张。"

黎景桐笑一笑，说："行吧。"

纪承彦："坐坐坐，小龙虾上了啊，可真香啊。来来来，都先吃点！"

三人坐下来，剥着小龙虾，黎景桐边剥虾边看向李苏，和蔼可亲地问："你也是来探班的？"

李苏道："是的，我听说大家对这戏都不看好，就来瞧瞧到底什么样。"

黎景桐微笑着又优雅地捏起一只虾，说："哦，你觉得怎么样？"

"我觉得不错，这片子还是挺冷静地拍出了层次感的，陈小包虽然傻，但就底层的生活经验而言，他算得上是机敏老练而有智慧……"李苏长篇大论地评判分析了一番，而后问，"黎老师您觉得呢？"

"……"黎景桐笑道，"我还没看过拍摄现场，所以还没有什么感想。"

"哦……"李苏道，"那有点可惜，明天有时间的话还是不要错过的好。"

黎景桐微笑地剥着虾，道："没关系，就算我看不了现场，前辈也会跟我分享细节的。"

"那就好，"李苏说，"那样黎老师您也可以帮着把把关。这片子的前景要是实在不乐观的话，我手里也有些筹拍中的戏，可以让承彦挑挑看有没有合适的。"

小龙虾在青年手中麻利地"身首异处"，黎景桐笑道："有劳费心了，不过这要是让外人听见，还以为你在笑我们华信的资源不行呢。"

"怎么会呢，华信的能力当然有目共睹，但公司艺人那么多，每个人能分摊到的也有限，我看他忙了这么一阵子，也只能演上这么个电影，还以为华信已经不打算捧他了呢。"李苏说，"毕竟华信有三大台柱轮不上他，新签的那两个也都来势汹汹。我想他虽然上一个剧红了，热度是有了，但还欠点火候，顶多也就算个二线。年纪又大了，手段也不行，未必争得过别人，再接一两个烂片的话，分分钟又要扑回原地。"

一直努力吃着小龙虾的纪承彦不由慢慢地停止了咀嚼，说："嗯？"

李苏还在跟黎景桐说："你们那个彭予嘉都能拿下T牌品牌大使，你再看看他，手上像样的代言也没有，像样的剧和电影更没有，就那一台综艺，几个广告。钱也没赚到，曝光率也没有，档次也没有，再这样下去，都不知道以后能干啥。"

纪承彦："啊？"他都不知道自己这么惨。

其实华信对他很不错。至于有些好机会为什么没法落到他头上，他自己心里有数，绝对不是公司对他不上心。

他以为黎景桐要辩驳回去，然而黎景桐不说话，只停下了手。

李苏又说："当然了，好的资源谁都抢着要，华信一碗水难端平也是可以理解的。所以我有点余力呢，就想帮帮朋友。"

黎景桐开口道："这怎么好意思，前辈和你都不是一个公司的，你的资源也不好随便给他做人情吧。"

李苏一脸无所谓，说："我能做主的事，就不怕别人说嘴。"

黎景桐沉默了一下，说："那谢谢你了。"

明明身为话题主角却插不上嘴的纪承彦："……"

这顿夜宵吃得也说不上来是热闹还是不热闹，反正大家嘴皮子是没闲着，点了三斤小龙虾纪承彦自己吭哧吭哧吃了两斤，另外两人吃得情绪不高，但聊得噼里啪啦的。

最后剩了一大堆，纪承彦为了明天拍摄时脸不要太肿，也不能敞开吃，于是草草打包了事，结账走人。

快回到酒店，纪承彦就有点犯愁。这家酒店没多余的房间。其实他一开始就料到今天多半没空房，拍戏的空当已经让助理小张去问过，但这也不算事，他当时打算晚上自己跟小张挤一挤，房间让给李苏就行了。

但现在？

经过一番深思熟虑，纪承彦说："那什么，现在还是没空房。这样吧，我去小张那儿睡，李苏你用我的房间，黎景桐你去跟杨晗挤挤？"

黎景桐说："我才不要。"

"那不然，你们俩睡一起呗？"纪承彦说，"大床有一米八呢。"

李苏："……"

黎景桐："……"

两人的脸上都写满了拒绝，纪承彦陷入沉思："嗯……"

纪承彦又左思右想了一番，试探着问："要不，我们三个聊聊天吧，将就着睡一会儿？"

其实也就凑合几个小时的事。他自己要早起拍戏，李苏也得大早回邻市工作，黎景桐更是需要赶九点半的飞机。

真正躺下来睡的时间估计都没他们纠结的时间多。

而且他也感觉出来了，李苏对黎景桐的心态今非昔比，已经从"脑残粉"变成"塑料粉"了。

虽说他摸不准这种转变的原因，但他觉得其实很正常。人的感情都是不停流动变化的，粉丝对偶像的虚幻情感更是难以长期保鲜，更不用说在娱乐圈，多年闺蜜亲友夫妻师徒都能分分钟翻脸闹个几百出打脸大戏的戏精圈子，人和人的关系有时候都不如一张薄纸。

像李苏这样的后起之秀，与黎景桐这样年龄与类型相近的前辈，慢慢就会变成资源上的竞争对手，继而难以保持那种纯粹的仰慕之心，也不奇怪，纪承彦觉得可以理解。

所以，虽然李苏对黎景桐还是很礼貌，黎景桐也保持着客气。但把这两人单独放在一起确实不妥，还是该有个和事佬，在中间和和稀泥才好。

他这么一提议，李苏居然说："行啊。"黎景桐也表示没意见。

回到酒店，睡前大家都要收拾收拾洗个澡，李苏漫不经心道："我没行李啊，也没带睡衣，要不给我个浴袍将就一下吧。"

纪承彦说："那多难受啊，我拿套睡衣给你，旧了点，随便穿穿。"

黎景桐冷静下来，说："……对。"

"你带换洗衣服了吗？"

黎景桐说："……也没有呢。"

李苏惊讶："是吗，我以为黎老师带了行李。"

黎景桐笑道："哦，那里面都是给前辈带的东西。瞧我这记性，光记得准备礼物了。"

纪承彦赶紧说："行行，我也拿套给你。"

纪承彦宛如带了两个儿子的爹一般，将熊孩子们的沐浴事项安排完毕，事态还算和平顺利，就是他的睡衣穿在那两人身上的效果让他有点纳闷。

他跟他们的身材有差别有那么大吗？为什么他平时会觉得大家都差不多？

一片尴尬的死寂之中，纪承彦突然开口："说来，刘晨最近的八卦你们听说了吗？"

黎景桐问："充大头不成被打脸那件事吗？"

李苏道："还是他脚踏两条船被杨芯儿叫人堵门打了那件事？"

"什么时候的事？！"

"杨芯儿家里那么牛，他还敢脚踏两条船？是谁？"

气氛立刻热络并且和谐了起来，果然无论什么立场，只要有共同的敌人，大家就都能一秒变成好兄弟。

聊完刘晨的八卦，时间是真的不早了，纪承彦无可抵抗地有了困意。

这一晚纪承彦呼呼大睡，空间窄小于他没什么妨碍，依旧十分安稳地一觉睡到天亮闹钟响。

起来一看，除了他，另外两人都一脸失眠的憔悴。

纪承彦不由反省："怎么了？你们都没睡着？难道是我打鼾？"

两人一起说："没有！"

"招待不周，招待不周，"纪承彦有点自责，"下次有机会给你们一人定一间豪华套房！"

"……那倒也不用。"

先送李苏上了车，纪承彦一边挥手一边叮嘱："路上记得抓紧时间睡一觉啊！"

黎景桐去机场的专车半个小时后才会到，他就陪黎景桐在酒店的早餐厅里坐着。

青年看起来肉眼可见地消沉下去，摆在面前的热牛奶一口都没喝。

纪承彦很能理解，毕竟大老远跑来，结果遇到李苏也在，晚上也没睡好。

"这回是太不巧。"纪承彦小心安抚，"不过别不开心啊，等这阵子忙完，我就有时间了，到时候我天天带罐鸡汤去给你探班？还是要老鸭汤？"

黎景桐摇摇头，低声道："我不是为这个。"

"嗯？"

"李苏说得对。"

"啊？"

"华信给你的资源真的太差了，"黎景桐说，"和一开始许诺的完全不一样。"

"……"

"你是不是觉得我很没用？你对我失望了吗？"

"怎么会啊，"纪承彦哭笑不得，"你傻吗？"

"……"

"李苏可能不懂，你我难道还不清楚？"

"……"

"从我开始回归以来，映星就一直在对付我，明着暗着想方设法要把我摁死，要不是签了华信，就算我业务能力再强，你觉得我能演上《逆鳞》？我能拿到《天生演技派》的总冠军？能有现在这样的成绩，你们已经功不可没了，我还代言了我喜欢吃的巧克力饼干呢。"

"……"

"上次那个男装的国内的代言人，最后没能看上我，也因为有人一直在向品牌方吹风。"纪承彦道，"在他们的评估里，我不够靠谱，履历不够干净，像个定时炸弹。至于是谁在到处散播这种言记，这我们心里都有数。"

"……"

"你我都知道,很多时候人家就是宁可用那些,哪怕差一点,但稳定型的艺人。因为一旦出事,整个项目会因为一个艺人而流产,那浪费的将是很多人的努力。所以问题根本不在你和华信身上,"纪承彦顿了顿,"就算我觉得失望,那也不会是对你。"

他会潦倒那么多年,除了自己自暴自弃,放任自流之外,也不是没有其他原因的。

作为一枚被映星驱逐的弃子,他现在隐隐有重新焕发光彩的可能,对某些人而言,他并不是洗净的蒙尘珍珠,而是从脚底的微尘变成了眼中的砂砾。

他们只会恨当年斩草不除根,视他为无穷后患,怎么可能眼睁睁看着他重新爬上来。

纪承彦道:"所以真的别多想。我可能未必知道什么是坏的,但我一定知道什么是好的。你和华信都很好,选择你们是我这些年里做得最正确的一件事。"

黎景桐定定看着他,半晌都没再说话,末了才低声说:"前辈,我不会让你失望的。"

第14章

不管外界如何群嘲，小烂片这剧组的拍摄进度却是非常好，甚至顺利得有点超出预期。

纪承彦这是第一次和杨晗合作，两人又没有任何私交，他一度也有些忐忑。为了加强对搭档的了解，减少磨合的难度，开拍之前他还抓紧时间仔细观摩了一系列杨晗往年的作品，包括上过的综艺、接过的采访，甚至去杨晗的个人粉丝大站"深造"了一番。

根据他的学习研究，杨晗的关键字无非就是高冷，深沉，又难接触。

结果，在实际拍摄过程中，杨晗大约是因为每天心情都颇为愉悦的关系，完全没他想象中的那么难对付，甚至大部分时候都是和颜悦色的，算得上相当的好说话。

跟黎景桐聊天的时候，纪承彦忍不住提了一嘴："想不到杨晗这个人私下其实还蛮好相处的啊。"

黎景桐立刻回复："他哪里好相处了！还不是因为前辈你实力到位，他才无话可说，没法惹事！前辈你可千万不要被他的伪装给蒙蔽了！"

虽然黎景桐说了一箩筐的坏话，至少杨晗的业务能力没得黑。他对着杨晗有种旗鼓相当、高手过招的感觉。

纪承彦也觉察得出来，这部戏里杨晗发挥得很好，甚至比之前的表演更准确细腻。

杨晗演过的角色有孤僻的，有偏执的，有阴狠的，有病态的，但没有过低级的,他始终有种不与凡人为伍的高高在上的气质。

但在这里他的表演一下子就变得接地气了,镜头前的他完美融入这个角色,似乎即使一身仪表堂堂一本正经的精英派头,也掩不住冯归程骨子里的烟火气。

他把冯归程那种道貌岸然之下又有见不得人的小心眼,得了便宜又卖乖,揩人油水不作声的模样演绎得不动声色,又入木三分。

纪承彦对这位搭档的表现推崇有加,杨晗也对他相当认可,两位主演之间的合作自然甚是顺畅。

加上小剧组的优点就是一切简单化,既没有什么带资进组的幺蛾子,也没有过于指手画脚的资方,不必浪费时间今天迎合这个,明天讨好那个,而且王文东导的戏除了穷酸之外,没什么其他毛病,剧组上下都井井有条,节奏紧凑。种种因素加在一起,导致这部电影一鼓作气,两个月不到居然就提早拍完了。

官宣杀青的时候,网上又是一波群嘲。

"怎么觉得刚开机呢,这就完事了啊?"

"也太快了吧?"

"这一切都是烂片的标准规格啊,常规操作!"

也有人挣扎着维护:"拍得快慢又不是评判一部电影好坏的唯一标准!"

"无论以哪个标准看这都是烂片预定啊。"

"这么草草了事的能是什么好东西吗?"

"就是泡方便面啊,又快又烂。"

有粉丝说了句:"可是某著名电影也只拍了二十多天啊……"立刻被围剿。

"是多大脸,拿自己跟人家比?"

于是小烂片又上了一轮热搜。

网络上惨遭羞辱的同时,剧组这边因为不仅没有超出预算,还剩了一笔钱,令王文东喜出望外,于是杀青宴大家总算吃了顿好的,桌上甚至出现了龙虾和帝王蟹。

接下来就是紧锣密鼓的后期制作和宣传排期。

期间舆论对他们一直不友好，虽然肉眼可见黎景桐和剧组都为此买了水军进行反击，但目前说真的并没有什么可以扭转口碑的材料，因此收效甚微。

连他们为了宣传电影而上的综艺节目的预告下面也都是各种谩骂声。

于纪承彦而言，他是不太受那些言论影响的，刷微博的时候他内心全无波动，甚至还有点想吃东西，但他的死忠粉可就没那么心平气和了。

黎景桐噼里啪啦猛敲键盘，一脸在线掐架的暴躁："踩你们就算了，还要吹《铁拳》？慢就一定好吗？到现在景都还没搭好，贺佑铭的拳还没练好，这也算本事吗？"

"没什么好跟他们争的。导演风格不同，有谭鑫那种三年磨一剑，拍戏像慢火煲汤一样的；也有王文东这种干脆利落，像旺火快炒的。"

纪承彦道："我像是那种随便自卑的男人吗？"

黎景桐："？"

纪承彦说："……我不是那个意思。"

"……"

"椰子煲鸡固然汤浓味美，但快炒葱爆肉也很好吃啊，是吧？"

黎景桐叹了口气，又是苦恼，又是欣慰，道："前辈不介意就好了。"

纪承彦边吃着盘子里的葱爆肉，边看黎景桐一直在刷评论，突然接到一个陌生号码的来电。

"喂？"

"喂，"那头柔和的女声像是有些犹豫，"请问是纪承彦先生吗？"

纪承彦觉得耳熟，但又一时想不起来是谁："是的，你哪位？"

"您好，我是温竹茹，您还记得我吗？我是简清晨的妈妈。"

纪承彦忙坐直了："怎么会不记得呢，伯母好，是有什么事吗？"

第14章

"您和清晨，最近还有来往吗？"

纪承彦迟疑了一下："最近大家工作都忙，所以联络得比较少……"

实际上，简清晨和他的最后公开一次互动，是帮他转了那条《逆鳞》的宣传微博，之后收到他的感谢。

在那之后，简清晨已经很久没跟他联系了。说两人渐行渐远，也不为过。

当年两人以配角身份合作拍完那部都市剧，简清晨立刻就接到了可以担纲男主的新工作，还问过他的意见，而后在两个剧本当中挑了纪承彦看好的那一个。

最后小制作的校园片居然成了现象级大爆款，实属意料之外，毕竟原作也不是什么大IP，女主甚至都不算漂亮。然而剧本好，画面清新，节奏明快，简清晨在这里可以说是贡献了他入圈以来最好的表演——温柔又安静的校草人设，女生心中的男神，而他基本上是本色出演。

一个剧爆红是有很多因素的，很多人也对它的过分成功表示了质疑和不屑，但不管怎么说，简清晨自此是真的大红了，加上公司的疯狂营销，李苏一度都追不上他的热度和势头，更不用说纪承彦了。

初期两人还保持着友善的联络，渐渐地，简清晨就不再回应他的消息了。

纪承彦这方面是很自觉的，如果朋友之间咖位相差过大，对方又表现得淡漠的话，他不会主动去打扰对方，以免有抱大腿之嫌。

毕竟这个圈子里，朋友换得比敌人还快。大家就在不停地移动，原本和你一个阶层的人，明天就不在一起了，很可能就不再愿意和你做朋友了。

对此他非常理解，并且习惯。

"我有个不情之请。清晨这几天在T城，您能替我去看看他吗？"

纪承彦又是莫名又是为难，"啊？"

温竹茹说："我知道这样太冒失了，但我真的很担心他。除了你们，我谁都不认识，我也真不知道还能拜托谁……"

觉察到对方声音里的哽咽,纪承彦赶紧说:"行行行,您别担心,我一定去,我等下就联络他!立刻!马上!"

他真是怕惨了女人哭这件事,他对女人完全没有办法。

挂了电话,他发现黎景桐正在看着他。

纪承彦:"……那不然,我们一起去?"

第 15 章

纪承彦翻出简清晨的微信，看了一眼，上一条信息的发出时间真的是很久之前了。每个人都有自己忙碌的生活，不再互相留意，不再互相关怀，是多么寻常的事情。

想了一想，他写道："清晨，你这几天来T城了吗？好久没见了，哥挺想念你的，方便的话，咱们约个时间碰面喝两杯？"

过了许久，简清晨总算回了他的信息，口气并不热络，字面上是表示了欢迎，实际上满满的都是拒绝的意思。

受人家老妈所托，纪承彦还得假装听不出弦外之音，觍着脸说："好呀，你忙那是肯定的，我有空，可以配合你的时间，那就到时候见吧！"

约了次日下午在简清晨下榻的酒店见，纪承彦快速梳理了一番这段时间里简清晨的状况。

他大致知道简清晨换经纪人了，这位闫姓经纪人也算是个金牌推手，个性强势，目标明确。从换到她手里以后，简清晨上热搜的频率越来越高，虽然风评和口碑持续下降，但从热度来讲，也不能说运营不成功。

这两年简清晨连播了三部剧，有阵子首页全是他的热帖，营销号们就像被包年了一样，今天这家疑有黑料曝光，明天那家发文洗白，左右互搏，一起赚钱，不亦乐乎，也令简清晨在毁誉参半中达到了流量顶峰。

原本以简清晨的资历和能力来说，即使运气好能大爆，顶多也只能勉强够得上二线，但在闫珍珍的操作下，现在他的资源已经跟同公司旗下的另外一位一线小生比肩了。

纪承彦在微博上翻了翻，随便输入简清晨三个字，后面自动关联的都是一大堆的负面消息，有不少一看就很牵强。

纪承彦皱着眉，快速浏览："这有点凶残啊……"

"简清晨的实力我们心里都有数，不这样，如何在短时间里爬到现在这样的咖位？正常运营的话，也许永远都到不了这样的高度。"黎景桐道，"要走捷径，哪还管鞋子脏不脏呢？你看看他爆红的速度，现在的位置，多少人求都求不来。"

"简清晨承受得了吗？"想一想纪承彦又有些疑虑，"他一开始就不是适合吃这碗饭的人。现在这样睁眼闭眼都是攻击性言论，他吃得消吗？"

"也许已经历练过了呢？前辈不要太担心了。他从那样一个完全不会演戏的新人，到现在都能入围最佳男主了，在这之前谁会料得到呢。所以说不定他也已经从不适应这圈子，到比你都更来得如鱼得水了。"

纪承彦情绪略微复杂："也许吧……"

次日到了酒店，敲开简清晨所住的二十八层皇家套房的门，前来迎接他们的却是经纪人闫珍珍。

和业界的强势名声有落差的是，闫珍珍长了张眉开眼笑的和气面孔，见了他们就说："哎哟，真是抱歉，我家清晨还在睡觉呢，你们稍等一下啊，实在太不好意思了。"

闫珍珍是出了名的捧高踩低，这"不好意思"大概有九成是给黎景桐的。

两人便在厅内的沙发上坐下，便隐隐听见卧房里面有动静，是简清晨起来了。

过了好一阵，房门才终于打开，两人自然而然将视线投过去，纪承彦随即吓了一大跳。

第15章

他很久没见过简清晨本人了，偶尔接触到的影像都是来自电视和网络。

他知道简清晨瘦了很多，不过镜头上依旧是挺拔貌美，显得清瘦又清俊，前段时间热播的古装剧里，粉丝更是热情夸赞了简清晨在重重衣物包裹之下的细腰，"简清晨的腰"也地上了热搜。

上镜起码胖十斤，纪承彦当然清楚镜头前都当得起"瘦"这个形容词的人，在现实生活里会是什么状况。过度瘦削难免会有损正常的美感，不少屏幕上美艳无双的女星本人都难免黑瘦矮小甚是干瘪。

但简清晨的模样还是把他给惊呆了。

简清晨可谓瘦骨嶙峋。没有了化妆，没有了打光，没有了修图，他憔悴得可怕。

即使看得出他已经精心修饰过了，对比纪承彦记忆里的那个少年，反差还是很惊人的，一套短袖短裤的名牌衣物，套在他身上显得松松垮垮，露出的双腿犹如麻秆。

纪承彦双目圆睁，瞪着眼前这变得几近陌生的少年。

对上他惊骇的表情，简清晨安静了一刻，冷不防就突然转过身，在他们出声之前就已经鬼魂一般闪回卧室里，甩上了门。

闫珍珍笑嘻嘻地打圆场："我家清晨就是这样，总是小孩脾气，咱们不管他了，一起下去喝个茶？"

黎景桐也笑道："不了，大老远来一趟挺累人的，我们刚好在这歇歇。小孩子脾气是这样，没什么大不了的，过会儿就好了。"

"……"

黎景桐充分展示了自己的十足耐心，温柔可亲："我们今天有的是时间，就在这等着好了。您就先去忙您的吧，应该很多工作要处理吧。"

"……"

闫珍珍不好再说什么，打了两个哈哈，知趣地出去了。

纪承彦定定神，上去猛敲卧室的门。里面先是没反应，而后简清晨像是受不了那没完没了的打扰，尖着嗓子叫道："你们走开！"

纪承彦锲而不舍:"快开门!"

"我不要!"

"你是吃了什么违禁药品吗?!"

简清晨立刻大叫:"我没有!"

纪承彦说:"那就好,那就好。除了这件事,别的都不是事。开个门行吗?哥跟你说两句。"

里面再一次安静了。

沉默地僵持了片刻,黎景桐伸出手指不轻不重地敲敲门:"我出去买点东西,你们慢慢聊。"

待得连黎景桐也离开了,又过了一会儿,门才终于慢慢地打开一条缝隙。

纪承彦站在门口,里面的少年透过那窄窄的缝隙和他沉默地对峙,却不正视他。

过了一会儿,简清晨说:"你走吧。"

纪承彦问:"你还好吗?"

沉寂良久,简清晨才低声说:"我不好。"

"那我就不能走了,"纪承彦说,"你要是过得好,那你今天这么赶我,我麻溜地就走了,我也不高攀你。但你现在这样,我就不能不管。"

"……"

"你有什么想跟我说的吗?"

"……"

纪承彦道:"我没打算来看你笑话,也不想打听你的隐私。但你可以信任我,你说什么,我都听着。你就当我是个垃圾桶,朝我倒什么垃圾都行。"

安静了半响,简清晨闷声说:"我不知道要不要信了。"

纪承彦一瞬间有点难过。

刚入圈的时候,简清晨还是一派傻萌呆蠢,单细胞生物一般,别人说什么他都信。到现在连他说话他都不敢当真。

"演《银狼》那时候,你还什么都不是,我就关心过你,那时候我对你没什么可图,"纪承彦说,"现在你当然已经不是那时候的你了。但我跟那时候的我,还是一样的。"

门后又是一片沉默。

过了一阵,那缝隙谨慎地再变大了一些,终于容得下一人通行,仿佛少年那怯懦的心。

厚重的遮光帘隔绝了窗外的一切光线,卧室里显得过于阴暗,都无法看清彼此的脸。纪承彦问:"能打开窗帘吗?还是开个灯?黑成这样,我都找不着你在哪儿了。"

"……"

简清晨不作声,摸索着按开了一盏床头灯。

"你怎么会瘦得这么厉害了?"纪承彦在灯光下克制地端详他,又有点心疼,"你生病了?"

简清晨轻声说:"我没有。我只是,不想吃东西。"

"连你妈做的秃黄油都不想吃了吗?"

简清晨像是要笑一下,但几不可见的笑容未到嘴角,就消失了。

"我每天晚上都睡不着,"他说,"白天勉强能睡一会儿,可总是做梦。"

"梦见什么?"

"我梦见铺天盖地的怪物在追我,可我迈不开脚,我没有跑起来的力气,不管怎么使劲脚都是软的。非得急到快吓晕过去的最后一刻才能从梦里惊醒。醒来就会心跳得特别快,"简清晨有点喘不过气来,"然后发现,原来那一切都是真的。"

"……"

简清晨气喘吁吁地说:"他们都讨厌我,都恨我,每时每刻都在疯狗一样追着辱骂我。"

"……"

"有时候我很气,我觉得不甘心,凭什么他们可以那样胡乱造谣，断章取义，添油加醋，我会想他们怎么能那么恶毒？为什么偏偏要对我那么恶毒？"

"……"

"有时候我又觉得自己是不是在自欺欺人？可能他们才是对的？我不会演戏，记不住台词，不会说话，也听不懂别人在说什么，没天赋，情商低。"简清晨狂乱道，"每个人都在背后笑我，你是不是也笑过我？我就只有一张脸……不对！我现在连脸都垮了，我什么都没有……"

"……"纪承彦说，"你抑郁了。"

简清晨看着他。

"我觉得你现在有中度抑郁的症状了，"纪承彦把手放在他肩膀上，"你需要心理咨询，得找个时间挂精神科……"

简清晨猛地甩开他的手。

"为什么连你也这样说我？"

"啊？"

"你和江子豪一样！"简清晨双眼通红，微微颤抖，"他骂我是神经病，叫我早点去看精神科！你也骂我！你跟他一样！"

"……"纪承彦说，"你不要激动，抑郁症要看精神科，但它不是神经病，它也不是我们通常讲的精神病。我表述得不是太好，回头我找个专业点的来解释给你听？"

"……"

"至于江子豪那就是个文盲，他的语文水平连体育老师都不想说是自己教的，你跟他计较什么？"

听他骂江子豪，简清晨才稍微平静了一点。

"抑郁是很常见的情绪问题，"纪承彦尽量调整了措辞，"一种情感性精神障碍。这圈子里大家压力都特别大，说实话有这障碍的比例挺高的。很多你见过的人，多少都有点这方面的问题，所以不是什么大事，你别紧张，好吗？"

"……"

"我自己年轻时有阵子抑郁过，比你的情况严重得多。你看咱们也算同病相怜了，是吧。"

简清晨的肩膀放松了一点，沉默了良久，他才小声说："真的吗？你也这样过吗？"

"是的，"纪承彦道，"你是不是觉得什么事都开心不起来，快乐的能力都被吸走了，像是遇上摄魂怪一样？天一黑就更加压抑，夜深人静的时候会无法自制地想起自己的那些挫败。"

"……"

"睡不着，想来想去都是在反反复复地否定自己，越想越觉得自己的存在本身就是个错误，"纪承彦说，"没有什么办法可以解决问题了，唯有一了百了。如果能从高处跳下去，那就什么烦恼也没有了。是这样吗？"

简清晨看着他，没说话。

纪承彦笑道："你瞧，我也这样过。但我现在好好的，所以你别太有压力，这不算大事，调整过来就好了。但你一直不正视它，那就真的会变成大事。"

简清晨突然用双手捂住脸："我不知道……"

"那次和江子豪吵完，我问过闫姐，我是不是真的有病，是不是真的要看医生。她叫我不要瞎想，说让记者抓到我看心理医生，一定会报道我精神有问题，到时候会糟，会有更多人围堵我，羞辱我……"

纪承彦一时无言，只得叹口气："你有没有考虑过，干脆别再当艺人了？你一开始就不是削尖脑袋要往名利场里钻的人，更不是非得靠这个吃饭。不干这行你也能过得很好，也能是个受人尊重的社会精英，又不像我只能在街头卖艺。你何必在这鬼地方煎熬自己呢。"

"放弃的话闫姐会对我很失望的。我妈也会对我失望，我放弃了留学深造，演戏又半途而废，"简清晨听起来很不知所措，"我已经让很多人失望了，也惹很多人讨厌。我不能再被讨厌了……"

纪承彦正要开口，突然听得黎景桐在外面说："闫姐你回来啦。"

纪承彦只得站起身，说："回头我们再联系吧，我帮你找个信得过的心理医生。"

简清晨忙一把抓住他的手："你不是说你要管我的吗？"

"我当然管你啊，所以我才让你看医生。"

简清晨混乱道："我不想看医生，我好害怕……"

"感冒要看医生，牙疼要看医生，这个也是一样的道理。你不要想得太严重了，"纪承彦把手放在他头上，"我也想尽我所能来开解你。但我不是专业的，我不能耽误事。我要拿个钳子给你拔牙你敢张嘴让我拔吗？"

"到时候我陪你去，好吗？不会被记者拍到的那种。"

闫珍珍一团和气地进来，手上还端了两杯咖啡，关怀地问："怎么样啊？清晨是不是还闹脾气啊？"

纪承彦说："哪能呢，小孩子脾气那不就跟雷阵雨似的，一阵过去就好了，我们聊得挺好的啊。"

闫珍珍亲切道："那清晨怎么哭了？"

简清晨低声说："纪哥提起我妈，我有点想她了。"

闫珍珍慈眉善目道："哟，真是小孩子，这阵子不是忙嘛，你看你连个囵囵的休息时间都没有。等忙完，就给你放个长假，回家好好住几天。"

黎景桐也十分识趣地告辞："今天你们行程紧，就不多打扰了，等过两天有空，来我家烧烤吧。"

第 16 章

从出门到上车，纪承彦一路沉默，不言不语。
黎景桐问："简清晨精神状态不好吧，他抑郁了？"
纪承彦点点头。
"前辈很担心他？"
纪承彦说："我看天鸿现在就是想把他的一点商业价值榨干就完事了。"

天鸿娱乐是简清晨所属的公司，营销做得挺好，借着最近一波偶像综艺节目，讨论度挺高，但骚操作也多，挥霍起少男少女的青春来是不含糊的。

像简清晨只能走初恋男主的路线的艺人，公司不好好规划的话，演艺生命是很有限的，没能力去转型，短短几年大家就会看腻了。
美貌是会衰退的，像鲜花一样容易凋零。清晨露珠一般的美貌这种卖点，也会如清晨露珠一般短命，很快就会难以维持。

而且随着年纪和历练增加，轮廓锐利，气质成熟，在高清镜头之下一点点瑕疵都无所遁形。不整容吧，观众骂你脸垮；整容吧，观众骂你脸僵，左右不是人。
他见过太多这种昙花一现的年轻艺人，男女都有。好的光景里，鲜花着锦，烈火烹油，那几年疯狂地产出，为公司生钱，然后就迅速燃烧殆尽，化为灰烬，而合约也差不多到期了。

想到简清晨将来也会落得这样的下场，他就觉得自己当初没有在一开始就恶言恶语把简清晨劝退出娱乐圈，反倒是在造孽。

黎景桐说："我稍微打听了一下情况，说是江子豪一直在针对他。"

纪承彦叹了口气："能理解。一山不容二虎，他来抢江子豪的风头，然后偏偏又斗不过人家。"

"闫珍珍也没真打算护着他，只是从江子豪手里抢食吃而已。不影响她最终利益的，她才懒得管，"黎景桐说，"而且简清晨也不是个灵活的，闫珍珍试图让他陪那些高层，他死活都不配合，估计也是这样，闫珍珍觉得他前景有限，不值得投入太多。"

"……"

"估计他还觉得闫珍珍对他挺好吧。她这种笑脸人，能把简清晨吃得死死的。我看他身边也没别的朋友了。"

简清晨本来就是羞怯内向的个性，又简单、轻信、好控制，逼急了说两句好话就又哄回来了。早早落入那些别有用心的人手里，反而错失了交到真朋友的机会。

看起来平步青云，阳光大道。其实路早已越走越窄。

纪承彦说："我得帮他约个心理医生。但光心理咨询不够，他在天鸿待着，对着那帮人，根本好不了。他需要换个地方。"

黎景桐转头看着他："前辈是想，让他来华信？"

纪承彦沉默不语。

"我明白你的想法，"黎景桐说，"但抛开种种顾虑不提，天鸿的合同一定签得很死。固然不是解不了约，但要钱到位。华信不可能为他付这笔违约金的。"

"他现在的状态，如果是自由身，那还可以考虑，虽然都未必是赚钱生意。至于花大钱把他买回来，那不行，华信也不是做慈善的。"

"……"

"要么就是等天鸿觉得他没有价值了，主动放手。"

纪承彦道:"那他也就毁了吧。"

沉默了一阵,纪承彦问:"如果用我的钱呢?公司先垫上,我先付一部分,剩下的从我以后的酬劳里扣,慢慢还?"

黎景桐吃惊地看着他。

"前辈,你何必……"黎景桐说,"你俩的交情也谈不上多深吧?他成名的红利,你一点都没捞着,倒是要你来擦屁股?你欠他的?"

纪承彦自嘲道:"可能是因为我吃了人家妈妈做的秃黄油吧。"

见黎景桐一脸复杂,纪承彦又安慰道:"我说说而已的,你别放心上。我明白,这想法太冲动也太疯狂了,行善也是要量力而行的,再想想其他办法吧。"

一路无言,只剩他的叹息。到家的时候,发现外面不知何时已经下起了雨。黎景桐先下车,撑起伞,边为他打开车门,边说:"违约金,我来付吧。"

纪承彦:"啊?"

"我也觉得这太冲动了,我不赞成前辈你的想法。"

"……"

"再说了,秃黄油我也吃了,不是吗?"

纪承彦半天才说:"别吧,这样慷你之慨,不是我本意。我想做件好事,却把身边的人强行拉下水,那就变味了。我再想想,好吗?一定有其他办法的。"

纪承彦说得挺胸有成竹,其实琢磨来琢磨去,到底也没想出什么办法。

他翻遍了天鸿的八卦,得出的结论是天鸿没有映星那么狠,离开的艺人陆陆续续一直有,都没有闹得太难看,勉强可以算和平分手。但出走的艺人在解约金问题上都讨不着好。

人家的法务养着不是吃闲饭的,要分道扬镳,必然得壮士断腕。

纪承彦手起刀落,毅然斩断一根鸡翅。

黎景桐在边上仔细穿着土豆片,问:"简清晨会来吗?"

"先准备着吧,"纪承彦说,"他要不来,他的份我就替他吃了。"

他们在天台宽大的阳光房里准备了烧烤架,准备今晚搞个家庭式烧烤来招待朋友。

除了阳光房里的桌椅炉子是跟房东借用的之外,其他材料都是两人亲自去采购回来的。

大包小包适宜用于烧烤的新鲜海鲜、肉类、蔬菜、刷子、签子、木炭、烧烤网和锡纸盘一应俱全。第一次处理这些都比较生疏,光是调味料就不小心一次买了许多,感觉能用个几年,心里还挺美滋滋的。

两人一起将牛腩、羊肉、五花肉都切好,鸡翅打好花刀,放上调料腌制;扇贝洗净,粉丝泡好,鱿鱼那层暗红色的表皮刮掉,明虾去头去尾去虾线,背部划开,挨个穿上;蔬菜最简单,洗净切好穿好就行了。

黎景桐陪他花一下午弄好了一桌子的串串,酒水饮料也都备齐了,做好了当烧烤摊主的充分准备,只等着天黑,朋友们到来。

这回邀请的人也不多,只有特别亲近又能吃的志哥那一伙人,最信得过的助理和经纪人,再有就是一位黎景桐请来的私交颇深的心理学教授。

大家陆陆续续来了,纪承彦用酒精块给竹炭生好火,黎景桐将食材上架,数十串牛羊猪肉和鸡翅在炭火上烤着,散发出香气。

第一批出炉的烤串好评如潮,志哥真诚鼓励:"可以啊老纪,将来你没戏可演了,还能考虑靠这个养家糊口。"

纪承彦边烤边说:"那是。这不抓紧练着呢,多门手艺多条路啊。"

烤好的肉串已经被迅速一抢而空,然而简清晨还是没有出现。

第二批又烤得差不多时,电话响了,是简清晨的。

纪承彦腾出一只手来接:"喂?清晨吗?是到了吗?"

那边的声音犹豫:"抱歉啊纪哥,我……"

纪承彦心一沉:"啊?"

少年在那头又说:"我迟到了,好像也没找对地方,是十六栋,对吗?"

纪承彦松了口气："对呢，跟保安交代过了，你直接上顶楼天台吧。大伙都在吃烤肉呢。"

简清晨顿了一会儿，口气里充满了不自信："我迟到了这么久，会不会不太好啊？会讨人嫌吗？他们会觉得我耍大牌吗？"

纪承彦一时又有点难过，但笑道："怎么会，哪那么多规矩啊。志哥跟浩呆你知道的，他们巴不得别人晚点来，他们就能把东西都先扫光。今天都自己人，你随意就好，别太担心，好吗？"

简清晨轻轻说："嗯。"

过了一阵，简清晨带着助理上来了，纪承彦过去接他们，把助理带去跟自己的助理们坐一块儿聊天，又把简清晨领到另一边去，让他跟志哥坐在一块。

简清晨多少还是有点不自在，志哥跟他打招呼："哟，清晨，好久不见了。"又把锡纸盘推过去给他："哥特意给你留了几个大的扇贝！"

浩呆说："拉倒吧，别听他扯，那本来就是你的份。"

简清晨略微局促，道："我最近有点皮肤过敏，不能吃海鲜，你们帮我吃了吧。"

志哥立即喜笑颜开："海鲜过敏吗？那你这个朋友我交定了！"

浩呆怒道："你别跟我抢朋友！"

在志哥他们的嬉笑怒骂里，简清晨肉眼可见地没有那么紧绷了，纪承彦再把唯一的圈外人，那位心理学专家领过去。

"来来，我介绍一下，这位是简清晨，这是位是周教授。"

他尽量不提"医生"这个词，免得让简清晨神经紧张。

周教授年近半百，矮胖，不爱笑，但挺和气，开口道："小伙子看着挺眼熟啊。"

简清晨又绷紧了。

周教授端详他，道："跟我小儿子有点像呢。"

志哥插嘴道："那令公子一定很帅吧。"

"那是，又高又帅，从小被女生围到大，"周教授眼睛一瞪，

"你那什么表情？"

"……"

周教授自豪道："别看我长这样，我可是娶了个顶顶漂亮的太太，以一己之力升华了我们家的基因！"

简清晨不由微笑了。

待得他们聊起来，纪承彦便走开了，回去继续经营他的烧烤摊，又往烤架上加了二十个羊肉串。

冷不防一串牛肉递到他嘴边，纪承彦本能地咬了一口："嗯？"

黎景桐笑道："给前辈留的。你光顾着烤，自己一点都没吃上啊。"

纪承彦感慨："我怎么会这么敬业啊，沉迷摆摊生涯不能自拔？"

边烤着肉，他边用眼角余光观察，看到周教授和简清晨在旁边的桌子坐下来，端着锡纸盘和饮料开始交谈，方才松了口气。

黎景桐举着肉串给他吃，叹气道："你也真是，操碎了心。"

"只要人家不嫌我多管闲事就行，"纪承彦道，"你会不会觉得我管得太宽了？"

黎景桐说："我不会这么想。"

"嗯。"

黎景桐看着他："我会想，前辈是因为自己也有过那么消沉痛苦的时刻，可那时候没有人伸出手来拯救你。"

"……"

"所以遇到同样沉沦的人，你会想能有一双手来拉住他，就像当年的你所希望的那样。"

"……"

"我很遗憾那时候没有人出现，"青年说，"我也没有在那时候成为前辈所需要的那个人。"

纪承彦看着青年的眼睛。这玻璃房整体通透，星光从头顶透下来，令那双眼睛也像伤感的夜星。

烧烤吃得差不多了，剩下的就是准备充足的酒水零食，志哥他们干脆就着啤酒和花生，划起拳来了。

第16章

没有偶像包袱可真好啊，纪承彦不由怀念起了那段可以毫无负担地敞开肚子吃的时光。

纪承彦拿了杯柠檬水去找简清晨，房东在阳光房里养了许多植物，仿佛是个天然氧吧，简清晨就坐在一片凌霄花之下发着呆。纪承彦问他："还好吗？和周教授聊得如何？"

简清晨有些迷惘，又有些放松，喃喃道："我是真的生病了啊。"

他望着纪承彦："我觉得好像轻松了一点。"

"嗯？"

他说："我本来觉得自己就是这样的，也只能这样。我现在知道原来可以不用一直这样。治了病，我就不会这么痛苦了，是吗，纪哥？"

纪承彦看着他凸显的颧骨，嶙峋的胳膊，他单薄得像一片半透明的纸，仿佛一阵风就能将他吹散在夜色里。

纪承彦一时冲动，忍不住脱口而出："你考虑过换公司吗？"

简清晨愣了一愣，才道，"闫姐说了，有眼光的公司都不会要我的。"

"……"

"我什么都不会，只有一张脸，要不是她辛辛苦苦捧我，我什么都做不了，什么都不是。"

"……"

"新人都比我有天赋，要不是她帮我抢资源。我现在真的什么也……"

纪承彦打断她："你真心觉得她对你好吗？"

简清晨沉默了一会儿，他也不是彻底愚蠢，但终究还是说："……可是也不会有其他人对我好了。"

纪承彦干脆冲动到底了："你要不要来华信？"

"……"

"华信可能未必给你多少资源，像我这两年作品都不多，但你刚好也需要休息和充电。每个公司都有自己的企业文化，华信的风格和天鸿差别很大，可能你一开始会不太适应，毕竟你的讨论度和关注度暂时将大幅度下降,华信也未必把你捧得多高,但华信起码是个不糟蹋人的地方。"

"……"

"华信也有很多金牌经纪人,李哥可能可以带你。不行的话,敏姐人也很好,她样子凶了点,但真的是刀子嘴豆腐心,能力也很强。苏糖你知道吧,就和她的亲女儿似的,跟了她三年,都快拿影后了。"

"……"

"天下这么大,哪会只有一个天鸿能容得下你呢。你不能那么傻。"

简清晨怔怔地望着他,一言不发,纪承彦看他的表情,又是悲伤,又是纠结,像是要哭了。

纪承彦深知自己说这些,委实有些轻率。艺人跳槽这事,真心前途未卜,谁也无法凭别人的三言两语就草率交付自己的人生。何况他压根没能力帮简清晨把路铺好。

纪承彦也为自己的冲动而略微尴尬,最后只说:"不过这也是如人饮水,冷暖自知的,你慢慢考虑吧。"

别过之后,简清晨几天都不再有音讯,纪承彦知道他是工作结束,离开T城了,只是不知他回去以后日子过得如何。

有天纪承彦正在为新电影的宣传苦读稿子,突然接到简清晨的电话。

少年的声音这回听起来清晰得多了:"纪哥,我打算跟天鸿解约。"

纪承彦差点把稿子摔了,"等等,违约金怎么办?"

简清晨愣一愣,小心道:"那个,付清的话,应该就好了吧?"

"啊?"

纪承彦说:"那什么,话这么说是没错。但是,违约金应该比你这几年赚的加起来还多吧?"

"对啊,"简清晨有点不好意思,"我真是,又把事情搞砸了,还得家里出钱为我解决问题,我这算啃老吗?我真是没出息。不对,不行,我不能这样消沉,不能往负面的方向想了。"

"……"

"我要多想好的方面。好的方面就是，我妈没有对我失望，只说就当交了学费，还叫我不要太在意。"简清晨说，"纪哥，我以后会好好努力的。"

纪承彦："…………"

困扰他的最大的问题，对人家来说根本不是问题。

钱到位了，就没什么难办的事了，接下来简清晨果断恢复自由身，而后迅速签了华信。

当红流量小生在所谓的事业巅峰期转了公司，舆论自然又是一番腥风血雨。简清晨再次上了一轮热搜榜，顺带着纪承彦一起被骂得体无完肤。

这天结束工作回家，时候尚早，纪承彦带着路上买的水果，去隔壁公寓敲了敲门。

门立刻就开了。

简清晨穿了套很朴素的家居服，一手还拿着书，耳朵上夹了支笔，见了他就露出些开心模样："纪哥。"

签约华信以后，华信给简清晨安排了住所，就在纪承彦同一座楼。从各方面来说这安排都很妥当——安保可靠，又方便照应，也易于管理。

简清晨的模样比前阵子胖了一点。对于其他明星来说"胖"这个字比"死"还可怕，对现在的简清晨来说则最好不过。

纪承彦边把水果放下，边问："今天的课上得还好吗？"

"嗯哪，我做了好多笔记，"简清晨道，"有点回到学生时代的感觉。"

学渣纪承彦立刻一脸恐惧："什么？那可太可怕了！"

学霸简清晨笑了："我还挺爱读书的。上课学东西的时候，我觉得心里好平静啊，又特别充实。"

他这边内心平静，外面可是吵翻了天。

因为华信接手之后,既不对种种质疑给予回应,也没借这一波热度给简清晨增加工作量,反而主动减少了简清晨的曝光度,只安排了一些课程给他上。

这样一来,原本反对天鸿、力挺华信的那些粉丝,也开始焦虑疑惑:自家正主被挖过去不仅没力捧,眼看着是要进"冷宫"啊。

"连解约金都是简清晨自己付的",这消息一被散播出去,更是立刻冒出大量"华信这是将对家的顶梁柱骗过来,冷藏个几年把他废掉"的阴谋论,分析得头头是道,纪承彦成了这狠毒计划的核心首脑,被骂得简直要升天。

他自己纵然问心无愧,但人言毕竟可畏,他有点担心简清晨听多了这些话,内心一旦动摇,情绪会更容易出现问题。

纪承彦斟酌地开口:"觉得充实就好。你也是时候暂时远离一下旋涡中心了。这几年你消耗得太多,现在该停下来充充电。公司现在没给你安排工作,你千万不要着急,休息一下是为了更好地出发。"

简清晨看着他:"你不用担心,纪哥。那些话我不听的。"

"……"

简清晨说,"一开始我什么都不是的时候,你就对我好。现在的你和那时候是一样的。"

"……"

"我知道没法所有人的话都相信,因为每个人说的话都不一样,总有一些人在撒谎。要怎么分辨,对我来说,真的太复杂了,"简清晨说,"最简单的办法就是,他们讲的,我不信;你说的,我才信。"

纪承彦半晌伸出手,摸一摸少年的头,道:"你会越来越好的。"

第17章

　　这天上宣传节目，遇到在隔壁棚录影的李苏，李苏似笑非笑的："最近热度挺高的啊。"

　　纪承彦谦虚道："过奖，过奖。"

　　李苏白眼快翻到脑后去了，吐槽道："想什么呢？爱管闲事就算了，还让简清晨签华信？你是嫌自己日子过得太好了，是吧？资源太多了，是吧？"

　　纪承彦连连摇头，说："不是，没有，不敢。"

　　李苏恨铁不成钢地说："就你这样，迟早要吃不上饭。"

　　纪承彦不仅不顶嘴，还开玩笑道："真到了吃不上饭的时候，还得求大佬包个养啊。"

　　李苏突兀地沉默了一下，他以为李苏是要酝酿个大招来好好骂他，结果过了一阵，李苏面无表情地说："那我等着。"

　　"啊？"

　　虽然这口气像是"你给我等着瞧"或者"放学别走"之类的，但纪承彦自己觉得还是感受了李苏的友善呢。

　　李苏虽然总骂他，但对他真的是仗义得没话说。光是他那新电影的宣传微博，李苏就帮他转发点赞了不知道多少次。

　　他自己发微博那是被迫在线营业，李苏可是一点好处都没收，更没那义务。

　　"真的是交对朋友了！"望着李苏僵硬地离去的背影，纪承彦在心中感慨。

说来新电影后期已经制作得差不多了,估摸着顺利的话,能定档在两三个月后,效率实在是高得很。

虽然业界还是不看好,但自从剧组上的综艺节目播出后,观众的态度似乎有了变化。

他和杨晗在节目上的表现有了精华剪辑,然后被"哈哈哈"地转发了近万条,这可是没花钱的。而且底下自发的好评不断。

"我笑到隔壁邻居投诉。"

"我的妈呀,这两个人在一起也太好笑了吧。"

"杨晗也能这么有综艺感的吗?"

"原来他也不是没有喜剧天赋啊。"

"我觉得吧,主要还是因为纪胖真的很会带。"

"对对!我也发现了,跟纪胖搭档的都会喜剧感爆棚,想想李苏那种不懂风趣的男生,跟纪胖合作节目的时候简直秒变金句王段子手,我家纪胖真是化腐朽为神奇!"

"其实最让我想不到的是,杨晗和纪承彦站在一起居然很和谐。"

"是吧,纪胖在杨晗这种电影脸旁边,一点都没被比下去。我很意外。"

"真的,在他和杨晗同台之前,我没意识到他的气场这么强。"

"啊啊啊,我们纪胖最近真的颜值在线啊!"

"我总怕他的颜值会在0分和100分之间飘忽不定……"

"没事!我胖这两年颜值很稳定!我很欣慰!"

"讲真,看他俩的互动,我突然觉得小烂片可能也没那么烂了。"

"鱼子酱配酸黄瓜,真香!"

纪承彦虽然有那么点奇怪的不好的预感,但不管怎么说有这种反响是好事。观众能认可两位风格迥异的主演同框的画面,觉得相得益彰没有违和感,这肯定了王文东的选角功力,是电影上线后能靠口碑打个翻身战的好兆头。

这日黎景桐又来找他，青年看起来十分高兴。

纪承彦问："怎么啦？有什么好事？"

"前辈你猜。"

"怎么的，楼下的车厘子又买一送一了？"

"太可惜了，今天没有买一送一。"黎景桐笑道，"只不过上次前辈也觉得好的那本奇幻小说，我们达成了实现目标的第一步。"

"啊？"

"接下来，投资人那边，我会再努力的。"

纪承彦道："哎，难道你还真的打算让我演刘长应吗？"

黎景桐笑道："那不然呢？"

纪承彦吸了口气："这谁愿意投资啊，好几亿成本，就我现在这票房号召力？不得赔到连底裤都没了？上一次我扛票房，那都是二十年前的事了吧？"

黎景桐说："有我在呢，我会跟前辈一起扛的。"

"说真的，你随便找一个比你差一点的男演员来搭档，这电影都能成。我的档次也差得太远了。"

"我一直很想能和前辈同演一部电影，"黎景桐认真地说，"这是我自小以来的梦想。"

纪承彦说："那简单，随便给我安排个小角色嘛，不带台词的那种都可以的。"

青年郑重其事道："不是的，那不一样。我希望我们能是搭档，平起平坐的那一种。"

说着他好像有点害羞了："我是不是太过奢望了，还想跟前辈你平起平坐。"

纪承彦一时哭笑不得："你啊……"

放在桌上的手机猛然振动了一下，而后又动了许多下，像是有大堆信息涌进来。

与此同时，黎景桐也微微皱眉，低头去摸口袋。

两人都拿起各自的手机,看了看信息,而后又看了看对方。

"……殷瑞去世了?"

"……老头子没了?"

"……"

映星的大老板突然去世了。

多年来将权力死死抓在手里,不容他人觊觎的一方"霸主"轰然倒下,混乱中,有人要伺机上位了。

一时纸媒网媒的娱乐版热门和头条都是映星娱乐的创始人兼董事长殷瑞去世的消息。

贺佑铭也暂停了电影剧组的拍摄工作,赶回来奔丧。

他的身影密集出现在各大媒体上,一身笔挺黑色西装,熨烫得一丝皱褶都没有,十分得体妥帖。

葬礼上的他身姿挺拔,面容端正,神色肃穆,举手投足从容有度。在他那位哭得双眼通红头发散乱的夫人和瘪着嘴一脸茫然的幼女身边,更显得俊朗优雅。

微博底下粉丝们反应是:"啊啊啊,怎么这么帅!"

"黑色系的铭铭帅到爆炸,我实名吹爆!"

"这造型太爱了,经鉴定可以做屏保了。"

"真是神仙颜值!"

也有观众对此表示强烈不适:"有事吗?这是在葬礼好吧?"

"还有人记得人家岳父刚去世吗?"

"可以啥。"

"各位粉丝麻烦看看场合?"

"贺佑铭那样子看起来一点也不像在参加葬礼,倒像是走秀现场呢。"

"我也觉得帅是真的挺帅,就是不知道为什么有点怪。你们这么一说我就明白了,他这一点悲伤的感觉也没有啊。"

"何止是不悲伤,我看他是人逢喜事精神爽吧。"

"跟他说什么'节哀顺变'啊,该说'恭喜发财'才对。"

第17章

"贺佑铭的演技果然还是不行。"

殷瑞去世得比较突然,并没有明确指定接班人,他只有殷婷一个女儿,去世以后他手上的股份由女儿继承,留下的实权究竟如何安排,外人也不得而知。

后续是女婿贺佑铭迅速接手了公司,加上苦心经营的这十来年,不管经过了什么样的明争暗斗,反正贺佑铭这回终于体面地成功上位了。

接任董事长一职的贺佑铭十分扬眉吐气,如网民所吐槽的那样,这场葬礼下来,跟他说句恭喜也不为过,可谓是丧事喜办了。

对贺佑铭而言可喜可贺的日子,对别人来说大概就没那么喜庆了。

这里的"别人"指的是《铁拳》剧组。

黎景桐边倒茶,边翻着手机消息,说:"谭鑫这回是要气疯了。"

纪承彦问:"怎么了?"

"贺佑铭这都几个月没回剧组了,"黎景桐说,"而且摆明了就是无所谓,不配合。"

谭鑫导演是最注重精气神的,不仅要抠背景、造型、生活细节,人物更要还原角色的气质和灵魂。

在拍摄过程里,他是严禁演员跳出角色、脱离状态的——完全入戏的状态要长时间的等待和静下心来沉淀。

然而离开剧组回去处理丧葬事宜并忙于接手公司事务的贺佑铭,如今不仅状态全无,一时半会还并无法回得了片场,甚至压根没有急着回去的意思。

黎景桐又道:"谭鑫压不住脾气,朝贺佑铭发了火,你猜贺佑铭是怎么回应他的?"

纪承彦接过青年递来的茶杯,问:"怎么回的?"

黎景桐笑道:"他说:'谭导演可是为了一个极致的镜头,愿意去等上一整年的人,也不差等我这么几个月吧?'"

"……"

黎景桐悠然道："真是几家欢乐几家愁啊。"

"你好像一点都不同情谭导啊？"

黎景桐挑眉道："我为什么要同情他？他们自己在你和贺佑铭之间选择了后者，求仁得仁。"

纪承彦说："也未必就是他做的选择啦，也有资方的压力，不是他一个人说了算……"

黎景桐不置可否，笑道："他那种一部戏敢拍个五年的人怕什么资方压力？"

纪承彦道："其实就算是这样，我也不记恨他。"

黎景桐正了脸色，认真道："前辈你要知道，你不记恨他，是你的大度，而你的大度不是他们应得的。像我这样幸灾乐祸，隔岸观火，才是他们应得的。"

纪承彦摸摸鼻子："这么无情的嘛。"

青年的脸上是种理所当然的冷漠："对于伤害过你的人，我本来就很无情。"

"……"

纪承彦喝了那杯香茶，想了一想："其实我也不知道贺佑铭为什么要这么搞他。"

"贺佑铭原本也没打算好好拍吧，纯粹是为了坏你的事，不想让你拍罢了。"黎景桐说，"他根本看不上谭鑫那种十年磨一剑的套路。我一开始就不信他是那种能耐下性子待在深山老林里一年半载就为拍几个镜头的人，现在正好，有冠冕堂皇的不可抗力理由可以离开剧组，不用拳击场上一遍遍地挨揍了。他估计睡觉都要乐得笑出声了呢。"

"……"

"反正贺佑铭现在大权在握，说话也硬气了，谭鑫拿他没办法。又不是完全不拍，谈不上违约，至于是否好好拍，那就要看谭鑫的造化了。"黎景桐双手枕在脑后，往沙发靠背上一仰，笑道，"要看贺佑铭董事长在百忙之中是否能抽出时间来垂青他的剧组了。"

第 18 章

谭鑫能否被垂青是不知道，纪承彦倒是荣幸地再一次被垂青了。

他又收到了贺佑铭的邀约。

相比上一次见面前的辗转、忐忑，百转千回的纠结，这回纪承彦赴约就干脆得多了，反正刚好有时间嘛，闲着也是闲着。

而且这次也不是什么高大上的餐厅了，而是一家老旧的日式居酒屋。

纪承彦推门进去，店里只有一位客人坐着，加上在操作台后面忙碌的老板，再无旁人。

纪承彦在狭小的店内环视一圈，见得景物依旧，不由感慨道："哇，都这么多年了，居然还没倒闭。"

老板黑着脸说："……店面是自己的，所以不会倒闭。"

纪承彦笑着坐下，看老板在专心煎着熟悉的黄油煎牛舌。

贺佑铭端详他："你和上次不一样了。"

纪承彦给自己倒了杯清酒："嗯？"

贺佑铭缓缓道："你没那么紧张了。"

纪承彦说："那是，一回生二回熟嘛。"

清酒倒入杯中的时候，并没有很浓郁的香气，然而入口却有种柔和的醇香弥漫开来，山泉水的清冽中有上等稻米的清香。

纪承彦毫不扭捏地举起杯来，一饮而尽。

这是他最喜欢的一款清酒，这么多年了，还是保持着绵柔的口感和细腻的水质，温柔得像初恋情人的眼光。

贺佑铭问:"这酒如何?"

纪承彦公允地赞美道:"一流。"

下酒菜是凉拌牛蒡,还有切成半圆形的鱼糕,蘸一点酱油,配上现磨的山葵,非常独特。

黄油牛舌煎好了,半熟牛肉也送上来了,此外还有软糯的黄油烤土豆和新鲜的比目鱼刺身。

纪承彦完全不客气,大大方方地吃喝起来,半熟牛肉搭配着底下铺着的薄薄一层洋葱和番茄,口感新鲜嫩滑之余,有种独特的香气。

这一顿比上次那餐具全是奢牌的高级法国餐厅,要来得鲜活饱足得多。

贺佑铭看着他大快朵颐,微笑道:"味道还喜欢吗?"

纪承彦边咀嚼边点头:"不错。"

贺佑铭又问:"比起当年呢?"

纪承彦笑道:"老板手艺没退步啊,虽然也没进步。"

老板:"啊?"

上完菜,老板去外面蹲着抽烟了,见纪承彦一心一意扑在吃吃喝喝上,还真的就是来吃饭的,贺佑铭终于不打算再浪费时间了,干脆切入主题:"我最近的情况,你也听说了吧。"

纪承彦放下筷子,肃穆道:"有所耳闻。"

贺佑铭的面孔在这柔和的灯光之下,显得英俊深沉,又温柔可亲:"你有什么要对我说的吗?"

纪承彦想了想,问:"我是该说节哀,还是说恭喜呢?"

贺佑铭看着他,一脸庄重,道:"我忍气吞声了这么多年,才等来这一天。"

纪承彦诚恳道:"所以要说恭喜才对。天道酬勤,你受的委屈也不是没有收获的。"

贺佑铭看了他半晌,像是要叹口气,而后缓缓道:"承彦,我知道你有很多怨气。但不管你说什么难听的话,我都不生气。你只需要知道,现在不一样了。我可以给你补偿。"

纪承彦："啊？"

贺佑铭道："你可以来我公司。"

"？"纪承彦挖了挖耳朵，"你叫我干什么？"

"我现在比黎景桐强多了，不是吗？"

纪承彦："啊？"

"华信和黎景桐一样，不过乳臭未干，"贺佑铭道，"你心里也知道什么是更好的选择。"

纪承彦一脸蒙："不是，我没搞懂啊，我回去你那里干吗？"

贺佑铭定定地望着他："你不想回我公司工作吗？"

"我为什么会想回你公司啊？"

贺佑铭陷入回忆似的，喃喃道："那时候我那样待你，百般赶你走，如今……"

被他这么一说，纪承彦不由笑了："你也记得那时候是怎么对我的，但凡有点记性的人，又怎么会想回去呢？我大脑皮层又不是光滑的。"

"是，我当年冲动过，我错了，"贺佑铭说，"人都是会犯错的。人也都有被原谅的权利。"

纪承彦："……你倒是来说说，为何值得原谅？"

"有些时候，恐惧是会压过其他情绪的，人在恐惧的时候，难免会做出错误的选择，"贺佑铭沉声道，"但我现在不会再恐惧了。"

"……那挺好的，恭喜你。"

"这么多年了，兜兜转转，到最后拥有一切的时候，我还是没有忘记曾经的过往，这不够吗？"

纪承彦终于没能把盘子里的牛肉吞下去，只得放下筷子说："先这样吧，我该回去了。"

贺佑铭猝不及防，难以置信地看着他："就这样？这么早？"

"也不早了，"刚好手机响起，纪承彦掏出来看一眼，笑道，"这不，有人在催了呢。"而后顺势接通，放在耳边说："喂？正准备回去，路上应该半小时吧。好好好，我的错，马上，你别急。"

贺佑铭盯着他，沉声说："你会知道，黎景桐根本不值得。跟我比起来，他什么都不是。"

"啊？"纪承彦说，"关黎景桐什么事？是钟点工阿姨催我回去，她炖了锅甲鱼汤呢。"

"……"

"上次我不是没吃饱嘛，这回先在家里备点夜宵，"纪承彦笑道，"走了啊，谢谢款待。"

贺佑铭的脸僵了会儿，又缓和下来，微笑道："其实你没变。"

"嗯？"

贺佑铭笑道："你又和当年一样了，淘气，促狭，有趣。"

"不，我变了，"纪承彦边往外走，也笑了，"人怎么可能这么多年还留在原地踏步呢，你说是吗？"

"要是我没变呢？"贺佑铭在他身后，突然高声说，"要是我还停留在原地呢？"

纪承彦脚下停了一停，转过头来，看了他一会儿，认真道："是吗？那可真是太遗憾了。奉劝你赶紧向前走吧。"

第19章

这一次碰面之后，贺佑铭那边颇是沉寂了一阵子。

纪承彦觉得吧，估计贺佑铭是没受过这么大的委屈，没讨过这么大的没趣，既然他如此不识抬举，那人家就没必要媚眼给瞎子看。这种纯属吃饱了闲出来的念头也就不了了之了。

而于纪承彦自己，这事更是当天就直接翻篇了，并没有什么可思忖可纠结的地方。

何况王文东执导的那部电影即将上映了，这阵子开始连轴转地跑宣传，路演，通告，忙得昏天黑地，哪有工夫惦记其他事。

他甚至懒得把贺佑铭的那段戏精附体说给黎景桐听。

黎景桐十分焦虑："排片怎么会这么差？"

纪承彦还比较冷静："别急啊，王文东人脉不广，制片人跟那些影业大佬的交情也有限，我们几个都没什么本事，也没有什么大集团投资，又没给人家许诺大量票补。要什么没什么，人家一开始不看好，排片率上不去也是正常的。"

"不正常，一点都不正常，"黎景桐焦躁道，"这首日排片6%是怎么回事？"

纪承彦安抚道："可能是我们宣发做得不够，我也不红，大家对我重回大屏幕的期待度不高。排片还是看市场预期值，看热度的嘛。"

"不不不，就算营销不如《星云战警》这种特效大片给力，这片子的宣发也做得不差了，而且你跟杨晗的互动那么有话题性，"黎景桐略微愤恨道，"你俩的超话排名都那么高了。"

"……"

"这显然就是故意在挤压你们的排片空间。可是定档期的时候已经特别留意过了,并没有什么背景特别硬的片子同期上档。没有强势的对手,映前热度不差,话题性高,那怎么会只有这么点排片率?"黎景桐说,"完全不合理,不正常。"

"……"

纪承彦心里微微动了一动,几乎同时,他的手机也在桌上动了动。

纪承彦俯身过去,拿起来看了一眼。

这号码并不在他的通信录好友之列,系统判定为陌生来电,他却是对那串数字熟悉得很。

纪承彦不动声色地按了拒接。

不过数秒,又有条消息发了过来。

"黎景桐小朋友解决得了你的烦恼吗?"

而后又一条。

"怕是不行吧。"

"……"纪承彦没有回复,只按了删除键,而后把手机翻过来盖在餐桌的抹布上。

他抬眼看了看黎景桐,青年没有留意他的动静,还是眉头紧锁地在微信各个私聊和群聊之间切来切去。

"别为这事心烦了,"纪承彦安抚道,"顺其自然吧,排片不好,也是有希望靠口碑逆袭的。"

他没回复贺佑铭,贺佑铭大约也出于高傲的自尊心,没再降尊纡贵来联系他这个不识抬举的东西。

倒是李苏突然约了他出来吃饭。

李苏近来人气继续看涨,已有直奔顶级流量之势,自然是忙到十分,能抽出时间来跟他约饭,还请他吃得相当之好——比如能在麻婆豆腐里吃到一整只澳龙的肉——纪承彦不由得受宠若惊。

纪承彦爱惜地啃着据说是用陈酿茅台腌制出来的醉蟹,虽然茅台味道他吃不出，但这螃蟹肥美之极，膏满黄足，蟹肉鲜嫩甜滑，配上醉卤的醇香四溢，令他觉得吃完这一盘把自己卖了都值得。

"大佬你这对我也太好了吧。"纪承彦诚恳地说，"这家店之前都没听说过啊，是特地为我找到了这么棒的餐厅吗？"

李苏双手抱胸，冷冷地说："对。你这票房眼看是要扑街了，至少也让你最后吃顿好的再下去。"

纪承彦："……"

李苏怒道："看那排片，都什么玩意儿。"

纪承彦不由得觉得嘴里的蟹都不太香了："哎，吃饭的时候就专心吃嘛，是熟醉蟹不鲜，还是溏心鲍不美啊？干吗谈工作呢。"

李苏说："是贺佑铭搞的鬼吗？"

"……"纪承彦说，"干吗说得这么直接啊。就算是有人要搞我，看不惯我的人也很多啊，其他人是都不配拥有姓名吗。"

"比他更见不得你好的人，我也是想不出第二个了。"

"……"

李苏道："他想整你，这不奇怪，但黎景桐呢？这时候难道不是该动用一切资源帮你翻盘？"

纪承彦老老实实道："不可能动用一切资源的，他只能用他的私人交情，不能以华信的名义。"

李苏皱眉道："人家贺佑铭拿映星老总的身份施压，黎景桐怎么就不能拿华信的招牌出来办事了？"

"华信并不是投资方，只是有我这个旗下艺人参演而已。要为了这个大张旗鼓，动用资源人情去换排片，说真的，不是不可以，但没必要。毕竟华信近期还有自己参与投资的大片要上，好钢也得用在刀刃上。"

李苏一脸受不了，说："我的祖宗，你还有心管别人的刀刃啊？再不用点好钢，你自己都要成废铁了，好吧？"

纪承彦笑道："话不是这么说，这个电影毕竟是我自己要接的，公司并不推荐也不看好，但还是给我足够自由选自己想演的，这已经非常仁慈了。再要他们动用额外力量去帮我的选择买单，那未免太过了。"

"……"

"说真的,钱我没为华信赚多少,还总让公司给我擦屁股,这些人家都是看在眼里的。要一直这么公私不分,那华信离人心涣散也不远了。"

"……"

"所以这事我要么想办法自己解决,要没办法呢,就尽人事听天命。我不可能每次跟贺佑铭硬碰硬都能赢,是吧?我得有输的心理准备。这次我觉得实在不行我也就认了吧,没必要拉别人下水。"

"瞧你这出息,"李苏骂他,"帮别人不遗余力,自己开口难上加难。"

纪承彦又没出息地吃起了蟹。

说得那么自暴自弃,也只是为了缓解李苏的焦躁,免得李苏又义薄云天地为他欠下人情。

实际上纪承彦自己还是尽力在为这片子奔走,毕竟电影这不只是他一个人的付出,还凝聚着剧组上下那么多人的心血,现在因为他而遭到打压,他自己可以云淡风轻,却不能不对其他人有愧于心。

只可惜个人的交情是有限的,哪怕黎景桐出面,对方也只能苦笑一声表示做不了主。

"我也只能做这么多了,兄弟。影院不是我开的啊。"

黎景桐还是闷闷不乐,纪承彦劝他:"已经有改善了,不是挺好吗。"

"还是不够啊,"黎景桐说,"他也只是一个董事,不是他一个人说了算。还是需要更有发言权的人开口。"

黎景桐沮丧道:"前辈,我这个粉丝,是不是太没本事了啊。"

"什么话?"纪承彦说,"不许你这么说我的铁粉!我铁粉的本事比我都大,好吗。"

"是吗……"

"嗯,"纪承彦一本正经道。

"……"

门铃非常不合时宜地响了,黎景桐起身去开门。

门外是张怯生生的脸。

"黎哥?纪哥在吗?"

"哟,清晨,"黎景桐说,"这么晚了,有什么事吗?我还以为你回老家了呢。"

"是回去了一趟,刚刚回来的。"简清晨不安地立在门口,说,"天气不好,飞机延误了,所以弄到这么晚——我也知道太晚了,会不会打扰纪哥休息了啊?"

纪承彦把自己整理得衣冠楚楚之后就赶紧过来了:"不不不,还没休息呢。"大实话,刚也没打算休息。

简清晨挺不好意思地对着他:"我妈做了点新的秃黄油和蟹粉,还有牛肉干,想说趁新鲜给你。"

吃人嘴软的纪承彦立刻说:"谢谢,快进来坐啊。"

"瞧你,又给我拎了这么多好东西来,这得多重啊,你费力,伯母也真也太费心了。"纪承彦感觉到气氛不是那么融洽,便说,"这么好的秃黄油不赶紧吃上两口就太可惜了,清晨你刚好也饿了吧,你俩先聊,我去下面给你们吃!"

纪承彦迅速煮了锅清汤素面,捞出三碗,然后分别浇上满满一大勺的秃黄油和蟹粉。细细的苏帮面在浓郁的秃黄油浇头下那么一拌,仿佛瞬间有了灵魂。

黎景桐却像是失去了灵魂,无论这秃黄油拌面香成什么样子,无论纪承彦吃得有多投入,吸溜得有多澎湃,他都一副提不起兴致的样子。

简清晨小心问:"黎哥怎么了吗?心情不好?"

纪承彦不好说是原因,只得打哈哈:"没有呀,他就是不饿……"

黎景桐冷笑道:"我是心情不好。"

纪承彦瞪着他。

黎景桐只得说:"是因为前辈的新电影被人排挤打压,排片太差了。"

简清晨吃惊地瞪大眼睛："啊？"

他这段时间过着修身养性自我调节的充电生活，每日安排除了上课还是上课，可谓两耳不闻窗外事。

纪承彦嘟哝道："多大事啊，还让不让人吃好东西了啊？"

简清晨问："怎么了？纪哥遇到麻烦了吗？有什么我帮得上忙的吗？"

"嗨，别费这心，"纪承彦道，"大家已经帮了很多忙了，这点事不用你操心。你专心把自己状态调整好，知道吗？最迟等过了年，你也得准备接点戏了。"

"总有我能做的吧？"简清晨睁大眼睛的样子就像只充满憧憬和仰慕的小鹿，"纪哥你不要跟我客气啊，别把我当外人。真的，我在这世上，现在除了我妈，最亲的就是你了……"

黎景桐听不下去了，笑道："我可谢谢了啊，但也没什么你能做的，除非影院是你家开的。"

简清晨安静了一下。

看简清晨被堵得说不出话，怕黎景桐现在跟吃了火药似的开口就乱喷枪子，纪承彦忙打圆场："开影院的也不能为所欲为呀。"

黎景桐恨恨道："怎么不能为所欲为，只要不在乎赚不赚钱，想怎么排就怎么排。"

纪承彦笑道："那就是了，做生意的不为赚钱，难道为慈善吗？"

"唉，提高你们的排片率，也不等于就不赚钱啊。我觉得等口碑出来了，这片子能爆。"

纪承彦表示乐观："那就更不用纠结了嘛，咱们可以靠口碑来逆袭。"

黎景桐无奈道："前辈，也得有一定量的人能看得到，才能有口碑啊。"

"哎呀，明日愁来明日愁，"纪承彦把面碗捧起来，"今日先把面趁热吃了才是正经事，多好的秃黄油啊。"

预售排片如此惨淡的情况下，首日票房确实不乐观。

其实他们的宣传做得很不错，可以说在有限的预算基础上，已经尽量做出优秀的推广了，甚至之前的那些通告也拉到了不少好感。

但这电影先天不足，制作阵容跟同期的几个大片相比，本来就不算能打，已经落了下风。排片再不友好，发育不良也是正常的事。

首日观影的反馈是好的，这让主创们心中略微欣慰。但就像黎景桐说的，也得有足够多的人看得到，才能谈口碑啊。

最初排到的时段都很差，场次也少，经过协商之后尽管有了一定的改善，但说真的，除非是冲着他们来的死忠粉丝，才会坚定地购票入场，路人的话，难免就被对手们声势浩大的排场给吸引走了。

纪承彦这日忙着录通告宣传电影的时候，在后台休息室见到简清晨。

简清晨跟着他签约来华信之后的这段时间里，胖了起码十来公斤，这对于简清晨而言是好事，适当的脂肪让他的颜值又回春了，逐渐找回了那种充满胶原蛋白的少年感，眉眼的灵气和清澈也回来了。

简清晨站在门口，犹犹豫豫地说："纪哥，电影很精彩，恭喜。"

纪承彦笑道："多谢。"心中却是着实笑不出来，现在真心没什么好恭喜的呢。

何况嘴里说着"恭喜"的简清晨自己脸上都并没有任何的"喜"色可言。

简清晨没有这里的录制工作，应该是特意来看他的，多半有话要对他说。

果然他看着简清晨站了会儿，少年欲言又止，过了半天，小声道："对不起，纪哥。"

"啊？"

少年低着头说："帮不上你的忙。"

纪承彦不由笑道："这有什么好对不起的，乱想什么呀，再说你不都贡献电影票了吗，你还发微博了呢！这都是帮忙啊！"

送走了无精打采的简清晨，没过多久，纪承彦又迎来了经纪人李哥。

李哥劈头盖脸就是一句："赶紧收拾，盛耀兴邀你喝茶！"

被强行送去喝茶的纪承彦内心不由得有点沧桑，他近来是怎么了，总被这种绝非善茬的大佬接见。

进了盛氏大楼，和楼下大厅的富丽堂皇不同，盛耀兴的办公室倒是布置得幽静简约，颇有禅意，剃着寸头的中年男人坐在桌后，朝他伸一伸手，示意他坐下。

盛耀兴虽然四十来岁了，也一副对外表不甚讲究大而化之的样子，但英俊潇洒的样子还有七八成在。

盛家是后来转做影视、房产，兼做公益的。

盛耀兴是那一辈的领军人物，虽然不是当时的当权者，没摆在明面上，但背后话事操盘的人，据说一直是彼时还不满二十岁的他，如日中天之时强势要求家族转型的也是他。

大佬既已退出江湖，江湖气息自然淡了许多，但跟一般的商界人士终究不一样。

对方也不客套，斟了第一杯茶，开口便说："你和简清晨是什么关系？"

纪承彦始料不及地"哈"了一声。

纪承彦努力按捺住自己心中疯狂往外跳的一大串问号，礼貌道："我俩是朋友关系。"

盛耀兴把他从上到下又来回打量了一番，而后说："他来求我帮你的忙，求我在我们旗下的影城里给你的电影加排片。"

"……"

盛耀兴道："他从小到大一次都没求过我。现在居然为了别人的事来求我？"

纪承彦震惊之余，心中不免略略一动。

盛耀兴还在皱着眉审视他，说："我不想管这种闲事。但这实在是太不正常了，你算他什么人啊？"

"我只是他的普通朋友。但这不奇怪，因为清晨会把朋友摆在自己之上。"纪承彦不慌不忙道，"为了自己，不可低头；为了朋友，两肋插刀，他一直是这样的孩子啊。"

千穿万穿，马屁不穿，对方多少舒服了点，但随即又恼火起来，"为了自己他怎么就不能低头了？跟我低头也算低头？"

纪承彦说："很多小孩子都是这样的，尤其是男孩子和父亲之间，难免有点说不清的自尊心。"

盛耀兴看着他。

"清晨跟你说了？"

"没有，"纪承彦道，"他什么都没说。"

"那？"

"看到您的模样、举止，再想想他的样子，自然而然就那么觉得了。"

盛耀兴嗤了一声："他现在哪里还有半分我的影子啊。"

而后又道："也对，他不会跟人说，他不屑跟人说。有我这个爹，他觉得丢脸。"

"他的理想就是不要变成我这样的人。"

"……"

"我就奇了怪了，成为我这样的人有什么问题吗？儿子像老子不是天经地义？像我到底有什么不好？非得样样都跟我对着干？"

"……"

"给他铺好的路他不走，也就算了。自己家开了这个永升影视传媒，前些年他也进娱乐圈当明星了，好歹算在一个圈子里，老子帮儿子一把，也很正常吧。结果我还没插手，他们家就跟被捅了马蜂窝一样。也行，不知好歹，那我也懒得管，我连打听都懒得打听了，生死也不干我事。但我就是不懂，他怎么能那么犟？"

"……"

纪承彦眼光扫过桌上的数个相框，照片被撕去了一半。两三岁的男童被年轻的盛耀兴举着，骑在他肩上，笑容灿烂。

注意到他的眼神，盛耀兴也随着他的眼光看了一眼那照片，目光定在上面数秒，而后说："那时候可爱点，大了，越来越不讨人喜欢了，越来越不像我了。"

男人带着种意难平的失落，恨声重复道："小时候明明和我一模一样，大了竟然就一点都不像我了！他跟他妈一样，都对我有偏见，都一门心思让他变成一个跟我完全不同的人。看他现在多么死犟啊，我往东他就偏要往西，仿佛我不是他老子，是他仇人。"

纪承彦一直识相地保持着沉默，这时候突然说："我倒觉得不是那样的。他那么坚持，不是因为他要做和你不同的人。"

盛耀兴皱起眉看着他。

"而正因为他就是和你一样的人，"纪承彦说，"他的脾性就是来自你啊。"

盛耀兴显然未料到会听到这样的评价，愣了一愣，过了一刻，才说："他像我吗？"

"像啊，他和你一样地坚持，固执。"纪承彦说，"只是你们想坚持的东西，刚好不一样。"

盛耀兴半天没说话。

末了他说："算了，自己生的，自己认了。"

这场谈话也没什么结果，见对方流露出无心继续商谈得意图，纪承彦很快告辞了。

其实他也没什么可说的，盛耀兴这种人精，什么都看得透彻明白，别人的家事更用不着他来多嘴。他只是觉得对方需要一个台阶下。

做父亲的无法真的彻底不在意自己的儿子，又无法不气恨儿子的疏远，更无法弯得下腰，这在谁身上，都有种反复撕扯的煎熬。

深夜回家，在公寓大堂等电梯的时候，他遇见了刚从外面回来的简清晨。

打过招呼之后简清晨就低着头，把手紧紧塞在卫衣口袋里，像是有种羞愧的窘迫。

进了电梯，门缓缓关上，纪承彦突然说："盛先生找了我。"

简清晨惊讶地抬起头,小鹿似的眼神变得锐利起来:"什么?!他找你干什么?他为难你了吗?"

"不不不,没为难我,盛先生很客气,他只是想知道我跟你什么关系,想了解你为什么要替我出头。"

简清晨又沉默了。

纪承彦说:"谢谢你。"

简清晨愣了一愣:"不用谢呀,他又没答应我。我根本没帮上这个忙。"

"不管答应不答应,都要真心实意地谢谢你,你能为了我去低头,"纪承彦认真道,"这份情谊我实在,无以为报。"

电梯安静平稳地上升,停住,开门之时,纪承彦又说:"其实我觉得他会答应的。"

"会吗,"简清晨立刻转头看他,"你说服了他吗?"

纪承彦边往外走边笑道:"当然不是,我怎么可能说服他?就算我能拍两句马屁,他那样的人,难道还能被我灌迷魂汤?在他眼里我就算使出通天本事那也只是雕虫小技,好吧。"

简清晨沮丧地缩了下脖子:"那……"

"如果他会答应,那是因为,不管怎么样,他其实真的很爱你。"

简清晨停住了脚步。少年稚气未脱的脸上,有点要哭又哭不出来的表情。

纪承彦双手插在口袋里,看着天花板,轻声说:"我多希望,我还能有爸爸啊。"

简清晨立着没动。

纪承彦轻轻摸一摸他的头:"回去好好睡一觉吧。"

第 20 章

《伟大的烦恼》整体排片还是那么半死不活的情况下，永升影视旗下的所有影城，突然全线将它的排片提高到了接近30%。

这一波突如其来又莫名其妙的操作，让业内人士和吃瓜群众都惊呆了。

一时议论纷纷，猜疑顿起，这多出来的25%显然得从同期其他影片的嘴里抠出来，比如《冷爱》这种原本排片超过50%的占座大片，直接砍了一半。

虽说没有独美的道理，但粉丝自然强烈表示了不满。《冷爱》是刘晨和另外两位流量小生加三位流量小花主演的大IP改编电影，贺佑铭担任制片人并友情客串，这几家粉丝都不是吃素的，来势汹汹一通猛掐，这事又闹上了热搜。

"是有什么内幕吗？这么闹着玩？"

"这是不是炒作啊？"

整个剧组上下为此没少挨骂，但除了友军的还击之外，《冷爱》那几位流量演员们的粉丝和对家粉丝也加入了讨论。

"怎么了，33%的排片还嫌不够啊？"

"对家排了30%就是狼子野心，自己家排了33%就是受了天大委屈。"

"人家的票房就是靠排片来的呀，看看那上座率，嘻嘻。"

之后粉丝和部分营销号的讨论越发热烈，永升官方对此发表的声明只淡淡地说:"对好电影有信心。"

无论粉丝怎么在网上争论,谁占上风,排片率的暴涨和随之而来的话题,本身就是强大的宣传,随着电影名字在一波波掐架中频频刷屏,越来越多的真实反馈也出来了。

"我不该带奶茶进去喝的,我的外套全毁了!"

"杨晗劈叉那段笑得我差点被抓去下蛋。"

"纪胖太可爱了!"

"楼上的姐妹,但凡有颗花生米也不至于喝成这样啊。"

"跟相亲的妹子不知道能聊啥,想说找个电影打发一下时间,没想到两个小时挺值,妹子还主动加我微信了,这波真的不亏!"

"啊啊啊,我强推这部,这是我今年看过的最好的喜剧了,最近本来一直很丧,看完心情真好,虽然最后忍不住哭了一下。"

"最后那段真的很好哭啊,前面也真的很好笑!"

《伟大的烦恼》首周票房两亿,这还是在一开始被耽误了,以及其他影城并不配合的情况下。

业内人士和吃瓜群众又惊了。虽然这比《冷爱》的首周6.6亿的成绩差了一大截,但问题是,两者的成本、排片率和期待值也完全不是一回事啊。

《伟大的烦恼》作为一匹黑马,不降反升的上座率,网站评分8.2的评分,可以算是票房口碑双丰收了。

《冷爱》虽然成绩遥遥领先,一枝独秀,网络上讨论度也相当高,但后面的票房增长已经明显放缓。

谁都不想跟钱过不去。按上座率来调整排片是很正常的事,于是顺理成章地,其他影院也复制了永升影城的排片比例,《伟大的烦恼》全线看涨。

王文东也惊呆了,原本过了两亿就已经超乎预期,人生仿佛已然走上了巅峰,就差迎娶白富美了。

而后面肉眼可见的,还会有更多的两亿呢。

庆功宴上很多人都难免喝多了,王文东则干脆把自己灌到烂醉,一把鼻涕一把眼泪地号啕着说："牺牲了这么多值得的！"

杨晗笑着拍拍他的头。

《伟大的烦恼》和《冷爱》这两部一开始八竿子打不着，谁也不曾把对方当成假想敌，但现在也不藏着掖着了，光明正大地开启了较劲之旅。

排片率、上座率、单日票房，关键字到底上了几个热搜，主演的新媒体指数究竟排第几，每一样都能拿出来比较一番，粉丝就跟过年一样，每日掐得热闹非凡，锣鼓喧天。

纪承彦突然就成了大忙人。

杨晗当然也忙，但跟他们那几条"咸鱼"不同，人家一直都很忙。能最直观地感受到前后待遇差别的应该就是纪承彦和王文东了。

当初《逆鳞》那部剧的成绩，让纪承彦踏踏实实地往前迈了一大步，而《伟大的烦恼》更是一把结实的天梯，让他在这等级森严的圈子里，彻底上了一层。

突然就有许多人冒出来对他说"久仰大名"，其中不乏之前对他还比较冷淡疏离的，一时间这个世界似乎变得特别友善，特别温暖。

对于这些不请自来的热情，纪承彦也尽量周全地微笑寒暄，以礼相待。

一场活动下来，脸已笑僵了，手也握酸了，连头都点累了，还得尽可能记住对方的脸和姓氏身份，以免张冠李戴。

刚坐下来清静了片刻，精神恍惚之际，又有个高大挺拔的身影站在他面前，纪承彦条件反射地站起来微笑伸手。

对方并不伸手，只说："干吗呢你？比我家那金毛训练得都好。"

纪承彦："……"

李苏看了他一眼。

"何必理那些人啊，尤其那个曹滨，你忘了他之前是怎么造谣的？还跟他握手？不嫌脏吗你？"

纪承彦笑道："谁都有曲意逢迎的时候，没必要给人脸色看。"

"你这真是以德报怨，何以报德啊？"

纪承彦立刻谦虚道："我也没有以德报怨那么好啦……"

李苏说："我不是在夸你！"

"……"

李苏恨铁不成钢地说："有些人，你就不该正眼瞧他们。就算不理会也不用怕得罪人，就算得罪了他们也不算个事。"

纪承彦道："我倒不是怕得罪。只是吧，我确实没有很记恨。小仇没什么可记的，都计较的话哪里忙得过来。要记就该记大的。那些小事，我是真没放在心上。"

李苏差点气笑了，一脸恨不得打爆他狗头的暴躁，骂道："好啊，那有什么是你放在心上的？"

纪承彦赶紧嬉皮笑脸道："大佬您的事，我就放在心上啊。"

待得活动结束，终于能打道回府的时候，已经说不清这算深夜还是凌晨。在楼下和助理小张道别，看着小张那黑眼圈，纪承彦真心觉得该给他涨工资，最近这可太累了。

开了家门进去，客厅有灯光，暖气也开着，显得室内又明亮又温暖，青年坐在沙发上，专心致志地对着笔记本电脑运指如飞。

青年戴着眼镜，一丝不苟。

"你来了啊？居然比我先收工啊？"

"今天辛苦了吧。"

纪承彦终于伸了一个疲倦不堪的懒腰。

"应酬是真的累。"

黎景桐笑道："因为你就是不会拒绝的人啊。"

"可能是得改一改了，"纪承彦说，"有时候我也反省，我有些客气是不是太多余了。"

纪承彦问："你会觉得我这人性子太软吗？"

黎景桐想了想，说："虽然可能会有多余的温柔，但也是前辈的优点。"

"……"

"对了,"黎景桐说;"我给前辈带了个礼物。"

"哎?"纪承彦赶紧用力回想,"今天不是什么节日吧?还是我记漏什么了?"

"的确不是节日呀。"

"没有逢年过节,干吗送礼物?"

黎景桐笑道:"礼物就该是想到了就送呀。"

青年认真道:"其实除去逢年过节送的,平常送的礼物,才更具备礼物这个词本身的意义吧。"

"……"钱多的话,也不是没道理。

而后青年取出来一个首饰盒子。

纪承彦说,"太浪费钱了吧!我用手机看时间就够了,电子表我也有一个,要这个干吗?"

青年笑道:"有些场合还是用得上的,而且我一直觉得它很适合你。"

纪承彦硬着头皮不情不愿地打开盒子,仿佛里面关了个吞钱的恶魔。

猝不及防地,入眼便是耀眼的星空之蓝。

手工缝制的鳄鱼皮表带,白金镂空表耳,表圈上镶嵌的38颗长梯形钻石,当中用极其精细的工艺,将璀璨星空呈现在了表盘中央。

这表盘上的苍穹点缀着迷离的星星和月亮,而这不只是装饰,它的时间显示、日历指示和月相功能也将在这蓝色苍穹、天狼星和月亮的交错变换中实现。

看上去它不只是一只表,更仿佛是一个神秘的宇宙。

尽管拿手机看时间已成主流,电子表也相当够用,然而美永远是震撼人心,摄人心魂的。纪承彦对着呆了半晌才说:"这太贵了,虽然我不知道这多少钱,但一定很贵。"

黎景桐笑道:"没关系啊,这钱是前辈帮我赚的啊。"

"啊?"

黎景桐提醒道："你的电影票房大爆了。"

"话是这么说，但电影怎么爆，也没法让你分成吧？"

他自己是礼节性带了点资进组，统共也没几个钱，打算就当是做慈善捐给王文东了，这么一来也小赚一笔。黎景桐当时很愿意投资，但王文东勤俭节约，拍摄异常顺利，并没有超预算，也就没投成。

否则的话确实能让黎景桐赚到钱。

黎景桐骄傲地说："但我前段时间重仓了永升影视和出品方日光传媒的股票呀。"

"……"

纪承彦惊呆了，半晌道："你这也……对我们太有信心了吧。"

青年笑道："我对前辈你，一直有信心。"

过了一刻，黎景桐又望着他，慢慢道："其实，还有另一个礼物。"

"啊？"纪承彦受宠若惊，这是要提早过年了吗？

黎景桐微笑道："那个电影，稳了。你出演刘长应，投资方都很热情积极，很快应该就能启动了。"

纪承彦大吃一惊："真的吗？！"

"真的。"

"真能有这么顺利？"

黎景桐笑了一下："前辈，我什么时候骗过你。"

纪承彦喜出望外，也隐隐觉察到青年有些不同寻常。

"怎么？"纪承彦问道，"你好像，没那么高兴？"

"不，我当然很高兴，"黎景桐斟酌了一下，说，"只不过，这结果来得迟了一点，已经不再是我为你争取来的了。"

"啊？不是你还能是谁？难道有人要抢你的功劳？"

"不，没有人，"黎景桐说，"应该说，这不是我的功劳。现在有《伟大的烦恼》大爆的票房和热度在，许多东西于你而言都变得唾手可得。不需要我特意去为你争取，资源自然而然就会来找你。"

"……"

"原本这件事的难度在于，我需要说服他们去当第一个吃螃蟹的

人。但你已经向他们证明，你就是一只巨大肥美的帝王蟹，他们最担忧的问题已经不是问题了。"

"这个难题其实是前辈你自己解决的。"黎景桐低声说，"我无法为你做到雪中送炭，而锦上添花，其实没多大意义。"

纪承彦愣了一愣，才道："你怎么会这么想呢？"

"我是因为崇拜前辈你，才想当明星的，"黎景桐说，"在你蒙尘的时间里，我想反射你有过的光，想替你发光。"

他又说："但现在，你的光芒日盛，不需要借助任何东西的反射，你也已经足够闪耀。可能慢慢地，你就不再需要我了。"

室内安静了片刻，纪承彦说："啥意思啊，你讲的是中文吗，我怎么听不太懂呢？难道你想说，我是那种过河拆桥的人吗？"

"当然不是，"黎景桐说，"是你太好了，而我渐渐地，已经不够好了。随时会有人取代我死忠粉的位置了。"

"妈呀，"纪承彦道，"这话要不是你自己说的，还真是编都编不出来。"

"……"

"有时候我不太能理解，你这样的人，为什么还会缺乏安全感呢？你看看你自己，什么都有，什么都好。怎么可能会有人或事让你觉得自己不够好？！"

黎景桐并没有表现出得到夸奖的欢欣，只笑了笑说："但愿如此吧。"

第21章

上映三周之后,《伟大的烦恼》实现了对《冷爱》票房的反超。

大众一片哗然,有幸灾乐祸的,有欢欣鼓舞的,有冷嘲热讽的,有阴阳怪气的,纪承彦热度暴涨的同时也收获了许多谩骂。

但很快《冷爱》的票房不知为何,突然又长了一波,大幅度回暖,加上密钥延期,一副要熬死《伟大的烦恼》的架势,后者也就没什么再度逆袭的希望了。

但不管怎么说,极尽奢华高端之能事的《冷爱》,居然差点打不过一个成本四千万的土味电影。如此耐人寻味的结果,对于看热闹不嫌事大的群众来说,自然值得大书特书。

纪承彦凭借此片,一举实现了口碑票房话题三爆,暂时晋身一线。

人在风尖浪头上,自然有众多的片约向他飞来,有些片酬甚至达到了他从未想过的高度。

相比之下《弑神》虽然是大IP,开出的酬劳其实不高,预计拍摄周期还长,最妙的是,这个项目曝光之后,业界对此并非一致看好,不乏唱衰之声。

李苏直接来找他吐槽:"你怎么会想拍这个?"

"这不是挺好吗?故事好班底强投资大,我属于高攀了啊。"

"去年那部成本4.3亿、票房1.2亿的,难道是班底不够强吗?还是《聊斋》的IP不够大啊?"

"……"

"你可想清楚了,好不容易才爬上来,多的是人等着看你笑话,

这要是立刻就扑下去，你会脸着地。"

奇幻影片的表现一直两极分化，出现过一些高票房的赢家，更多的是血本无归、恶评如潮的扑街之作。

这部《弑神》，自然有大爆的希望，但也有血赔的可能。虽说拍什么影片其实都是赌，只不过脚还没站稳，就开始一场豪赌，确实不是明智之举。

"你刚有了一个票房大爆的作品，这时候应该趁热打铁，步子迈稳一点。再拍个同类型喜剧不好吗？成本不会太高，大家也愿意买单。对不对？怎么会想接个完全不同类型的来冒险呢？"

"啊……"

道理是这样没错，李苏说的这些他并不是没想到，黎景桐也跟他讨论过。

稳妥一点的话，下一部该是《伟大的烦恼》的续集或者风格相似之作。

但王文东一夜之间被抬得太高了，成功的狂喜固然有，可心理压力更甚，最近还没日没夜地失眠，都要脱发了，处于一种不敢轻举妄动的状态，看样子得好好歇一阵子才能迈出下一步。

至于跟风的那些喜剧片，多属于趁热圈钱之作，剧本既不扎实，也不真诚，他没什么兴趣接。

相较之下，黎景桐心心念念的《弑神》肯定是第一优先的。

纪承彦打着哈哈："这部能成功的话，不也是个挺好的突破嘛，证明我什么风格都能拿捏。"

李苏说："你人长得一般，事情倒是想得挺美。"

"……"

"能卖座的，哪个不是那几个老经典抽一段出来改的，不是《西游记》就是《聊斋》，奇幻市场上，原创压根就不讨好。"

纪承彦说："这倒是，观众对老经典比较有信心，有安全感。不过天天把《西游记》改编新编胡编乱编，大家其实也腻了，你看那票房一路下滑。原创的显得新鲜，说不定有些人愿意看。我觉得，还是得有点不一样的东西，才能吸引人。"

过了会儿，李苏说："行吧，你要是铁了心拍这个，我也就信你，希望能成吧。"

"嗯嗯，"纪承彦问，"依你判断，这票房成功的概率有多少？"

李苏面无表情道："不就是要么成要么不成吗，一半一半呗。"

纪承彦抚掌道："哇，50%这么高的吗？比我预想中的好多了，那确实值得一试啊，哈哈哈！"

李苏一脸麻木地说："你可以再乐观一点没关系。"

于纪承彦而言，《伟大的烦恼》荣光再闪耀，热度再高，和《冷爱》对垒得再激烈，也是过去式了。而他不太惦记过去。

他的时间和精力得留给现在和将来。

《弑神》还在筹备阶段，在正式开机之前的这段空档里，纪承彦的工作并不是狂接各种来钱快的广告商演，趁这流量暴涨的巅峰时期大赚特赚，而是紧锣密鼓地上各种培训课，为新电影做准备。

时间不算很宽裕，因而课程安排得满满当当：形体课、武术课、弓箭课、骑术课，甚至还有古琴课、礼仪课，还要恶补一下占卜术。纪承彦只恨刘长应这个角色为何要如此多才多艺无所不能，以他凡人之躯奋起直追太难，唯有日日忙得天昏地暗，睡觉都只能抓紧时间短暂地合个眼。

这日纪承彦刚完成对打训练，坐靠在墙角奄奄一息，突然接到了李苏的语音电话。

一接通李苏就说："最近那个'凉凉之爱'的热搜，你关注了吗？"

纪承彦被武术指导打得怀疑人生，全身酸痛，但还是配合地振奋精神道："啥热搜，有八卦？"

"票房造假呗。"

"啊？"

"大半夜的场次还场场爆满，120分钟的电影同一个影厅五个小时能放十场,想糊弄谁呢。"

"哇,这也太努力了。"

"可不是嘛,为了冲高票房,都请'阴兵'助阵了,看的还是快放。"

纪承彦被他说得大笑:"笑死。"

李苏:"就这样?"

"怎么啦?"

"他们这么操作,不就是为了压你们的势头吗?你就光在那傻笑,不义愤填膺一下?这么没血性的吗?"

"啊,"纪承彦反省了一下,"主要是,我们票房虽然没赢他们,但已经真金白银地赚到钱了,赚得还比他们多,哈哈哈哈,太快乐了,所以没有去计较谁是票房第一。"

"……"李苏说,"行吧。早知道我就不多事了。"

"啊?"

"'幽灵场'这种事早就有了,贺佑铭那一伙就没有不砸钱造假的,业内不都睁一只眼闭一只眼。你当他们这次被拎出来曝光,是遭天谴吗?"李苏说,"还不是有人看不过眼,替你出气。"

"啊……"

"行了,烦了,不说了。"

然后李苏就把电话挂了。

纪承彦赶紧去看了一下。最近委实太累了,训练完接受按摩的时候,其他人被按得嗷嗷叫,他能原地入睡,以至于完全跟不上时事热点。

刷了一下微博他才发现《冷爱》幽灵场的事已经引爆舆论,粉丝和吃瓜群众又在那儿掐。

于业内而言,造假虽令人不齿但也不算多么稀奇,但对普罗大众来说,这自然是令人震惊的无耻操作,一时人人喊打。

片方虽然硬着头皮表示:"没这种事,实乃污蔑,纯属造谣,告你们诽谤!"但嘴硬并没什么大用。

前脚还在庆祝票房新高，后脚就被捶得抬不起头，也算是年度耻辱大戏了。

说真的，一般的吃瓜群众做不到这点。正如李苏说的，是有人看不过眼，有心要替他出气。

纪承彦给李苏发了个消息："谢谢大佬，无以为报，愿为大佬做牛做马！"

李苏回了个句号。

虽然嘴上不饶人，说的话大多不好听，但李苏为人是真的义气，肯为朋友出钱出力出头。纪承彦不由得感慨，这圈子里能交心的真朋友不多，李苏算其中一个。

这种揭发内幕痛击同行的事，通常都会被猜测是竞争对手所为，因而这事自然被算在《伟大的烦恼》的主创头上。

纪承彦对于这口锅自然是欣然接过。朋友为他出气，他为朋友背锅，这不是天经地义嘛。

反正贺佑铭那一帮人对他的仇恨值本来就够高了，也不差那一点。

贺佑铭很久没再找过他，应该说自从永升院线提高《伟大的烦恼》的排片率，令其票房大涨之后，贺佑铭就没有声音了。

纪承彦知道这种安静不等于偃旗息鼓，他了解贺佑铭。

虽然贺佑铭具体在盘算什么不得而知，但他并不会因此畏惧。

黎景桐身兼制片人，这段时间忙得够呛，纪承彦和他都不太能说得上话，更不用说碰面。

等再见面的时候，青年显得清瘦了一些，但眼神明亮。

"已经筹备得差不多了，"黎景桐笑着说，"预计咱们月底能开机。"

纪承彦由衷夸奖道："厉害啊。"

他原本还有些担心黎景桐能否胜任，毕竟当制片人是一份非常考验综合能力的工作，需要资源、资历，既要统筹全局，又得细致入微。比单纯当一名好演员、好歌手，要复杂得多。

而黎景桐在这个年纪，显然已经展现了相当好的运筹帷幄的能力。

黎景桐又道："不过有个事情，我想和你商量一下。"

"嗯？"

"贺佑铭联系我了。"

"啊？"敢情贺佑铭不骚扰他，倒是去骚扰黎景桐了。

"他表示有意投资。"

纪承彦无语了一刻，说："这关他什么事啊？"

"有利可图吧，"黎景桐说，"也可能是向前辈你示好。"

"可拉倒吧，肯定没安好心，不是来搞事情的就不错了。"

"不至于搞事情吧，成为投资方的话，他总不能搬起石头砸自己的脚。毕竟投资是为了赚钱的。"

"你可别低估他，有什么事他干不出啊。"纪承彦道，"再说了，就算他是真心诚意在商言商地要投资，我们也不需要。投资不是已经到位了吗？"

黎景桐道："投资肯定是不嫌多的，而且拍着拍着难免要超预算。"

"就算不够我们也不需要他的钱，这事让他掺和什么。这可是你的电影，能让他玷污？"

青年像是要笑，又不好意思笑，那点笑意在脸上克制成了一个羞涩的表情。

纪承彦不确定贺佑铭究竟打的什么算盘，但他确定的是自己不想再跟贺佑铭扯上任何关系。大路朝天，各走一边。娱乐圈不大但也不小，完全有他们各自的发展空间。

在热火朝天的准备中，《狱神》按计划开机了。

从开始黎景桐就坚定地表示，要把资金最大限度地用在场景制作、道具制作和特效制作上。

演员的片酬能省则省，要价数千万的艺人是绝对不可能请的，黎景桐自己只拿了一个象征性的数目，主要靠未来的票房分成，算下来纪承彦的片酬居然是最高的，因而除了他们之外，起用的多是不知名的新人或常年作配的老戏骨。

唯一不是新人的年轻演员，是简清晨。

简清晨饰演一个配角，戏份不是特别多，但在整个故事里穿针引线，举重若轻。

　　作为休整了这么长一段时间之后的回归作品，这种角色于简清晨最适合不过，既没有挑大梁的压力，又有相当的发挥空间，值得仔细琢磨深度演绎。

　　万一没演好的话，作为配角，他的短板于整部电影而言并不致命。倘若演得好，那这个角色的定位足可令他大放异彩。这也是纪承彦积极为他敲定这个角色的原因。

　　但简清晨的粉丝们可不是这么想的。

　　他好不容易复出，居然连男二都不是，甚至男主还是个咖位远不及简清晨的老艺人，据说片酬还很少。

　　加上简清晨跳槽也是这老艺人怂恿的，就更怨不得阴谋论四起了。

　　纯洁天真的顶流偶像被奸诈老艺人欺骗，从把他捧成顶流的大公司跳槽，结果惨遭冷藏，好不容易复出了，也就给个小角色，还是为了给老艺人抬咖。

　　这谁受得了啊！

　　于是纪承彦又上热搜。

　　纪承彦只能感慨这些恶意虽是真实的但呈现方式是虚拟的，这要换成扔的鸡蛋他不早靠批发鸡蛋发财了。

　　简清晨对此非常内疚，见了纪承彦就道歉："对不起啊，纪哥。"

　　纪承彦安慰他："正常的，粉丝爱之深，难免责之切。"

　　但简清晨显然是觉得粉丝行为得偶像买单，依旧十分局促和羞愧："我发微博解释了，他们不听。"

　　"别解释了，越解释粉丝越觉得你傻，觉得你不领情，觉得你和他们对着干。这很损你的人气，没必要。"

　　"但我不能看着你被骂啊。"说出这个词，简清晨条件反射地战栗了一下，喃喃道，"真的太可怕了。"

"我挨骂算什么呀，又不少块肉。"纪承彦咚咚地拍着胸口，"交给我了，挨骂这事我是专业的。"

"……"

"再说，这样电影也有免费热度了，不是挺好吗？你不要操心了，这些就交给专业的人去处理吧，你就发发那些能发的物料，帅照啥的，就挺好。"

只可惜，并没有帅照这种东西。

简清晨的妆造和英俊潇洒相去甚远。

曾经"清晨露珠般的美貌"，变成了如今的憔悴潦倒，形销骨立，透着一股幽魂般的萧瑟。

这路透一出来，粉丝都要疯了。

固然有理智的群众表示理解："这个角色本来就是个赌鬼啊。"

"玉树临风才不符合人设吧。"

但更多人一窝蜂地表示接受不了。

"为什么要简宝扮丑？"

"电影里有那么多角色呢，都让步到演配角了，不能挑个帅点的角色吗？非得演这样的？"

有人反驳："那也要简清晨自己愿意演啊，别人还能把刀架脖子上逼他啊？"

"不就是因为他好骗吗？"

"签约华信一开始就是个骗局，进了火坑就只能任由别人揉扁搓圆了。"

"真惨。"

公司这边少不了组织反击，但还是挡不住粉丝的滔天怒火。其中有许多简清晨忠心粉丝的真实愤怒，但也不乏浑水摸鱼煽风点火的。

水军的风向是谁带的，这个不难查，但纪承彦无甚所谓。

在这圈子里做事，但凡出了点成绩，那最不缺的"副产品"就是敌人。

敌人具体是谁其实没有很大差别。这个人不对你使绊子，自然也有别人会对你使绊子，属于避不开的九九八十一难之一了。

外面"简清晨要被毁了"的唱衰之声大浪滔天，而剧组里一派风平浪静。

简清晨的第一场戏就完成得很好。

和他演对手戏的纪承彦固然起到了良好的带动作用，他自己的进步也很明显，比起以往他在那些流量剧里的僵硬表演，生动得多了。

拍完纪承彦夸奖他："你表现得像个真正的演员。"

"是吗？"

纪承彦比了个大拇指表示肯定，道："刚才那个表情，可真太猥琐了！"

简清晨咧开嘴笑了，说："是吧？丑得到位吧！"

"以前你有点太在意自己帅不帅了，我看你的剧，发现你经常在对着镜头找角度。"

简清晨有点不好意思，说："嗯，那时候我特别担心自己有难看的画面，怕被黑粉截出来群嘲。"

纪承彦说："现在反正造型都这样了，没有纠结的空间了，是吧。"

"哈哈哈哈。"

纪承彦拍拍他的肩："丢掉偶像包袱，你就在好演员的路上前进了一大步。"

李苏前来探班，在边上看了半天热闹，待得纪承彦吊完威亚下来，他说："啧啧啧，可把你给费心的，恨不得手把手教是吧。"

"简清晨吗？"

"都不知道这么帮他对你有什么好处。又是给他安排角色，又是教他演戏，你再怎么用心，人家粉丝也不领情啊。"

"他的粉丝领不领情有什么要紧。简清晨的心思太简单了，容易被人牵着鼻子走，这样的人在这圈子里，是得有个人带着。"

"哦，"李苏说，"所以我这样的，不用带是吧？你就完全没想过邀请我出演是吧？"

纪承彦吓了一跳："啊，你有兴趣演吗？你对这个片子不是不看好吗……"

"你都没问过，怎么知道我有没有兴趣呢？"

"不是，主要是不敢问啊。说实话这部戏我的片酬最高你敢信？！我们要压成本，不敢找你这么贵的……"

李苏说："哦，所以是嫌我太贵？"

"不是，是因为主角已经定了，其他角色我怕你都看不上，大佬你这么大的咖位，哪敢让你演配角呢？简清晨这个戏份，我都已经给人骂烂了，要让你来演个分量更轻的，我不得给唾沫淹死。"

"怎么的，为了简清晨挨骂没事，为我挨骂就有事？"

纪承彦说一句错一句，只得点头哈腰："我错了大佬，下回一定找你，下回一定！"

李苏说："还下回啊？真当我是块砖，哪里需要哪里搬啊？错过这次，没下回了。"

纪承彦从善如流："好的，好的。没有下回，没有下回。"

李苏白眼都快翻到后脑勺去了，但最终没再说什么。

第22章

这天又拍完一场威亚戏，纪承彦正松动着有些发麻的手脚，眼角余光突然扫到了角落里站着的一个男人。

纪承彦不由自主地皱了皱眉，而后起身过去。

贺佑铭微笑道："怎么，这么不欢迎吗？"

纪承彦并不回答，只说："贺老板大驾光临，自然蓬荜生辉，但总不可能是大老远特意来探我们的班吧。"

贺佑铭笑道："确实，我们剧组也在这拍摄。"

"哦。"

"怎么，影响你们了？"

"怎么会呢。"

他知道贺佑铭也迅速搞了个同样题材的电影来对标他们。

但这也没什么可发表意见的，毕竟没有同期不能拍同类型的规定，就算明摆着抢赛道又怎么了，同行不就是得在一口锅里抢饭吃吗。

纪承彦道："但话说回来，你不是应该在《铁拳》剧组吗？是不是走错地方了？"

贺佑铭微微一笑："谭鑫把你换掉，你不记仇吗？"

不等纪承彦回答，他又说："我问了多余的问题，你肯定会说没什么仇可记的。"

"……"

"虽然如此，但我还是想替你出口气，"贺佑铭笑道，"他因为没有选择你而受到了惩罚，有没有觉得解气一点？"

纪承彦只能为这强大的逻辑表演一个目瞪口呆。

贺佑铭又说:"你们这看起来还不错啊。场景搭得挺好,服化道也精致,看起来花了不少钱吧。"

纪承彦干巴巴地表达了自己不想继续聊的情绪:"谢谢。"

"第一次当制片人就下这么大的血本,看来黎景桐是一心想大展身手呢,"贺佑铭笑着说,"挺不错的,就算失败了,也能学到不少。"

这回纪承彦连客套也免了,只说:"他不会失败的。"

贺佑铭的出现,在纪承彦这里犹如水塘里丢了个石头,直接就沉到底了,连涟漪都没惊起。但在别人那里就有所不同了,黎景桐明显是受到了影响。

黎景桐饰演的钟青云,以文戏为主,高难度的戏份没有刘长应多,不用应对拳拳到肉的打斗场面,也没有考验马术水平弓射技巧的骑射镜头。但制片人职责所在,他要处理要操心的可比几场打戏来得更复杂。

不过无论多么疲惫,日常的拍摄中,黎景桐都能表现出优秀的表演水平和敬业精神。

但自从贺佑铭出现在他们的摄影棚里,黎景桐就有些心浮气躁,重拍次数也变多了。

黎景桐"哗啦"一下将桌子上的东西全扫到地上,怒道:"岂有此理!"

"咔。"

导演说:"小黎,刚刚的情绪不太对。"

黎景桐"嗯"了一声,低声道:"我再揣摩一下。"

纪承彦一直在旁边看着,待他过来,便笑道:"吴导比较严格。"

黎景桐道:"是我自己状态有问题,失误有点多。"

"你刚才气势是很好的,但表演出来的情绪暴躁多于盛怒。其实差得不太多,换别的导演应该就过了,但吴导要求精确。"

黎景桐立刻点头:"前辈说得很对,我马上调整。"

第22章

纪承彦看着他，说："我知道你为什么烦躁。别太把那个人当回事了。"

黎景桐说："我不知道贺佑铭具体想做什么，但一定不会是好事。他看起来就不怀好意。"

纪承彦笑道："他当然不怀好意，他不止不怀好意，还虚张声势。"

"……"

"你中了贺佑铭的攻心计了。确实，正常人都不认为他会没有小动作，因此都在屏着一口气等着他的小动作。只要那只靴子迟迟不掉下来，你的心就只能一直悬着。这不就是他要的吗？"

黎景桐憋闷地出了一口气："前辈说得对。"

"该警惕的地方做好防范就行了。"纪承彦安慰道，"兵来将挡水来土掩，不要被他扰乱了心神。你看我理他吗？"

黎景桐又点点头："嗯。"

黎景桐的状态又迅速调整回来了，接下来几天的戏，连严格的吴导也连连夸奖。事实证明黎景桐作为纪承彦的头号忠粉，听话程度不输简清晨。

拍摄过程颇为顺利，整个剧组都很融洽。

吴导固然严格，但并不专横，脾气也好，对角色有什么看法就拿出来一起探讨，也会因为听到更好的解读和建议而反复修改一场戏的剧本。片场的氛围始终是认真严谨而友好的。

纪承彦的敬业程度和专业水平没什么可挑的；和他搭戏的黎景桐就跟面前挂了个胡萝卜的生产队的驴一样，每天只睡三小时都干劲十足，活力焕发；简清晨在这个环境里也像是进了肥沃土壤的种子一样，逐渐开出健康的花来。

最花时间的倒是新人演员的戏，但大家都有心求好，进步也快，为一个镜头反反复复摔个十几次都没人喊苦喊累，休息时间新人们在自己加练，反复揣摩，老演员们也愿意私下多给他们讲戏。

照这个进度，有望提前把大部分剧情拍完，而后开始特效制作。

这日的打戏纪承彦打得非常好,力量感十足,又轻盈漂亮,可谓身姿卓越,刚柔并济。

等导演喊咔下场休息的时候,纪承彦意识到了微妙的不对劲。

换成往日,那群年轻演员但凡有空,必然会在那儿围观,或认真观摩或看个热闹,因为已经彼此相熟了,这时候通常还少不了一些鼓掌吹口哨的捧场。

而今天除了这场戏的工作人员,其他人都在那刷手机,偶尔有人抬眼看见他,都藏不住脸上一闪而过的别扭尴尬。

虽然大家并没有交头接耳窃窃私语,但那运指如飞的手速,无疑是在手机上彼此聊得飞起。

纪承彦问:"怎么了?"

两个年轻的新人演员对视了一下,而后其中一个嗫嚅着说:"纪哥,有人在黑你。"

"多大事啊,"纪承彦道,"还以为是我演得不好呢。"

但他们都没笑,纪承彦明白过来这和往日那些黑料的性质不同,于是去取了手机。

方才拍戏的时候,已经有很多人给他发了消息,还带链接或者截图。

纪承彦点进去一看,一个八卦营销号明晃晃地写着:"票房大涨,背后的交易?"

"……"

几个营销号的发言和热帖的大致内容都差不多,他被造谣了。

"……"

纪承彦顿时理解了大家和他对视时的尴尬。

当时永升影城全线拉高《伟大的烦恼》的排片率,真正的原因并未为外人道——盛耀兴和简清晨的家事当然不能拿到台面上来讲——观众只理解为是资本博弈的结果。

虽然以《伟大的烦恼》这个小破片的背景来看,哪有什么博弈的本钱,但也没有引起深究,毕竟那时候真正的热度在于电影本身带来的风浪。

而现在这事情被以如此这般的解读方式推送到众人面前,乍一看居然很合理。想必大多人看完都会有种"原来如此啊"的感觉。

纪承彦看了会儿帖子,倒是写得绘声绘色,条理清晰,还附了照片。

除了那日应邀前往盛耀兴办公室的会面之外,电影大爆之后,他私下也和盛耀兴吃过几次饭。谈了一些电影相关的工作内容,主要还是围绕简清晨的事情聊了不少,毕竟盛耀兴始终放不下身段,也放不下儿子。

因此这些关于两人会面的照片,可以说确有其事,这也正常,他好歹是个明星,有狗仔跟拍并不奇怪。

但围绕那几张照片的"看图说话",就委实过度发挥了。

而除了以他和盛耀兴为主角的各种故事新编之外,还有一些明显也是花了钱的帖子在挖他的过去,把他塑造成一个猥琐形象,而贺佑铭自然是朵出淤泥而不染的白莲花。

"所以纪承彦真的是那种人啊?我一直没看出来。"

"很早的时候就有这传言了吧。"

"真的吗?"

"所以他们那个组合闹掰是因为这个?"

"不是吧,组合解散不是因为纪承彦开车撞人吗?"

"什么情况,他还杀过人啊?还有这种事?这样还能继续当明星?"

"去年不是刚说过吗,互联网当真没有记忆啊。"

"难怪组合解散以后贺佑铭对他不闻不问,当时我还觉得贺佑铭挺无情的,现在想想他是被骚扰得烦了吧,当然不会讲什么情面了。"

有人出来杠了一句:"笑死,怎么就撇得那么干净啊?贺佑铭他就没任何问题?"

"贺佑铭肯定没问题啊,他连个像样的绯闻都没有过。"

"时代变了,没有绯闻不一定是优质偶像。"

于是当年的影像资料被营销号拿出来用放大镜"考古",少不了断章取义,添油加醋。

那只是一段采访里很普通的互动罢了。

这场景纪承彦有印象,当时那个嘉宾要摔下船去了,他赶紧捞对方一把。但网民哪会翻出旧综艺考证一遍,基本都是一张截图一段剪辑配上导向性的说明,就足以定罪了。

纪承彦快速刷了一会儿,便退了出去。

"吃饭了,吃饭了。"

剧组的盒饭送过来了,纪承彦虽然是所谓的主演,但也并不开小灶,都跟大家吃同样的盒饭,他拿了一盒过来,随便找个地方坐下就开始吃。

剧组里同仁们的反应,他觉得没什么。人都会有好奇心。

当然了,在这个圈子里,这些所谓"爆料"捏造的内容,压根不算什么稀罕事。

尤其他平常给大家的印象,就算不是道貌岸然,起码也是一本正经。几个年轻新人都挺崇拜他的,一口一个纪哥纪老师追着他喊。盛耀兴那档子事就算了,那些指控他的传闻,难免会让大家心里硌硬。

盒饭质量还是可以的,有无骨鱼柳,有大块炖牛肉,纪承彦风卷残云地吃得差不多,抬头见其他人并没有几个动筷子的,都还在疯狂按手机。

纪承彦有点无奈:"那什么,你们几个,赶紧先吃饭吧,不然都冷了。"

几个年轻人嗯嗯答应着,手上还是不停。

纪承彦道:"聊天可以晚点再聊嘛,这鱼冷了会很难吃,肉也会变油。"

其中一人抬起头,说:"不吃了,纪哥,我们在帮你反击。"

"……"

"他们说得太难听了,气不过。"

"真就太离谱!"

纪承彦赶紧阻止:"等等,你们应该不是在跟网友掐这个吧。"

"那当然不能,我们用的都是小号,嘿嘿。"

"放心吧,纪哥,许彦昕一个人就有十几个小号,还有他表弟手机注册的号呢。"

"干吗用我表弟的号啊,你就不能自己搞几个吗?"

"……"

重点虽然有点跑偏,纪承彦还是很感动。

纪承彦诚恳地道:"谢谢你们啦,但不用替我反击了,先吃饭吧,晚点要拍戏你们也没时间吃了。这事等等会有公关处理的,你们哪里说得过水军。"

"没事的纪哥,主要也没胃口。"

"这些人真的是听不懂人话。"

"而且完全没有逻辑啊,这文化水平绝对不可能达到小学毕业的程度。"

"这一群人的智商加起来都没我身高高。"

"……许彦昕你也就早上起床量的时候刚好一米八,不用总强调自己身高。"

纪承彦:"……"

说实话,他难免憋闷的心情,因为这群有些抓不着重点的年轻人而缓解了不少。

黎景桐今天不在片场,等到晚上回来,还赶上了一场大暴雨,进门的时候难免一身狼狈。纪承彦只见他湿漉漉的额发之下,脑门上青筋暴起。

"别别,别动气啊,"纪承彦赶紧上去给他拍胸口顺气,"你可是我们剧组的顶梁柱啊！气出个好歹来怎么办？！"

黎景桐牙齿咯咯响，也不知是冷的还是气的，咬牙切齿道："我不会饶过那个浑蛋。"

纪承彦说："别！你不要轻举妄动！贺佑铭这个人睚眦必报，跟他较劲，你会吃亏的。"

黎景桐几乎是用喊的："我又不怕他！"

"千万别冲动！我又不是没被黑过，前阵子不还天天上热搜？这点抹黑算什么。"

黎景桐简直是目眦尽裂，"这个不一样！"

确实，这次和那些骂他丑，骂他奸诈，想方设法拉踩的黑帖性质不同。

黎景桐也是知道他们的过去的。

就算他的伤口已经愈合，再被故意这样拿出来踩进污泥里来回践踏蹂躏，也显然过分了。

而做这件事的人更是带着心知肚明的残忍。

纪承彦安抚着眼前气得一直发抖的青年："别上火，别上火，你已经在微信上骂一天了，也该消消气了。来，跟我学，盘腿坐好，然后深呼吸，先呼气，再慢慢吸气，慢慢呼气，平心静气……"

黎景桐依言照做了一会儿，而后说："前辈，对不起，我没办法平心静气。我满脑子只想拿刀把他一片片剐了。"

"那可不行啊，那是违法的！"纪承彦说，"你可时刻要做遵纪守法好公民啊！没什么好气的，公关已经在处理了，盛耀兴那边也不是吃素的，准备起诉那些造谣的营销号了。我们占理，肯定能骂回去。"

"不是骂回去的问题。我是想不通，为什么有人会这样对你？"黎景桐说，"为什么会有人忍心这样对你？"

纪承彦明白，黎景桐是在为他难过。

他和贺佑铭曾经那样真心实意地互相扶持过，后来贺佑铭为一己私欲践踏了他们的未来，这也就罢了，如今又践踏他们的过去。

但奇怪的是，他居然并不难过。

纪承彦摸摸自己的心口，其实他也挺意外的，他以为自己多少会有被击中、被背刺的痛苦，但实际上一点都没有。他的心中毫无波澜。

他摸了摸青年的头："没事的，黎景桐，我不难过。"

青年红着眼眶看着他。

那张脸看起来比他伤心得多。

"所以你也不用替我难过，"纪承彦说，"你应该高兴。"

青年闻言犹疑地皱起眉头。

"贺佑铭无法对我造成伤害了。"

"……"

"过去他能伤害我，能毁掉我，是因为我授予了他一把特殊的武器，"纪承彦正色道，"但今天我突然意识到，我早就把这把武器收回了。"

青年像是呆住了，过了一阵才说："是吗？"

"是啊，所以如今他的攻击和其他普通人的攻击没什么两样，无法再造成伤害。"

青年愣了会儿，说："那，前辈，你得把这武器收好，不要再让人有机会伤害你。"

纪承彦笑了起来。

暴雨过后的夜空清朗如洗，当中居然升起了一轮明月。

这边刚安抚好黎景桐，次日纪承彦又焦头烂额，对象不是别人，正是简清晨。

"别别别，千万别冲动！"

纪承彦觉得这两天自己像个复读机，一直在重复同一句话。

"绝对不能拉你下水，你和盛先生的关系就算要公开，也不能是因为这个事情公开。我知道你是为了帮我辟谣，但这样做没有意义，也达不到证明我清白的效果。"

"为什么呢……"

"他们不会因为你们的父子关系就善罢甘休的,他们会一步步地要求你不断自证:父子是吧,怎么证明是父子呢,怎么证明就是亲生的呢,怎么证明排片就是因为你的关系呢,这种自证不会有尽头,到最后你又得被逼得剖开肚子证明自己吃了几碗粉。"

"……"

"你有经验的,你吃过亏的,对不对?不能再掉进这种旋涡里了。"

简清晨呆呆坐了一会儿:"那……那我难道什么都不做吗?"

"对,你什么都别做。"

"……"

"这事原本就跟你没关系,纯粹冲着我来,其他人都是顺便被牵连的,这点大家都心知肚明。盛先生那边估计气得够呛。"纪承彦恳切说道,"我怕盛先生会怪罪我,你方便的话,替我去跟他道个歉,说几句好听的。"

"哦哦,好的好的,我这就去给他打电话。"

"不急,今天的戏你还是得上心,"纪承彦严肃道,"可别为这些事情影响状态,耽误咱们的拍摄进度。"

"嗯,"简清晨赶紧表态,"我知道的,纪哥,我一定好好演。"

纪承彦点点头:"那就好。"

他就是想转移一下简清晨的注意力,能让父子俩因为这件事多点感情交流,那就更好了。

虽然纪承彦劝过他那些对这闹剧看不过眼的朋友们"什么也别做",但有些老伙计还是忍不住开麦说两句。

"瞎编乱造,老纪绝无可能骚扰任何人。"

"入行三十年,见识过的不算少,老纪的人品数一数二。"

"信那些不如信我是秦始皇。"

他的这些老朋友并不怎么红,在社交媒体上的热度更有限,出于义气的发声很快就淹没在唇枪舌剑的唾沫里。

但舆论也不再一边倒,应该是公关下场了,编排纪承彦黑料的几个营销号被挖了个底朝天。

"X记、X娱，这几个号不就是收钱造谣大户吗，还有人信？"

"这转发量已经可以起诉了，当事人要较真的话，他们得进去踩缝纫机喽。"

"反正我是截图存证了，为送他们进去出一份绵薄之力。"

"还编得绘声绘色，扯犊子呢。"

虽然其中有不少言论踩了一通纪承彦，但方向自然而然就往辟谣去了。

当然也有不和谐的声音冒出来："倒也不必这么肯定，很多事说不准的。"

"哟，一看主页，果不其然贺佑铭的铁粉啊。"

"贺饭爱造谣是众所皆知的。"

"当年纪承彦人气比贺佑铭高吧，年轻时候的纪承彦明显比他有魅力啊，还非得编派别人崇拜他，合理吗？"

"贺佑铭的剧不是一直都把自己塑造成万人迷吗，十年如一日啊，他心里可能真的是觉得全世界都崇拜他。"

"说起来，这次纪承彦身边的朋友，好像都没有出来落井下石的。"

"何止没有落井下石，都在替他说话，就是说了也没什么反响。"

"所以人缘好坏，一看便知。"

"这么一说，纪伯伯为人真的可以啊，他那些朋友都没有跟他闹翻的吧。不然怎么也得趁机爆点真实的猛料。"

"唯一跟他闹翻的不就是贺佑铭吗？"

"这么一说，我顿时觉得不是纪承彦的问题了。"

"笑死了。"

而后又有"挖一挖贺佑铭的前世今生"的热帖，关于贺佑铭的黑料和辣评齐飞，热闹非凡。

纪承彦知道这一波双方扯过头花后，关于这些事的热度和记忆，不用多久就会在网络上淡去，新的话题和热点层出不穷，大众会迅速忘却。

甚至也不会在他的心上留下痕迹。

这晚正和黎景桐读剧本对台词，手机上突然弹出个消息提醒。纪承彦拿起来一看，竟是贺佑铭发来的。

"你晚上没戏了吧，出来吃个夜宵吧？老火锅店见。"

"……"

到如今还没拉黑对方，乍一想挺离谱的，但因为贺佑铭台面上并没有和他直截了当地撕破脸过，所以这样若无其事地讲话，想想竟还有一丝合理性。

黎景桐就坐在他身边，他也没有避着的打算，于是黎景桐也一眼就看见了这条消息。

黎景桐不敢置信，说："疯了吧，贺佑铭。他真不怕被人砍死在餐厅里吗？"

纪承彦笑道："他是想看看我的反应。凶手都喜欢回到犯罪现场回味一下，贺佑铭也不能免俗。他本来觉得我会气急败坏，憋不住去骂他，结果等了这么久，风波都过去了，还没挨着骂，他急了。"

黎景桐说："难怪约的不是西餐厅，有经验了，不想被人拿刀捅。"

纪承彦笑死："用筷子也是能捅死的。"

黎景桐露出若有所思的表情。

"想什么呢！"纪承彦大喝一声，"不要认真思考这个操作的可行性！"

而后他当着黎景桐的面，果断演示一个拉黑删除，让贺佑铭痛失当场被袭击的机会。

两人研究完剧本，纪承彦累得要死，回房火速洗漱一番，倒头就睡，准备着明天一大早能有精神起来拍戏。

贺佑铭在楼上的包厢里坐着，影视城里的这家老火锅店因为口味过得去，位置又好，是热门的夜宵场所，这时间收工的剧组不少，大家很愿意相约来吃个火锅缓解饥饿和压力，楼下满满当当甚至抢不到位置，但他依旧能在这种时候独自享用一个大包厢。

面前的汤锅在沸腾着，轻声地冒着泡，贺佑铭耐心地煮着一片芦笋，而后听见包厢门打开的声音。

贺佑铭立刻抬起头，门口进来的高大青年看着他，说："你还真是敢啊。"

贺佑铭笑道："怎么是你？他让你来的吗？"

"不，他根本懒得理你。"

"哦？那你来这一趟的目的是什么？和我打一架？"

"我只是想告诉你，别再玩这些花样了，没有意义。"黎景桐说，"你已经伤害不到他了。"

贺佑铭脸上闪过短暂的惊讶，而后挑眉笑道："哦，你又知道？"

"他亲口告诉我的。"

"是嘛，"贺佑铭说，"但这和你有什么关系呢？"

"我跟你不一样，我永远不会伤害他。"

贺佑铭安静了一会儿，笑道："所以你真觉得，这样我就没有能力伤害他了，是吗？你可真是天真得可爱啊。"

"适可而止吧，"黎景桐说，"我知道那年冬天你做过什么。"

贺佑铭收起笑容："什么？"

"你忘了吗？"

"……"

"当时是你开的车。"

贺佑铭的脸色瞬间沉了下来，静静凝视了青年一会儿，才道："他跟你说的？他还真的什么话都敢说啊。"

"是的。"

贺佑铭又看着他，两人对视良久，而后他轻松一笑："没有证据。那就只是胡说罢了。"

黎景桐也笑了一笑："可惜，我有证据。"

"……"贺佑铭瞪着他，"你别以为这样装装样子就会有用。"

"我和你不一样，我从不虚张声势。"

"……"

"要毁掉你很容易。你还能过得这么舒服，纯粹是因为他心太软，但我不一样。"

　　"……"

　　"所以你知道该怎么做吧。"

　　贺佑铭过了会儿，才沉声说："我知道。"

　　"那就好。"

第23章

  这一夜过得无风无浪，接下来的几天也是。
  网络上关于他们的那波闹剧早已褪去热度。最近热搜第一的八卦是某顶流被曝光早就有了老婆孩子，而他一直声称单身，正在热播的恋综里更和某女星甜蜜互动。一时人设崩塌，粉丝当场心碎一地，对家趁机落井下石，网上开始各种狂扒。热闹程度不亚于之前扒纪承彦和贺佑铭十八代祖宗以来各种子虚乌有的黑历史。

  外面的世界日复一日地吵吵嚷嚷，一地鸡毛，剧组里则是日复一日地热火朝天，专心致志。
  这一天和往日没什么不同，天气不错，进度也顺利，大家都精神抖擞地忙碌着，黎景桐正在拍一场酒楼内的打斗戏。
  黎景桐英气勃勃，飘逸俊美，即使被威亚勒着，也不影响他的动作行云流水，身姿卓尔不凡。
  纪承彦一边感慨武指这套动作设计得好，一方面感慨黎景桐天赋还是高，没有像他那样填鸭式地上那么多课，照样上手极快，一点就透。

  这一幕拍完，下一幕该是钟青云翻窗而出，跳上路边的马匹，一路策马狂奔而去，反派紧追不舍。
  纪承彦在一旁看着，和简清晨说话。简清晨的戏快杀青了，但一直恋恋不舍的，说是杀青了以后还想在剧组里待一阵，想跟大家多学学。

  黎景桐上了马，手握缰绳，准备就绪，场记敲了下板子。黎景桐刚一扬鞭，马毫无征兆地，突然像发了疯一样跳起来。

  所有人都来不及反应的电光石火之间，黎景桐已经迅速拉紧缰绳要稳住身体，但下一刻还是被甩下马，马匹暴跳着踩中他的身体，而后发狂疾奔，黎景桐单脚卡在马镫里，被带着向前拖行。

  一时间尖叫呵斥怒吼响成一片，众人拼了命上去阻止发疯的马，有人被踹中，有人摔倒，现场乱作一团。等马终于停下来，大家手忙脚乱地上去围住黎景桐。

  "叫救护车，快，快！！！"

  一切发生得太快，也结束得很快，而世界像是被掉转了一样，天色陡然灰暗，所有人脸上俱是惊惶。

  除了把被卡住的脚解脱出来之外，没有人敢动地上的伤者。

  青年仰天躺着，一动也不动，满脸是血，裸露出来的部分血肉模糊。

  大家一时屏气，不知所措地或蹲或站，不敢动作，也说不出话。

  终于有人忍不住"哇"地哭出声来，这打破了空气里那窒息般诡异的寂静，有的人也跟着哭了，有的人在奋力喊着寻找帮手，现场一片惊恐而悲伤的混乱。

  纪承彦跪在青年旁边，脑子里像是短路了，没了信号，旧时的电视机画面那样闪着雪花。

  那些哭喊的求助的大吼的声响离他越来越远，逐渐升向空中，凝成了一个巨大的影子，居高临下冰冷地笼罩着这一切。

  纪承彦坐在手术室外，简清晨挨着他坐着，两人都不说话。

  黎景桐出事，整个剧组吓疯了，救护车来的时候大家兵荒马乱地恨不得全跟着车跑，现场一片混乱。最后能跟来医院的，只有关系最密切的一拨人。

  "纪哥。"简清晨说，"别担心，会没事的。"

第23章

纪承彦麻木重复道:"会没事的。"

灵魂和力气都像是被抽离了,他感觉自己仅有一个躯壳和勉强吊着这躯壳不坍塌的一口气。

手术进行了很久,没有尽头的等待里只觉得时间过得又快又慢,慢是因为分分秒秒都在煎熬,快是因为不知不觉天居然就已经黑了,而手术居然还没有结束。

也不知道具体是过多少个小时,手术室的门终于打开,黎景桐被推了出来,医生也出来了。

黎景桐的家人早已赶到,带着一大堆人,此刻和他的经纪人团队一起,团团围在医生身旁,心急火燎地询问情况。

纪承彦他们只能在外面一层站着,伸长脖子仔细打听。

黎景桐脊椎受伤,颅骨骨折,鼻子和肘部骨折,身体多处三度擦伤,但万幸没有脑组织损伤和颅内出血,内脏也无受损。手术很成功,只要等着他清醒过来,能醒过来就没什么问题。

纪承彦在医院长椅上半坐半靠地,又睡了一晚上。他把简清晨劝回去休息了,毕竟陪着的人手足够,他都显得多余,简清晨更没必要在这里熬着。

半梦半醒的时候,突然听得有人说:"纪先生?景桐醒了,他想见你。"

纪承彦猛地睁开眼。

黎景桐躺在病床上,他的样子看起来非常糟,到处都包得严严实实,头脸也是,就露着两只眼睛和嘴。

纪承彦只看了一眼,心里就难受得无以复加,但他不敢表露出任何消极的反应,只能强颜欢笑道:"你醒啦?真是好样的!"

黎景桐小声说:"前辈,我,没事。"

"嗯嗯,我知道,你会很快好起来的。"

黎景桐咧了咧嘴,算是做出一个笑容,而后说:"你让他们……接着拍。别耽误。"

"……"

黎景桐说话有些迷糊，也缓慢，但还是坚持道："这，不能停……没法等……每天都……在烧钱。"

纪承彦又难过，又忍不住笑道："你这制片人也太尽责了，这时候还在想着预算哪。小时候看作文，那种昏迷中醒来第一句话就是'工作怎么样了'的英雄人物，我一直都当是瞎编的，结果这里居然有个真实案例。"

黎景桐又咧了咧嘴，说："得……找个人……替我。"

"……"

"你……帮我……想想……谁合适。"

虽然纪承彦心里也清楚，他这个样子不可能回去拍这个戏，甚至有可能永远都没法再拍戏了，但想到他费尽心血筹备的电影，从此不再有他的身影，他揣摩期待了那么久的钟青云要换成别人，这嘴里竟是一个名字也说不出来。

纪承彦只能老实回答："我现在想不出来。"

黎景桐像是自言自语道："杨晗……已经……进组了……没办法。乔亦洲……帮我问……但他……不一定行。"

"嗯……"

"还有，李苏。"

"嗯……"

黎景桐叹了口气："合适的……不多。要能……帮忙，又能……演得了……"

纪承彦忍不住说："你先别操心了，先好好休息，你都……"

他本想说"你都这个样子了"，但话到嘴边还是咽下去。他不敢让黎景桐觉得自己已经"这个样子"了，虽然现在的青年几乎是支离破碎。

"我会去打听的，如果他们都不行，我再想几个人选，然后来问问你意见，好不好？"

黎景桐"嗯"了一声，才像是放松了一些，而后说："你今天……也……回剧组。"

纪承彦一愣，道："我想再待几天。"

黎景桐看起来想摇头，但他的头动不了，只说："不行……我不在……剧组里……得有人。"歇了一下，他说："你找……向哥……他帮你。"

向哥说的是监制向楷。纪承彦明白他的忧虑，虽然心里难受，也只能说："好。"

青年被他抓着的手指轻微用了点力，过了会儿，才轻声说："对不起，前辈，我不能……在你……身边了。"

黎景桐精力不济，很快又昏迷了，护士过来，赶紧让纪承彦出去。

出了病房，纪承彦又站着愣了会儿神。短时间里天翻地覆，虽然他已经尽力跟上世事变幻的节奏，但还是难免恍惚。

他去饮水机那里装了点水，刚抬起头，又愣了一下，他竟然看到了贺佑铭。

纪承彦皱起眉，丝毫不打算虚与委蛇："你来做什么？"

贺佑铭还是那种招牌式的得体微笑："我来关心一下病人。"

"我想没人通知你吧？"

"这么大的事，没人通知也很难不知道。"

"可惜白瞎了你的神通广大，黎景桐不需要你的关心，也不会见你。"

贺佑铭笑道："没事，我心意到了就好，希望他能挺过鬼门关。"

纪承彦只觉得心底一股怒气在往上涌："谢谢了啊，他已经挺过来了，他现在好得很。"

贺佑铭淡淡笑道："是嘛，那就好。"

劝退贺佑铭，纪承彦迅速去联系了乔亦洲。

新闻还被压着没放出来，但估计不少人已经隐隐听到风声了。乔亦洲正在一档节目的拍摄现场，一听就表示愿意帮忙，但谈到档期，大致算了一下，果然对不上。

于是纪承彦又打给了李苏，问完黎景桐的情况，李苏又问："你怎么样?"

"嗯?"

"你还好吧?"李苏在语音电话那边说,"我担心你跟着病了。"他难得没有嘲讽。

"我不会的,"纪承彦强作轻松,"我还得挑大梁呢。"

"你也别太硬撑了。"

李苏在这天的工作结束之后就搭最近的航班过来了,黎景桐在探视时间表示想单独见他,于是李苏进病房,其他人依旧在外面守着。

从病房里出来之后,李苏说:"我档期可以调整,能配合你们。"

纪承彦不知说什么好:"谢谢你。真的。"

他知道以李苏现在的热度,突然排出一段档期来拍这部电影需要推掉多少工作。也不知李苏是出于对黎景桐的崇拜,还是出于仗义,这时候能出手相助,都太值得感谢了。

"我等会儿去签合同,明天就进组。"

"嗯,谢谢你。"

李苏伸出手,在空中略停了一下,而后还是轻轻放在他肩上:"你别太难过了。"

李苏在不刻薄的时候,居然是非常温柔的。

纪承彦回到剧组,大家都有些惶惶然的样子,他只能做出镇定轻松的模样,安抚道:"黎景桐醒了,已经脱离危险,医生说只要好好休养,很快就会康复的。"

众人答应着。谁都知道以当时的情况,不可能"很快康复",但性命无虞就足以让所有人都先松口气,也算是如释重负了。

这几日大家虽然都在努力恢复正常的工作进度,但多少不在状态。

之前所有黎景桐相关的戏份都得李苏重拍,不仅许多场景要重新搭建,几个有过对手戏的老演员能在剧组的时间也不够了,于是忙着优先补拍这些人和李苏的镜头。

纪承彦因此反而有了些空档,于是又去了趟医院。

刚到医院，就遇上黎景桐的经纪人，纪承彦忙问："今天他怎么样？"

崔杰道："唉，只能说算有进步吧。景桐算很坚强的了，但这实在是……"

"那我能进去看看他吗？"

"当然，我就盼着你来呢。这会儿他刚好清醒，你陪他说说话吧，免得他心里太难受了。"

待要道别，崔杰又补了一句："说来真是屋漏偏逢连夜雨，前天晚上景桐家遭窃了，还是物业报的警。"

纪承彦一惊："啊？"

"现在也没精力去一一核对到底丢了什么，目测就丢了台笔记本电脑，一点外币现金，出国工作准备的零钱，不多。好些名贵的东西反而都在，小偷不太识货。"

"电脑里有什么要紧的资料吗？"

"倒是没什么重要的，刚问了景桐，工作用的电脑他带去剧组了，家里那台就是娱乐用途，所以损失不大。"

纪承彦进了病房，朝床上的青年笑道："我可没有带薪摸鱼啊，今天没排我的戏。"

黎景桐咧一咧嘴，人动弹不得，但眼睛追随着他。

纪承彦走到床边坐下，说："大家给你做个了祝福本子，这么厚一本，来，我读给你听，"念头一转，他又道："要不还是等你过几天亲手翻着看吧。图文并茂的，这些人可太有才了，我都不知道吴导的图画得那么好。"

黎景桐又咧了咧嘴。

"刚崔哥跟我说了你家失窃的事。"

黎景桐"嗯"了一声："别担心，丢的东西，不值什么钱。"

"不过我有点不能理解，费那么大劲儿上你那偷，不多拿点好东西。字画不认识就算了，你那几块名表还能不认识吗，变现也比电脑值钱多了。"

"可能……不识货。"

"主意敢打到那个小区的贼,不至于劳力士认不出来吧,"纪承彦说着也有点纳闷,但没再细想,又问,"说来,最近有人来医院骚扰你吗?"

"没有,"黎景桐问,"怎么了吗?"

"我前两天看见贺佑铭了。"

黎景桐蓦然睁大眼睛,像是很愤怒:"他来……干什么?"

"我也是这么问他的,"纪承彦皱眉道,"假模假样说什么探望,何必整这么一出,明知道根本没有人会欢迎他。"

"……"

原本那天的偶遇,纪承彦只觉得烦,并不放在心上。现在跟黎景桐这么一说起,反而感觉出奇怪之处来了:"说起来,他到得好快。我知道这事就算工作人员知道不能往外说,难免也会有路人会先发上网。但奇怪的是,他怎么对会小道消息那么关注,然后又那么积极?他还知道你是被送到哪家医院呢!"

黎景桐安静了一会儿,突然说:"帮我叫崔哥来!"

崔杰很快过来了,黎景桐催促道:"你让人……去我家里……替我看一下,"他讲了个位置,而后说:"看里面的东西,还在不在。"

崔杰答应着,立刻出去处理。纪承彦奇道:"什么东西?你的钻表?"

黎景桐说:"你的……行车记录仪。"

纪承彦只觉得心脏突然嗵嗵跳了起来:"什么意思?那个有什么关系?"

"前辈,"黎景桐过了会儿才道,"对不起,是我……瞒着你。"

"……"

"那天晚上,我去……见贺佑铭了。"

"……"

"我告诉他,我有……当年那件事的证据。我想的是……有把柄……在我们手里,他会……收敛一些。"

"……"

"是我……太蠢了……对不起。"

纪承彦深吸了一口气,他咬着牙,让自己不要在青年面前失态,他尽量冷静地说:"不,不是的,是你太好了,所以你想象不到有些人坏的程度。绝对不是你的问题,不是你太蠢,是他太坏。"

青年定定看着他,纪承彦又握了一下那冰凉的手:"答应我一件事。从今天起,你所要做的……就是让自己早点好起来。除此之外,其他的……什么都不准想,好吗?所有的事,从此以后……都交给我。"

"……"

"我会替你完成的。"

第24章

　　纪承彦一路回来都在走神，连到了地方都忘记要下车。

　　一个人走在路上，夜风刮得他的脸发麻，胸腔里却像是有愤怒的熔岩在沸腾，随时要冲破他的胸膛，奔涌出去，将有些人和东西席卷着燃烧殆尽。

　　他一度觉得贺佑铭无法再伤害他。确实贺佑铭无论对他说什么做什么，他都可以不为所动，兵来将挡，水来土掩。

　　但贺佑铭可以伤害他身边的人，借此来伤害他。

　　甚至于贺佑铭是起了杀心的，这世界上有另一个人知道他过去做的肮脏事，他大概怕夜长梦多，干脆先下手为强。这样一搞，黎景桐不死也残。

　　其实这么多年了，纪承彦都没把那段录像拿出来过，那就表示永远也不会拿出来了，这一点贺佑铭应该了解。

　　而他当年替贺佑铭顶罪，也是包庇，无法免责，黎景桐投鼠忌器，并不会真的把这段往事公布于众。那次会面，黎景桐谈不上要挟，只是予之警醒，这一点贺佑铭也不会不明白。

　　这何至于下此毒手呢。

　　所以别说黎景桐未做防备，纪承彦也始料未及。

　　贺佑铭已经变得，远比他记忆里的，远比他所能想象的，要狠毒得多。

　　正疾步走着，突然有只手用力拉住了他。

纪承彦惊了一下，转过头，正对上李苏诧异的眼睛。

"你怎么了？"李苏吼道，"喊你一路你都不理！你……"

和他对视之际，看清他的脸，李苏猛然顿了一下。

见是李苏，纪承彦赶紧稳了一下心神："抱歉……"

李苏欲言又止，又盯了他一会儿，而后才说："你刚才看起来……不知道该怎么形容。"

"嗯？"

"我从没有见过你这个样子，"李苏说，"好像要去杀人一样。"

纪承彦努力冷静了一下，而后挠挠头："不好意思啊，刚在想事情，什么都没听见。"

"想黎景桐的事？"

"嗯……"

"他现在怎么样了？"

"度过危险期了，但是，不知道需要多长时间才能恢复。"

"骨折起码得养三个月以上，这次无论如何让他好好歇个一年半载。"李苏尽量让口气轻松一些，"不过黎景桐这个人，事业心超级重，搞不好没等休养好就要撑着拐杖爬起来去工作了，到时候你得拦着他点，好给我时间趁机超越他。"

纪承彦知道他的好意，但心情沉重，委实难以笑得出来。

李苏察言观色，问："你是担心他脸上的伤吗？现在技术这么发达，能处理好的。黎景桐那张脸本来就属于开外挂，就算有了点瑕疵，也就是不让他过分作弊罢了。"

纪承彦沉默了一会儿，道："他有瘫痪的可能。"

李苏震惊地看着他。

"崔哥告诉我的。你别往外说，虽然我知道你不会，但还是得叮嘱一句。"

李苏点点头。

接下来的路上，两人都没再说话。

沉默地走了一阵子，纪承彦手机弹出消息，一看是崔杰发来的。

黎景桐让他转告，行车记录仪确实不见了。

自从听说两人会面的事，纪承彦就已经明白，黎景桐出事是因为手里有贺佑铭的把柄，惹火上身。然而一旦真正确认这两件事之间的关系，他还是觉得胸腔里又蠢蠢欲动地燃灼起来。

李苏敏锐地问道："怎么了？"

纪承彦做了好几个深呼吸。理智上来说他需要保持沉默与冷静，但他等缓过劲来，还是开口道："是贺佑铭干的。"

"什么？"

"黎景桐的事，不是意外，是贺佑铭干的。"

李苏又一次震惊得说不出话。这一晚上接连挨了两记重击，他显然一时消化不了。

"我告诉你这件事，"纪承彦道，"你……"

李苏立刻说："我知道，我绝对不会往外说。"

"不是，我是要你小心一些。黎景桐跟贺佑铭本没有什么私仇，他现在这样，纯粹因我而起。贺佑铭不想让我有好日子过，往后肯定还会做手脚。你顶替黎景桐的位置，来拍这个电影，可能会遇到很多你预想之外的麻烦，"纪承彦说，"这都怪我。找你来帮忙的时候，我们都以为坠马只是意外，现在连累了你。"

李苏立刻皱起眉，纪承彦以为他要说些埋怨的话，不想他却说："什么叫连累？听着就晦气。你遇到倒霉事，我帮个忙，这叫分担。多学学说话之道。"

纪承彦苦笑道："好。我加强学习。"

李苏又道："我不怕贺佑铭使绊子。你们是守规矩的老实人，才会在他手里吃亏，我可不是善茬。"

"……"

"你啊，趁着今天没你的戏，赶紧回去好好睡一觉。既然有硬仗要打，那就更得把精神养好，把气势拿出来。"

"嗯……"

第24章

李苏伸出手来，纪承彦以为他又要拍拍他的肩，却不想这手轻轻落在他头上。

"别这样垂头丧气的。"

"……"

被年纪比自己小得多的后辈怜悯地摸了头，纪承彦非常震惊。

可能因为李苏比他高大，可能因为李苏比他要红，所以这么没大没小，也可能因为他确实太萎靡沮丧了。

纪承彦想了想，觉得虽然很难，但李苏说得对，他是应该再振作一点，表现得再开朗乐观一点，不能一副天塌下来了的样子。毕竟接下来的路他得替黎景桐走完。

剧组的工作算是回到了正轨上。纪承彦每天都在那儿拼命洗脑："黎景桐只是趁机去休个长假，在医院都天天催问我进度，电影拍完后期他还得盯呢。""所以大家可不要松懈，经费在燃烧，赶紧干活啊！"李苏也一副没心没肺只想着演戏的样子，总摆着张脸，意思是："能和我拍戏是你们的福分，你们可不要拖我后腿。""别影响我拿奖。"

于是剧组里就像温和的羊群中混进了匹野心勃勃脾气不佳的狼，众人被撵得疲于奔命，连滚带爬。求生欲拉满的日子里，黎景桐出事所带来的阴影，也就渐渐从大家心头淡去了。

"他好可怕哦，"新人吞了吞口水，"幸好我没有和他一起的戏。"

"太吓人了，他看谁都不顺眼，连路过的蚂蚁都会被他挑剔演技不好。"

"好像只有纪哥没被他挑剔过。"

"但他确实演得好，"另一个新人说，"压迫感太强了，今天我完全接不住他的戏，我确实拖后腿了，呜呜呜……"

"许彦昕你不要被他吓到，你要是跟他一样的水平，那还在这演个臭师弟小配角吗？"

"所以我要努力，不能一辈子演配角！不然我的一些美好的品质，就比如说我的颜值、我的身材，还有我的才华，甚至是灵魂都会被毁了！"

"许彦昕你是不是要我滋醒你？"

纪承彦回到剧组，听见他们打打闹闹，心里很是替这群年轻人高兴。大家这阵子总算走出阴影，又恢复了之前的元气。

而只有他自己，好像失去了插科打诨的能力。

当年在人生低谷的时候，他照样油嘴滑舌嬉皮笑脸，而现在连几句俏皮话都说不好了，在医院里尽力想讲点笑话逗黎景桐开心，也完全发挥不出应有的水平。

大概是因为黎景桐每次都只能努力用咧嘴来回应他的笑话，显得很辛苦。

也可能因为黎景桐似乎不太想见到他。

除了第一次是黎景桐主动要求见他，后面他再去探视，黎景桐都不太热情的样子。刚才他跑了一趟，黎景桐甚至表现得不是很想和他说话。

纪承彦不清楚这是为什么。也许是黎景桐回过神来，气恼被他牵连了？毕竟若不是为了替他出头，肯定不至于遭遇这种无妄之灾。

虽然黎景桐不是怨天尤人的个性，但从天之骄子一夜之间变成这般模样，余生能否作为一个正常人生活都未可知，这何止是从云端跌落谷底，谁能轻易想得开？谁能没点埋怨呢？

想到这一点，纪承彦心头就不免又沉重了几分。

纪承彦正沮丧着，向楷突然朝他大步过来。

纪承彦打起精神打了个招呼："向哥。"

向楷脸色发沉，把他拉到一边，就说："投资人要撤资。"

纪承彦大吃一惊："什么情况？"

"而且是几家一起提出撤资，这是有人要搞我们，"向楷说，"我本想第一时间找黎景桐，但他现在这情况……"

纪承彦立刻道："别，先别跟他说！"

"嗯，我都怕他压力太大。就跟你说一声，你也先别声张，我去想办法。"

纪承彦顿时无暇为黎景桐的冷漠而消沉了。

黎景桐出事是这个剧组遭遇的第一次危机，现在面临的第二次危机更为致命。

人还可以换，资金断了，那就彻底没戏了。

投资人当然是有充分理由撤资的，毕竟主演阵容和原先定下的不同了，他们大可以说没了黎景桐就对票房没信心。就算明摆着是借口，也不能拿他们怎么样。要么低声下气去晓之以理动之以情，要么原地解散，要么另找出路。

晚上影视方导演监制等人聚在一起，开了个小会，纪承彦代替黎景桐也落座其中，大家都神色凝重，商讨了半天。

求情这条路走不通，这个节骨眼上撤资的，明摆着故意落井下石，为了就是不让这戏继续拍下去，找他们商谈无异于与虎谋皮。

而解散剧组的计划第一时间就遭到了众人的一致否决。

到这时候整个组里大家的感情已经很深了，无论角色大小，职责轻重，都是全身心投入地在拍这部电影。别说主创，就连那群年轻的配角们，演的不过是门派子弟甲乙丙，一场戏就那么几个镜头，到时候正片里可能仅仅一闪而过，他们也照样把背景板演得极其认真细腻，毫不含糊，一遍一遍陪着主要演员们翻来覆去地摸爬滚打。

半路夭折，甚至对不起这些人的付出。

那就只能找新的投资方了，短时间里这很难，但没有其他选择。

找钱本来不是纪承彦考虑的事。但他跟黎景桐说过，以后所有的事都交给他。黎景桐的担子自然要转到他肩上来的。

纪承彦问了一圈，可惜他那帮老朋友们没什么钱，找他们倾情众筹，荣获"纪扒皮"的称号，筹到的也不够这么大一个组几天的开销，只能再把主意打到富裕的新朋友头上了。

他去找李苏聊，李苏先口吐芬芳地评价了一通贺佑铭和那些投资商，而后道："我可以先投三千万。"

"！"这爽快程度令纪承彦为之震惊，"哇，可以啊！"

"我可是带资进组了啊,你得对我尊敬点,"李苏说,"得叫我哥。"

纪承彦连说:"行行行,叫你大爷都行!"

李苏正喝着水,猛地被呛了一口,咳了半天,直咳得面红耳赤,而后气急败坏道:"你这人真是……别乱叫!"

"好的,我错了,不该乱了辈分。对不起大佬,谢谢大佬。"

纪承彦又道歉又道谢地,一溜烟跑了。

在李苏这边旗开得胜,纪承彦趁热打铁,赶紧又去找简清晨。

简清晨固然是个富三代,纪承彦打的却不是他外公家里的主意。人家是纯纯的圈外人,做的纺织、茶叶等方面的生意,从来没涉足过影视行业。突然有人跑来要说服他们拿出一大笔钱来投资一个快要拍不下去的电影,那听起来实在很像传销。

他主要是想找盛耀兴谈谈。事出突然,但有过上一轮双赢的合作,让永升影业投资这个片子,不是没有可能。

简清晨一听,就瞪大眼睛,说:"好,那我去找他。"

"不不不,不用每次都让你上,又不是拿你当枪使,"纪承彦忙说,"我自己去找他谈,但是必须得跟你讲一声,问问你介不介意。"

之前就是因为简清晨这一层关系在,反而没找永升投资。毕竟父子俩的心结没那么容易解开,把盛耀兴拉进来,怕简清晨会尴尬,既然不缺投资人,就没那个必要。

但现在不同,连志哥辛辛苦苦背着老婆攒的小金库都让他给一锅端了,还有哪个认识的有钱人他能放过啊,但凡能榨出油水的他都得去想办法。

简清晨摇摇头,认真道:"这种时候,我怎么会介意那样的小事呢。你要是说不动他,我也可以去。只要能让这电影好好拍下去,我做什么都可以的。"

盛耀兴倒是很爽快就应了会面的邀约。

见了面,盛耀兴淡淡道:"你得说点能打动我的,要简洁有力的那种。"

纪承彦思考了一下："你的宝贝儿子在我们手里。"

"啊？"

"想成就他的事业吗？"

盛耀兴喝了口茶，面无表情道："一开始你像个绑票的，现在像个诈骗的。"

"不不不，我们是非常诚恳的，对这电影将来的收益也是很有信心的。这绝对是部制作精良的诚意大片。"

盛耀兴说："嗯，一个个都是这么忽悠的，谁会说自己要拍的是骗钱的大烂片呢。"

纪承彦举起一只手，正色道："这点我以人格保证，入行这么多年，我可从来没拍过烂片。"

盛耀兴一脸无可奈何。

确实，他过气胡闹的那些年干脆就无片可拍，以至于还真没有烂片产出，而复出以后即使那部网大《银狼》评分居然都不低的。

"送来的文件我都看过了，"盛耀兴道，"不过……"

纪承彦的心紧了一下。

"这个季度公司要投的项目早都已经定好了，短时间里能调动的资金有限，我尽力而为，达成你说的那个数字。"

纪承彦松了口气："多谢，多谢！"

比起初次交涉的艰难，这一回顺利得超乎他想象，他预想过无数被拒绝甚至被羞辱的场景，结果对方完全没有要为难他的打算，仅仅稍微逗了他一下。

"你先回去，明天之内我会给你消息。"

"太谢谢您了……"

对方但既不画大饼，也不含糊敷衍，简直就是厚道。

"不客气，"盛耀兴严肃地说，"毕竟我也沾过你的光，上了一次热搜。"

"噗——"

纪承彦近来心情一直消沉，没防备盛耀兴会说冷笑话，一口茶水没能憋住。

"笑了就好，"盛耀兴道，"放轻松点，船到桥头自然直。"顿了一下他又说："清晨那边，你就，帮我照看着点吧。"

想想这世上的人就是这么奇怪，有的人看似谦谦君子，出手推你下火海毫不含糊；有的人文了一双剽悍花臂，却愿意伸手扶你一把，还能安慰你两句。

纪承彦在回去的路上算了算，盛耀兴若能投这一笔，加上李苏的钱，以及其他人找来的投资，解决燃眉之急不是问题了。

剧组目前不用停工，一切得以照常运行，这是好消息。但资金还有很大的缺口，何况加上重拍的成本，早就超出原本预算了。

他们还得继续找钱，而且是前路漫漫。

接下来再找投资商，就没那么顺利了。软硬钉子纪承彦碰了不少，有意向的却是一个也没有。

受气受挫是小事，主要是随着时间一天天过去，心里愈发着急，已然到了病急乱投医的地步。

果不其然，这天纪承彦又被晾了几个小时，眼看日渐西斜，他只能去问那位正掏出小镜子补妆的秘书："请问一下，我约了王总三点见面，现在已经五点半了，请问他什么时候有时间呢？"

小美女看了看他："王总有事已经先走了呢。"

纪承彦愣了一下："哦，好。"

小美女又继续忙自己的了，纪承彦只得起身离开。

这阵子他尝试接洽过不少这个总那个总，有些人是单纯地对投这个项目没兴趣，有些人是故意给他难堪，有些人则表现出为难的样子，暗示他不要再费这个劲了。

他知道贺佑铭肯定是在圈子里打过招呼了。

一部电影拍摄途中主角遭遇意外，身受重伤，本身就让一些资方觉得很不吉利了，何况原有的投资商都跑了一大半，这个时候还贸然进场的莫不是傻子。

第24章

再说了,真是个香饽饽至于这么狼狈地到处拉投资吗?

现在映星又摆明了要给他们难堪,那么即使侥幸能拍完,再制作出来,再拿到上映许可,后续宣发排片也会受尽打压。

黎景桐出事,华信可谓损失惨重,虽然公司艺人不少,但大部分资源都在黎景桐身上,一下子焦头烂额,估计到时候也很难抽出精力来为这部片子善后。

电影市场比股市还狠,一个决策失误,投进去的钱说蒸发就蒸发。目前看来这就是个烫手山芋,没事谁想沾呢。

因而这些人对他摆脸色,刁难他,拒绝他,纪承彦都能理解。

但理解归理解,他也没法因为理解就不继续硬着头皮去撞南墙。

不把这个电影好好拍完,他哪有脸去见黎景桐。

回去的路上,他给向楷打了个电话,问问那边的情况。向楷心情也不好,显然是刚受了气,但还反过来劝他多休息:"本不该让你操这份心的,你就回来安心拍戏吧,这样来回跑太累了。我们会想办法。"

纪承彦嘴上应道:"好。"心想你们也不像是有办法的样子啊。

向楷说:"黎景桐已经知道了。他打算把名下几个产业卖掉。"

"……"

"你不用劝他,他脑子很清醒。实在不行的话也只能这样了。"

突如其来的无力感席卷了纪承彦全身。他这阵子遭遇再冷漠的回应,再轻蔑的对待,都没有这么气馁过。

他帮不了黎景桐。

黎景桐已经被连累成这样了,而这却还不是尽头。

他不由得想,黎景桐是因为他才想拍这部电影,因为他才去和贺佑铭交涉,因为他才从巅峰跌落,而且还未落到底,还在一直往下落着。

浓烈的抑郁情绪将他彻底笼罩,纪承彦靠在车厢角落里,无言地望着窗外。夜晚的街道上流动着缤纷的、让人应接不暇的光,巨大的灯箱广告不停扑面而来,而后飞快退去。

纪承彦突然坐直起来,他想起一个人。

陆风。

当年陆风邀请他吃了顿饭，闲聊了几句，说是感谢他的救命之恩，虽然他如临大敌战战兢兢，没太记得闲聊的内容，但他记得对方说过："你有任何要求都可以提。"

而且陆风也确实给他留了一张私人名片，他还拍了个照跟黎景桐分享过。

虽然可能对方已经完全不记得他了，可能对方当时纯粹只是随口一说，但这个时候他还是得把这样的一句基本靠不住的许诺，当成一次不可错过的机会。

纪承彦立刻翻出相册里的照片，把那个号码记下来，而后拨出去。

电话响了很久，并无人接听。

纪承彦不死心，又拨了几次，都一样。挂断以后，他发了条短信，说明自己是谁，以及有什么要求，他尽量简明扼要，但又力求能让对方回想起那桩往事和当时的承诺。

如果明天对方没有回应，他就再打一轮电话。

发完消息，纪承彦有些惭愧。

当时救人，明明并不图谋任何回报，而现在却不得不把这件事翻出来作为筹码去换取对方的帮助。他觉得自己挺不要脸的。

但为了黎景桐，他可以这样不要脸。

晚上回到剧组，纪承彦赶着拍了几场夜戏，然后才去睡了一会儿。

这一会儿还睡得特别浅，翻来覆去的，迷糊一阵惊醒一阵，也不知道真正入睡的时间有多少。

闹钟未响，他就被电话铃声惊醒，浑浑噩噩地睁开一只眼睛去看手机，显示的是个陌生的号码。

接起来，那头是个年轻男性的声音："你好，纪先生是吗？"

纪承彦疲惫道："是的，请问是哪位？"

纪承彦想着，如果下一句是"我是XX银行的信贷部经理，请问你有没有需要……"，他可就真要借一点了。

"我叫柯洛，"对方说，"你发给陆叔叔的消息，已经收到了。"

纪承彦腾地从床上坐了起来。

"抱歉没能及时回应，陆叔叔最近有点事走不开，你的事情他很重视，可惜不能亲自处理。你不介意的话，接下来就由我来和你细谈。"

"啊……"

"你今天有时间吗？方便的话我过去和你面谈。"

纪承彦忙说："好，好的，我有时间。"

今天的戏份哪怕再麻烦，都可以调整，而这个叫柯洛的人和他的商谈，却不知道是否迟一刻就会变卦。

准备材料和等待的时间里，纪承彦的心绷得很紧，对方的态度让他觉得有希望，但又不敢抱太大希望。

两人约在酒店大堂的咖啡厅碰面，纪承彦坐立不安地等着，眼见有个陌生的青年男子朝他大步走来的时候，他又开始忐忑了。

对方看起来很年轻，甚至比黎景桐还要稚气一些。

这让他不由得有些怀疑，这年轻人真的能有足够的话语权吗？

打过招呼，寒暄了几句，柯洛便开始看纪承彦带来的文件，时不时问他几个问题，纪承彦边心里七上八下口里答着，还揣摩着对方脸上所有细微的表情变化，希望能看出点什么来，但又什么都没看出来。

很快柯洛抬起头来，说："好，我回去准备合同，你们看一遍觉得没问题的话，我们就可以正式合作了。"

"啊？"纪承彦愣住了，"就这样吗？"

"嗯？"柯洛认真地微微偏着头，"是还有别的什么要求吗？你都可以提的。"

"不不不，是说，这样就可以了吗，确定可以投资这个项目吗？"

"当然，"柯洛说，"本来陆叔叔就答应过你可以提任何要求。何况这一点都不过分。"

"啊……"开口就要几个亿真的不过分吗？

"一直欠你这个人情却没能回报，于我们而言是很有压力的事，"他说，"谢谢你救了林竟和辰叔，也谢谢你给我们这个投资的机会。"

"……"

这么简单的吗？万一血本无归呢？

当然这话他不敢说出口。

柯洛又微笑道："而且辰叔是你的粉丝，他一直很希望能看到你演的新电影。虽然黎景桐的角色换演员了，但我们有机会投资这部电影，他知道了一定会非常高兴的。"

"……"纪承彦只能说："非常感谢。我很荣幸。"

在商言商，正常谈话都会留好余地。

而对方把话说到这样诚恳的程度，丝毫没有要拿捏敲打的意思，这让纪承彦非常感动，也愈发羞愧。

到如今他已然觉得这部电影若拍不好，自己真得切腹谢罪了。

直到敲定合同，这笔投资到位，纪承彦还有点恍惚。

人家二话不说帮这个忙，契机居然只是他的一次举手之劳，他觉得自己过于幸运，过于受之有愧了。

风扬集团资本的入场，让局势一下子就变得全然不同了。它像是立起了一面旗帜，给出了一个信号。

陆风是什么人啊，有必要跟他对着干吗？

墙倒众人推，但这墙要是非但没倒，还让人给修起来了，那还推吗？

不推了吧。

因而接下来的拍摄十分顺利，没有再遭遇什么坎坷，就那么一帆风顺地拍完了。

特效组前期就已经进组计算各项数据，做好建模等一系列工作，等画面一出来，第一时间就可以开始特效制作。

见一切都在轨道上有条不紊地高效进行，纪承彦总算松了口气。

回想之前黎景桐出事的时候，所有人都觉得天塌了一般，一度怀疑剧组撑不下去了。结果磕磕绊绊的，到最后竟也挺了过来，而且拍出来的东西大家都很满意。

第 24 章

　　李苏的风格和黎景桐的不同,更张扬,更率性,比起黎景桐版本那个英姿勃勃春风得意的钟青云,他的钟青云少了几分明朗多了几分傲气,倒也演绎出了自己的风采,和纪承彦配合起来也是相得益彰。

　　纪承彦去看过一些粗剪出来的片段,即使没特效,还粗糙,也能让人津津有味地看下去。

　　不管日后排片、票房、口碑如何,于他这都是部无愧于心的作品了。

第25章

纪承彦终于回到T城,第一时间就又去探望黎景桐。

黎景桐现在已经出院了。前阵子他又做了次手术,效果并不好,他也不愿意继续留在医院里,情绪变得很差。鉴于其激烈抗拒的态度,只能让他先回家养着。

他现在并不住在市中心了,而是搬到远离喧嚣的一处小别墅里。草坪临湖而建,有草坪有花园,适合腿脚不便的病人。

黎景桐的状态比起一开始是进步了不少。手术时剃光的头发重新长出来了,一度血肉模糊的擦伤也愈合得差不多,虽然瘦了许多,但光看脸的话,还是恢复了几分往日的英俊模样。

他每日大多数时候都待在室内,只偶尔坐在轮椅上,让人推着出去呼吸新鲜空气。

纪承彦这天很高兴地领了这差事,推着黎景桐去草地上散心。

"特效真心烧钱,不过你不用担心,这个新的投资方可以提供足够的资金。"纪承彦边在太阳下推着轮椅慢步前行,边兴冲冲说,"你还记得陆风吗?"

黎景桐却像是兴致不高,"嗯"了一声,没再说话。

纪承彦怕他没想起来,便补充道:"我在那次车祸时碰巧救了。后来还跟他去吃了顿饭。你看,就这么一件小事,他们现在愿意这么帮我,我运气可真是太好了。"

黎景桐突然说:"前辈,你可真傻。"

"啊?"

"你不是运气好，"黎景桐说，"是你对很多人好，做过很多好事。这些就像撒在地里的种子一样，虽然有的种子烂了，大多数长不出来，但总有一些是能开出花来的。"

"啊……"纪承彦愣了会儿，"是这样吗？"

"不是每个人在遇到那场车祸的时候都会停下来救人的，你因为救人错过主演电影的机会，记得吗？也不是每个人都愿意吃力不讨好，顶着骂名去把简清晨从坑里拉出来，到现在他的粉丝还在往死里黑你。你特别傻，所以做这些事的时候你纯粹都是因为自己想做，没想过要得什么好处。但他们现在报答你，其实都是你应得的。"

纪承彦只能挠一挠头。

青年听起来却像是有些难过："回去吧。我有点累了。"

纪承彦忙问："怎么了吗？"

青年不再说话，纪承彦绕到前面去，盯着他的脸。

"怎么了？"

黎景桐闭着眼睛，不愿意和他对视似的。过了会儿才说："你回去吧。不要再来了。"

纪承彦愣住了："为什么？怎么了？你别生气啊，这电影已经做得差不多了，后面再有问题我们都会想办法解决的。你的身体也会好起来的，我会照顾你……"

"前辈，你是很好的人。"黎景桐打断他，"我之前就说过，你太好了。到现在，我成了拖累你的人。"

"……"纪承彦说，"怎么会是拖累呢，你想太多了。"

"我知道你是个心软的人，但不用再管我了。"

黎景桐抬起手示意他不要再开口。

"我知道你想说什么。我不喜欢拖累别人，我也不喜欢别人同情我。不想让我感觉更糟的话，就请尊重我的感受吧。"

黎景桐从来没有对他把话说得这么生硬过，以至于他一时完全想不出该怎么应对。

纪承彦回来这几天完全没能休息好,他不管是打电话还是发消息给黎景桐,对方都不再回应了。

他在为黎景桐的事心烦,却突然接到一个未曾想过的电话,来自殷婷。

殷婷邀约他出来喝个茶。

这让纪承彦有些吃惊。

他对殷婷本身没有芥蒂,但毕竟因为贺佑铭这一层关系,两人并不会私下联络,连逢年过节的寒暄都没有,更不用说出来见面。

纪承彦在一家花艺茶馆里见到殷婷,许久未见,殷婷显得更清瘦了,弱柳扶风,像朵瑟瑟的小白花。

店里就他们这么一桌在角落里的客人,对着喝了会儿茶,殷婷说:"我爸爸留给我的股份,都已经转给贺佑铭了。"

她看起来有些憔悴,不等纪承彦说话,她又道:"我跟贺佑铭要离婚了。缈缈的抚养权归我。"

纪承彦吃了一惊,但也随即明白过来,她舍不得孩子,贺佑铭想要股权,因而就达成了协议。

他俩离婚这件事其实很正常。以贺佑铭的习性,和殷婷必定不是什么恩爱夫妻,平常的和睦也只是对外做做样子罢了。

殷瑞如今不在了,贺佑铭翅膀也愈发硬了,只要殷婷愿意,就没有什么继续貌合神离下去的必要。

纪承彦安慰她:"股份都出手了也好,这圈子真心不怎么样,普通人就该离它越远越好。你带着缈缈,去喜欢的地方好好生活,以后都不用再管这些破事。"

不管怎么说,殷瑞这个最疼爱的独生女儿,虽然守不住他的产业,但至少拿到了一大笔钱和孩子的抚养权。

纪承彦心想她的个性太文弱柔软,不适合在娱乐圈里坐镇江山,这样的结果于她未必不好。

殷婷突然说:"承彦哥,你知道吗?"

"嗯?"

"缈缈不是贺佑铭亲生的。"

"啊？！"

纪承彦被震得手里的茶杯都飞了。

一来是这消息过于劲爆，二来是殷婷居然会把这秘密告诉他。

殷婷露出一丝苦涩的微笑。

"他在外面一直不干不净，我真的受不了了。我偷看过他的手机……"殷婷说着就有些哆嗦，"我不知道他为什么要这样，吵过不止一次，他改不了，也不打算改。"

纪承彦一时无言。贺佑铭私生活不堪，但居然都没爆出过什么绯闻，可见够谨慎。

"那天我太伤心了，一个追求过我的人来安慰我，然后就……"殷婷低下头，说，"不过贺佑铭不知道。"

她轻声说："这算是，我对他的报复吧。"

纪承彦不知说什么好，殷婷说："你不用替我觉得不值。可能这报复很蠢，但带来的结果很美好。我很爱缈缈，虽然她不是什么爱情的结晶，但我真的很爱她。她是发生在我生命里最美好的一件事。"

"也幸好她不是贺佑铭亲生的，"殷婷轻声道，"不至于有他的基因。"

人在不爱了的时候，是真的恨不得和那人撇清一切关系。

"那，缈缈的亲生父亲，知道这件事吗？"

殷婷摇摇头："他不知道。我也不打算让他知道。"

"也好，免得他打算父凭女贵，想要进你的门可没那么容易。"

殷婷被他逗笑了，而后说："我没有拿到那么多钱啦，够生活，不过富贵不再了。你了解贺佑铭的。他知道我想要缈缈，他就有办法把股价压到最低。"

"我以前很怕贺佑铭离开我，"殷婷眼神有些空，"现在真的打算离开了，反而觉得一身轻松。真的，早就应该离开了。"

"当然啊，你马上就要开启全新的人生了，而且一定比以前好。你看你，年轻、漂亮、健康，有经济能力，有那么可爱的女儿，还缺什么?什么都不缺啊。妥妥的人生赢家!就算哪天觉得缺点什么,那想补上也是很容易的事。"

殷婷微微笑了:"谢谢你。"

"我也不知道为什么,今天会把这个秘密告诉你,"她低声道,"我也只敢告诉你。"

轮到纪承彦致谢了:"谢谢你。"他真心感谢她在这么多年后,还能如此信任他。他受宠若惊。

殷婷说:"可能因为现在的承彦哥,和以前的那个你一样。"

纪承彦也替她高兴。殷婷虽然还是娇弱,但比起少女时不谙世事的天真羞怯,她已经成长了不少。

唯一的麻烦是贺佑铭已经完全掌握了映星。他也感谢殷婷让他第一时间了解这件事的用心。

《弑神》的后期制作终于完成。虽然特效上的花销已经很努力精打细算,到底还是超了预算,所幸风扬那边很痛快地又拨了一笔资金过来,便没再起什么波折。

而贺佑铭差不多同期开拍的奇幻竞品目前还没有拍完,不过人家据说后期请的是好莱坞顶级团队,各种烧钱,一副要让他们自惭形秽的样子。

倒是映星作为主要投资方出品的另一部都市悬疑电影《心战》,已经紧锣密鼓地准备上映了。

李苏约了纪承彦出来吃饭谈排片的事,桌上聊起这个,李苏道:"有朋友看过试映了,说是不咋样。故事平平无奇,逻辑性差,角色行为不合理,表演浮夸做作。估计看了宣传来的要大喊上当。"

"但票房应该会很好。这电影营销的方向很讨巧,备受关注的社会问题自然能形成话题,有讨论有热度,有足够的下沉市场。"

"确实,能挣到钱。拍的都是烂片,但都能卖得动。"李苏说,"贺佑铭这个人,当演员不行,当商人是有点东西的。"

纪承彦点点头:"他嗅觉很灵敏,很会抓热点。"

之前的《冷爱》虽然被《伟大的烦恼》抢了风头，不如后者那么以小博大，又因为幽灵场的事备受批评，但盈利是实打实的。

《昆仑志》口碑扑街，被骂得死去活来，至少卖给电视台卖了个好价钱，而且骂出来的热度也是热度，热度居高不下，数据上就很成功了。

贺佑铭能红到现在，自然是有一些过人之处的。

有些人的坚持是先做出好的东西来，靠着出众的质量自然而然地得到关注继而盈利。但实际上许多人是可以做烂东西来盈利的，而且赚得更多更快。

做烂东西的不见得是能力不足，纯粹追求的东西不尽相同罢了。

李苏说："你就打算这么看着他春风得意吗？"

纪承彦笑了笑，说："我不看着他，他也春风得意啊。"

"那个给马动手脚的人已经找到了，为什么不逼他开口呢？"

"没用，他肯定是收了封口费的，这事只能追到他身上而已。他怕被报复，不敢抖出贺佑铭。"

"所以就这样放过贺佑铭吗？"

纪承彦道："不，但是没到时候。只能留好证据，走一步看一步吧。"

"我不信你不气，你就是太能忍，"李苏说，"要不要我让人去打他一顿？"

"别冲动啊，打他一顿没什么用，你让他吃亏，一定会在你身上讨回来，还加倍奉还。"

李苏耸耸肩："我又不怕他。"

纪承彦沉默了一下，说："上一个说不怕他的是黎景桐。"

李苏立刻分辩道："我不一样，我不是黎景桐。"

纪承彦笑道："你当然不是黎景桐。"

李苏不说话了。

"我也不希望你像他一样，为了替我出头，反而着了别人的道。贺佑铭这个人你不用看得起他，但也不能真的看轻他。你要真不把他当回事，那保不准什么时候，他就会咬你一口。"

李苏面色不悦，半响才说："那你有什么打算吗？"

纪承彦也没说话，过了一会儿，像是自言自语道："目前没有合适的机会。咱们的心思也得放在电影的宣发排片上。避免节外生枝，让电影顺利上映是最重要的。再看看吧，君子报仇十年不晚。"

李苏有些不满："你还真能沉得住气。"

"不沉住气不行，电影好不容易才做出来，这节骨眼上，难道要小不忍乱大谋吗，"纪承彦自嘲道，"再说，以我的能耐，现在能对贺佑铭做什么。我不过一个小艺人，贺佑铭已经是大老板了。我是蚂蚁，他是大树。蚍蜉撼大树，可笑不自量。"

"……"李苏道，"你又不是一个人，我会帮你的，其他人也会帮你的。"

"拉你们下水做什么？害了黎景桐还不够吗？"纪承彦说，"最简单有效的办法，可能就是光脚的不怕穿鞋的，我找机会给他一刀，或者拖着他一起跳楼同归于尽算了。"

李苏吓了一跳："想什么呢你，可别乱来啊！"

"我瞎说的，"纪承彦笑了笑，"我要是违法乱纪，咱们这电影就得被下架封杀了。我不会拿全剧组那么多人的努力开玩笑的。咱们首先得做遵纪守法好公民。"

李苏盯了他一会儿，最后轻轻拍一拍他放在桌上的手背："算了，我可不想你惹事，你小心点别吃暗亏就行。就等他多行不义必自毙吧。这种人，不用我们专门去搞他，他干的那些破事，只要有一件孽力回馈，就够他受了。"

纪承彦一直以来都是息事宁人，说他佛系也好，说他孬种也好，落魄的那些年里他没有想过要报复，那些年过后他也没想过要报复。

正如他对黎景桐说过的那个故事一样，他觉得人的一生最紧要的，就是把眼前的日子认真过好，而不要陷在过往的怨恨里。

直到黎景桐出事。

对他作恶，他可以看淡，可以忍耐。

对他身边的人作恶，那如何忍耐呢?

他不是全然开玩笑，确实最简单的办法就是跟贺佑铭玉石俱焚。

但然后呢?留下的烂摊子怎么办，黎景桐怎么办?

在剧组的日日夜夜，他一闲下来，就会闪过种种恶念，全靠着完成这部电影的执念把它们压下去。

他人生中第一次这样想报复，而他从未报复过别人，以至于他不知道该从何做起。

第26章

《弑神》的后续过审，定档，倒都比预想中的要顺利。

有华信的努力，也有风扬和永升那边的关系，以及李苏的人脉加持，总之比起前期那一片墙倒众人推的混乱境况，如今的"正常"就足以让人喜出望外，感恩戴德。

档期定在春节档，宣发十分给力，排片也很不错。以此作为报喜的理由，纪承彦又想去探望黎景桐。

然而黎景桐拒绝见他，坚决地给他吃了闭门羹。

纪承彦被闹得没脾气，他能理解黎景桐，但这就像他当时理解人家不愿意给《弑神》投资救场一样，理解归理解，他不能放弃，还是得继续去碰这个钉子。

虽然被闭门谢客，但纪承彦也不打算马上离开，他在附近来回溜达，想着可能有机会看见黎景桐出门什么的，或者隔着窗户看看动静也行。

实在是很久没见过黎景桐了，揣摩着黎景桐自闭的心态，他心里也挺难过的。

纪承彦等了一会儿，没有等到黎景桐离开家门，屋里的灯倒是亮了，落地窗帘也没拉紧，能看得见黎景桐一个人在房间里。

只可惜离得太远了，只能看见大致的身影，纪承彦琢磨着，要是他有套"长枪短炮"，估计就能看清了。

纪承彦边远远望着，边挪动着找更好的观测角度，冷不防退进灌木丛里，更冷不防还撞上一个人。

第 26 章

两人都吃了一惊。

对视了一眼,纪承彦先反应过来,一手按住对方手里的相机:"你拍到什么了?"

黎景桐对外宣称只是骨折和受了点皮肉伤,已经恢复了,没有大碍,但想趁机休息一年,好好充电。

期间黎景桐的状态都捂得严严实实,不允许任何人报道。

没有人愿意将自己的惨状变成八卦谈资,黎景桐的自尊心更不允许外界对他现在的样子评头论足,无论是同情关爱还是落井下石。

对方见势便要往后撤,怎奈纪承彦的手劲不容小觑,无论他如何辗转腾挪,纪承彦始终牢牢抓着他的相机。

"兄弟,有话好说,"男人笑道,"没拍到你啊,和你没什么关系。"

纪承彦很诚恳:"黎景桐已经过气了,拍他这些也没什么好爆料的。不如我们商量一下,你把卡里东西删了,我给你提供点别的八卦。"

男人饶有兴味地看着他:"哦?"

"我知道你,"男人说,"你是纪承彦。"

纪承彦点头:"是的。"

"你有什么料可以爆给我?"

"……"纪承彦一时间里脑子里飞快思考,他当然不可能缺德到卖朋友的隐私,自己还背负着《弑神》的票房所以也不能被乱写。至于志哥喝醉了咬了邻居家的狗这种八卦人家肯定不想听。

男人笑道:"我看你也没有什么八卦可以给我啊。"

纪承彦立刻说:"先欠着也行吧,我一有合适的情报就会给你。我说话算数的。"

对方又笑了:"哎,你还是和以前一样,对狗仔也讲文明讲礼貌。"

"啊?"

"这样吧,我可以先不发,等你拿差不多分量的八卦来换,我再删。"

纪承彦还是不松手。他倒也不是完全不信对方的承诺,但黎景桐

的照片在人家手里，那就得提防夜长梦多。

男人跟他彼此较着劲，实在赢不了他，只能咬牙笑着说："兄弟，来硬的不合适吧，我看你不是那种人啊。"

"你就删了吧，我先赊个账呗。"

"这哪能赊账的啊！"

两人你拉我扯了一会儿，眼看惊动了别墅的保安，甚至还有狗的叫声。纪承彦一分神，男人趁机猛地一把将相机抢了回来，而后拔腿就跑。

对方臂力稍逊，腿脚却是极其灵活，纪承彦眼瞧着追不上，情急之下只能大喊一声："贺佑铭出轨算吗？"

"……"

一个小时后，两人坐在路边摊上，隔着桌上的一把烤串两瓶啤酒对视。

男人问："证据呢？"

纪承彦说："找证据那不是你的工作吗？"

"……"

对峙了一会儿，男人终于说："行吧，黎景桐的照片我删掉，我需要的时候你也得帮点忙。"

"行。"

男人当着纪承彦的面，真把相机里的照片都删了。

纪承彦没想到他已经拍了那么多，那么清楚，其中更有一些黎景桐非常狼狈凄凉的影像。纪承彦又心疼，又不由得出了一身冷汗。

看对方那么爽快地删光了，纪承彦甚是感激："多谢啊，兄弟。"

男人闻言看了他一眼。

感谢狗仔听起来是件很奇怪的事，但纪承彦明白娱记这份工作也是讨生活，删照片等于砸饭碗，人家不出价勒索就放他一马，一声道谢是最基本的。

第26章

"没事，我相信你这人不会过河拆桥，"男人说，"实在不行我就写'纪承彦向媒体透露贺佑铭婚变'，也能交差。"

"……"

删完照片，男人终于打开面前的啤酒，喝了一口。纪承彦也跟着举起瓶子。

明星和狗仔，基本势不两立的两种职业的人，在郊区路边摊的板凳上撸串。

"说来，你不记得我了。"

"啊？"

"以前我也跟拍过你，T.O.U时期。"

"啊……"纪承彦想，那时候红得不得了，天天被狗仔围追堵截，哪里能记得住单独某一个，何况这人长得实在没有任何特点，属于被他碰见一百次都未必能记住的那种。

"那时候你们太红了，大家都没日没夜地蹲。"男人咬着烤羊肉串，一口就撸下一整串，十分娴熟，说，"我们累，你们也烦。"

"有次好不容易大半夜的给我蹲到了，没拍几张，就被发现了。我那时候是新人，反应慢，你们组合那个贺佑铭，上来就抢我相机。"

纪承彦心想，你现在反应也不快啊。

算了，这还比当年老了十几岁，理论上反应只会更慢。

"相机是我吃饭的家伙，还是借钱买的，我肯定不给啊！他就动手揍我，我就挨揍，反正死活抱着相机不松手，"男人说，"接着你过来了，我心想完了肯定打不过你们俩。结果你是来拉架的，还替我挡着，挨了两下。"

"……"

纪承彦瞪着眼睛，努力回忆这段往事。

"然后我就趁机跑了，其实没拍到什么特别的东西，你们那时候红，随便拍点照片，只要是新的就能交差。但估计后来你们得吵一架。"

这样一说，纪承彦隐约想起来了。

当时和贺佑铭时常为了些琐碎小事吵架。被狗仔跟拍确实很烦，尤其工作到深夜回来本身已经十分疲惫烦躁，再遇到鬼鬼祟祟的人一通拍，难免动肝火。

但被拍的谈不上什么私密内容，他觉得都是混口饭吃的，没必要把火气撒在这些小记者身上。

贺佑铭就骂他妇人之仁，窝囊，说迟早要被他连累。

但他至今都未连累过他。

"你们那天，后来是吵架了吧？"

"哈哈哈，"纪承彦笑了两声，"都多少年了，哪里还记得啊。"

男人吃完最后一个串，抹一抹嘴，说："对了，我叫林森。"

"哦，我……"

"你就不用自我介绍了吧。"

纪承彦有些尴尬："哈哈哈。"

"行了，我干活去了，回头见。"

纪承彦闻言一惊："啊……"

林森笑道："蹲一个男明星，不是黎景桐。"

纪承彦又一阵尴尬："哈哈哈……"

纪承彦回去就给崔杰打了电话，大致说了一下今天的事，提醒他加强别墅的安保，多留点心。网络上已经有风言风语在传黎景桐残了，以后别说演戏，纯粹就是个废人了，底下粉丝哀鸿遍野。被拍到照片视频的话，一番炒作，黎景桐的状态更会是雪上加霜。

他又发了消息给黎景桐，黎景桐虽然没有拉黑他，但也依旧不予回应。

纪承彦只得叹了口气，放下手机。

这段时间的事情太多，太急，没有空让他停下来好好地喘息和思考，也没法好好安慰黎景桐。

不对，黎景桐要的不是安慰，应该说黎景桐这时候最讨厌的就是安慰的言辞、同情的眼光，能让黎景桐高兴起来的事，大概就只有身体的好转。但他不是良医。

他一筹莫展。

这日有个和某位院线大佬的饭局，纪承彦忙完工作，便匆匆忙忙赶过去。

一开始纪承彦邀约其见面，对方全然不予理会。在他的坚持之下，也不知道是不是心诚所至，最后对方居然主动安排了这个饭局。

一进门，纪承彦就见得包厢里已经坐了一个人。

"……"

男人微微一笑："你来了。"

"……"

纪承彦一时真不知道说什么好。贺佑铭是真不怕他拿筷子当场把他戳死。

"你是不是走错地方了？"纪承彦说，"周伟呢？"

贺佑铭笑道："他不会来的。是我让他帮忙约的你。"

纪承彦很难以形容那种感觉，就好像打呵欠的时候碰巧一只苍蝇飞进嘴里，喉头条件反射地一缩，来不及反应就给咽下去了。

他捉摸不透贺佑铭这种行为，究竟是单纯的缺德，还是额外添加了过量的缺心眼。

纪承彦深吸了一口气，他真的必须用尽全力才能避免发生肢体冲突，免得负面新闻影响了电影。于是他拱一拱手，便转身要走："行吧，那告辞了。"

贺佑铭喊住他："你不想知道我为什么要见你吗？"

纪承彦不假思索："不想。"

贺佑铭笑道："你还是这样爱斗气。"

"……"

纪承彦只能反复警告自己，你是主演，你不能犯事，主演有问题整个电影都得玩完，不能冲动，现在真的冲动不起。

在他反复默念之际，贺佑铭又说："我要离婚了。"

第27章

这一晚回去,纪承彦少有地睡了场好觉。

他睡得天昏地暗,还做了许多梦。

黎景桐出事以后,他一直忙碌且紧绷到极点,直至《弑神》杀青,卸下肩上重担,他的睡眠也未能有任何改善。

除了电影的后期事务缠身之外,华信还把许多原本属于黎景桐的资源都给了他。

这让他有种,黎景桐想把最后的一点能量在他身上燃尽,而后彻底消失的感觉。

纪承彦在梦境里跟黎景桐翻来覆去地说话,直到电话把他吵醒。

来电的是殷婷,她求他抽时间和她见个面。

纪承彦有点纳闷,上次一面之后,他以为她此后就会带着纱纱远离尘嚣,闲云野鹤一般过上自由自在的幸福生活,却想不到电话里的声音带着难掩的哭腔。

再见面的时候,殷婷比之前更显憔悴,头发草草扎着,也没化妆,眼周红红的,显然哭过。

纪承彦很惊讶:"怎么了?"

殷婷开口嗓音沙哑:"贺佑铭出尔反尔了,他要纱纱的抚养权。"

"啊?"纪承彦立刻问,"什么情况?你们当时没签好协议吗?"

殷婷一下子眼眶泛起泪花:"是我太蠢了,我太蠢了!我没想到他会这么无耻。"

"如果打官司的话……"

殷婷本能地摇头:"我很可能抢不过他的,我不敢冒这个险,万一缈缈判给他我真的受不了,他会有办法让我永远都见不到她……"

纪承彦本想安慰她,但想想贺佑铭不会打没准备的仗,很大概率他真能赢。

"我知道,他从一开始就不是真心喜欢我,他要的是我的身份。现在公司已经到他手里了,孩子他也想要,"殷婷急促地说,"但缈缈不是他的孩子啊!我跟他说实话,会有用吗?"

纪承彦断然阻止她:"这点你不能往外说!不然就算是他先出轨无数次,他也有本事就这一点把你打成过错方,往死里打压你。"

殷婷眼泪汪汪:"可是,不是他亲生的,他就不会想要了啊……"

"不是的,贺佑铭这个人睚眦必报,只能他负人,不可人负他。他想报复你,即使是他不想要的东西,他也不会让你得到。缈缈如果真的判给他,又不是他亲生的,那他会怎么对她呢?"

殷婷打了个哆嗦。

"那怎么办,我……我没办法和他斗,我从来就没赢过他……"

纪承彦打断了她的喃喃自语,问:"他出轨的证据,你有保留下来吗?"

殷婷摇摇头,无助道:"没有。那次我翻到他的手机记录,来不及拍照,就被他发现了。他发好大的火,还动手打我,后来我就更没机会碰他的东西。不过贺佑铭也说过,就算我去爆料也没用,只会丢殷家的脸,还把整个映星拉下水……"

纪承彦沉默了一会儿,说:"婷婷,你知道的,如果贺佑铭被当场抓到,有警方通报,你就不用担心缈缈的归属了,但你也知道这样接下来会发生什么事,会有连锁反应的,映星也会遭殃。"

殷婷呆呆地看着他。

"我必须跟你说清楚,"纪承彦郑重道,"婷婷,事情到现在,我就不只是单纯要帮你,我也是有私心的,我在利用你,因为我也想报复贺佑铭，我要让他身败名裂，痛苦不堪。如果你愿意，我们一起，抓住他一次马脚并不难。只要一次就够了。"

"……"

"如果你不愿意，也没关系。但我一定会想办法对付他，难免会影响映星，只能先跟你道歉了。"

殷婷睁大眼睛吃惊地看着他，眼泪慢慢涌出来，而后她捂住了脸。

纪承彦心中一阵难受，他在她孤苦无助的时候雪上加霜，但他无法对她说实话。

哭了一会儿，殷婷终于说："承彦哥，谢谢你对我说这些。你是第一个，告诉我你在利用我的人。"

"……"

她又说："我对不起我爸爸，但映星已经和我没有关系了。我根本守不住它，它也早就不是我爸在的时候的那个映星了。"

最后她擦了擦眼泪，坐直身体，挺起胸膛："我现在只想要我的女儿，我只想要缈缈。别的什么都没有关系。"

纪承彦深吸了一口气，拍拍她的肩："好。"

多行不义必自毙，听起来像是等着一道雷把仇家劈死的自我安慰，但其实何尝不是真理。

贺佑铭但凡少得寸进尺一点，殷婷也不会这样。

他也不会这样。

贺佑铭担纲主演的奇幻大片，还未定档，就已经通稿满天飞了。

大制作大手笔，好莱坞特效团队，演员阵容大咖云集，神仙打架。

相比之下《狱神》拿得出手的也就一个李苏而已，刚刚勉强翻红的纪承彦和一直被骂花瓶又沉寂了一年多的简清晨算实在不算什么。

看得出投资商对这部电影寄予厚望。确实以贺佑铭的商业嗅觉，即使成本相当高，票房大赚一笔也是没有悬念的，这都电影有称霸年度票房的野心。

第27章

只要不出意外。

纪承彦坐在酒店大堂的角落里看着手机。刷完微博上铺天盖地对贺佑铭新片的宣传和吹捧，他就收到了林森的消息。

"我知道贺佑铭住几楼了！"

殷婷通知了他们贺佑铭今晚入住的酒店地址。虽然夫妻关系淡薄，但作为身边人，知晓他大致的行踪并不是难事。

林森把自己打扮得十分有精英气派，拉了个高级行李箱，一副差旅人士的模样，跟贺佑铭入住同一家酒店，等着和他"凑巧"进同一部电梯，

"运气太好了，他没认出我，我看他刷的房卡是21楼，"林森飞快地发着消息，"但我是15楼！"

纪承彦心想，想多了，他能认出你才怪。

谁都记不住你，好吧。

"你找个理由，说房间有问题，让前台给你换楼层就行了。"

"是的，刚下来，在换了，但不同房型，得加钱！"林森说，"最糟糕的是，我们都不知道他约的那个人是已经入住了，还是晚点才会入住？要是人还没来我就打电话就打草惊蛇了，可要是报警晚了人家都走了可怎么办？抓不到现行毫无意义！"

纪承彦回复他："我觉得应该是还没来。"

"我也觉得，但万一呢？而且还不知道他在哪一间，要是在一间间听的时候刚好被他发现，就玩完了！"

纪承彦心想，难怪入行这么多年了，这家伙还没成为著名狗仔，心理素质和专业素质确实都有点令人着急。

但混了这么多年都没冒头，还在兢兢业业地坚持狗仔的事业，只能说是干一行爱一行，是个"有追求"的狗仔了。

纪承彦只得安慰他："不要焦虑，你仔细观察，总有蛛丝马迹。实在错过的话等下一次就行了，机会多的是。"

林森的回复都能让纪承彦感受到撕心裂肺的呐喊："我不想等下一次啊！！这里的房间超级贵！！！"

"……"

林森成功换了楼层,而后继续焦虑。

纪承彦站起来,走到略微靠近门口的位置,做出等人的样子,替林森留意着进出的客人,

而后他眼神一凝,他看见一个女孩子款款走进酒店大堂。

她非常漂亮,年轻。

纪承彦的眼光落在她的眼睛上,她有着一双闪亮的,星星一般的眼眸。

以她的美貌,被人所瞩目是很平常的事,因而她并没有留意纪承彦,只轻盈地径自走向电梯。

纪承彦叹了口气,而后掏出手机,打电话给林森:"我看到那个人了,她刚上电梯,穿得很简单,白衬衫牛仔裤,很好认。"

"啊?"林森惊诧莫名,"你怎么知道是哪个?你见过啊?"

纪承彦沉默了一下,说:"没有,但我知道他喜欢什么类型。"

"这都行?太抽象了吧,"林森说,"你确定吗?"

"我确定。"

"但是……再说你这描述得也太清纯了啊,不像干这行的。"

纪承彦简短回道:"她应该很快就要出电梯了。"

林森那边沉默了一下。而后纪承彦听到他抱怨:"你这人,怎么不早说啊,我还得回去给你拿一趟,真是的……好好,行,我的问题,我不该怪你。宝贝,我错了……"

"……"

纪承彦知道他肯定是遇上那女孩子了,然后装模作样地往回走,趁机留意她进了哪个房间。

过了一会儿,他听见关门的声音,而后林森激动地说:"2103!"

纪承彦很平静:"那你可以开始准备了。"

"但是,哥,你真的确定吗?"林森哀求道,"不要耍我啊哥,

这不能出错的啊！要是打草惊蛇就完了！同一个楼层有动静，他一定会知道，那这一阵子他都会非常警惕……"

"放心吧，"纪承彦打断他，"错不了。"

林森像是焦虑得要窒息了："你为什么这么自信啊，哥……"

纪承彦几不可闻地叹了口气，而后说："因为我了解他。"

过了一阵，纪承彦看到两位民警进来，他在酒店大厅又静静坐了一会儿。

没过多久，他便收到了林森的消息。

只是文字也感受得到那溢出屏幕的兴奋之情："拍到了！"

"嗯。"

"贺佑铭的经纪人来交涉了，没用，哈哈。人家执法哪里吃他那套！"林森说，"你太牛了哥！你真是料事如神！"

纪承彦隐约听见电梯那里传来一阵骚动。

他没有留下来看热闹，在亲眼看见贺佑铭被抓之前，他悄悄离开了。

纪承彦又去了黎景桐的那座小别墅，黎景桐还是不肯见他。

他只能请人代为传达："麻烦转告黎景桐，我有个明天的热搜要提前告诉他，他绝对不想错过的那种。"

之后，纪承彦总算进了屋，但黎景桐并不回头看他，只注视着墙壁上的装饰，像是要把它有几个花瓣数清楚一样。

"前辈有什么急着要我知道的消息吗？"黎景桐用一种心中已有准备的口气问，"跟我有关的？"

"那倒不是。"

黎景桐愣了一下，终于转过头来："不是吗？不是报道我的吗？"

纪承彦说："你有啥可上热搜的啊？不就是受伤了还没好吗，伤筋动骨本来就得多养一阵子，有什么稀奇的，还值个热搜？"

"……"

"明天的头条会是贺佑铭出轨被抓的消息。"

黎景桐一脸震惊。他怀疑自己听错了,晃了晃头,问:"什么?"

"贺佑铭今晚在酒店约人,被当场抓了,还有记者拍了照片。"

黎景桐呆若木鸡。

"你看,我就说不可错过。"纪承彦说,"第一手资料,震撼吧。"

黎景桐继续发呆,半晌才慢吞吞地说:"这事,是前辈在报复他,对吗?"

纪承彦坦然道:"是的。"

"但是,"黎景桐一时像是有些语无伦次,"为什么呢?我以为你不会,你跟我讲过那个花瓶女的故事,不是吗?我以为,无论他怎么伤害你,你也不会报复他。你说过的,没有什么前尘旧事能比活在当下更要紧,过好自己的生活才是第一位。为什么突然……"

纪承彦说:"但是他伤害了你啊,伤害了无辜的人。"

"……"

"所以这不就是我该做的吗。"

黎景桐定定地看着他,而后突然转过身去,用背对着他。

"谢谢你,真的,"青年说,"我从未想过,你会为我做这些。"

纪承彦风度翩翩道:"不客气。"

"前辈,你走吧。"

"?"

"你走吧。"

纪承彦十分茫然:"我走吗?我要去哪里?"

"去你该去的地方,你会更闪耀的。我所知道的你,已经够好了;但你比我所预想的,还要更好。"

"所以呢?"

"所以你更不应该在这里,你该去一个更配得上你的地方,不要被一些不必要的东西困住。"青年说,"你千万不要对我有任何愧疚,我从来都没有后悔过。这件事,我顶多是觉得有一些遗憾。但今天我完全没有遗憾了。"

"……"

青年低声说:"这足够了,完全够了,我知足了,真的。"

"你到底要我去哪里啊,"纪承彦一脸麻木,"这也太抽象了。"

黎景桐没再说话,他像是非常难过,以至于说不出话来。窗帘开着,从落地窗能望见外面既高且远的璀璨星空。

黎景桐勉强道:"你看,星星应该在那里闪耀。"

纪承彦抬头看了一眼:"哦,你说那颗星星吗?它早已坠落了,变成了一块臭石头。"

"……"

纪承彦说:"是你找到它,把它捡了起来。"

"……"

"从此以后,它就在你眼中了。"

黎景桐像是僵住了,他一下子动弹不得。

"不管它变成什么样,你变成什么样,它都在你的眼中。就是这样,明白吗?"

"……"

"年轻人,"纪承彦站到他面前,伸出手,"别太油盐不进了,我活到这把年纪第一次报复别人,多少也是有些损阴德的,你好歹有点表示吧。"

"……"

"你就是这么对你的偶像的?难道不该是更加死心塌地追随吗?难道还想假装这事跟你没关系吗?岂有此理。"

"……"

"这是你感恩偶像的最后一次机会,不然我就要把你开除'粉籍'了。"

青年有些迟疑地,终于抓住他伸出来的手,而后颤抖着把脸埋进了他的手心里。

第28章

次日贺佑铭被抓的消息上了各大平台的头条,众人一片哗然。

警方出了蓝底白字的通告,又有狗仔第一手照片,这事没有任何可洗地的空间,也完全压不下去。

那个工作人员也终于愿意出来指证贺佑铭,声称是贺佑铭唆使他给黎景桐的马做手脚。墙倒众人推,贺佑铭现在自身难保,没法分心来报复他,能甩的锅他当然赶紧甩了。

一时间所有合作品牌投资方都忙不迭地跟贺佑铭划清界限,电影的宣传几个小时前还热火朝天,一转眼已然紧急叫停,毕竟贺佑铭的戏份没法剪。

"可惜了。"

纪承彦说。

"可惜了。"

手机里李苏也发过来这么三个字,带上"笑死"的猫猫表情包。

纪承彦回了一个"哈哈哈哈"的猫猫头。

"映星的股票直接跌停了,明天得继续跌。贺佑铭费那么大劲弄到手的,如今蒸发成空气了,"李苏道,"你现在心情要起飞了吧。"

纪承彦矜持道:"还行。"

"就装吧你,"李苏说,"对了,顺便帮我向黎景桐问好。"

纪承彦大惊:"你怎么知道他在我旁边。"

李苏发了个"问号",而后又说:"你当我傻啊?"

纪承彦立刻回道:"哪敢啊大佬!"

第28章

过了会儿，李苏又发了条消息："不过可能我确实也挺傻的。"

纪承彦问："啥情况？谁抢了你手机发的？"

李苏没有再回了。

纪承彦琢磨着，难道他还真被人抢了手机啊。

《弑神》上映之后，票房大爆，投资方赚得盆满钵满，抱着打水漂的心态投了三千万的李苏因此也发了笔财，但他并没有特别高兴的样子。

纪承彦只能理解成是钱怎么都花不完，所以苦恼吧。

可以说是视金钱如粪土的最高境界了。

永升和风扬那边自然获益颇丰，至于撤资的那些投资商，估计肠子都悔青了。

此外纪承彦最高兴的一件事是，简清晨在影片里的表现可圈可点，得到了许多电影人的肯定，一位知名导演对其演技的评价是"未来可期"。

简清晨的粉丝终于不再追着他骂了，而是夸他"有点东西"，一口一个"多带带我们家清晨"。

李苏更是走路都带风，年纪轻轻就有这样高票房高评分作品的，放眼望去有几个啊！

不过网上也有人在那阴阳怪气："他不就是趁着黎景桐出事，然后抢了这个角色上位的吗？这是乘人之危吧。"

李苏对此的反应很大，特意转发把那人挂了出来："我生平最瞧不起的就是乘人之危之人！"

然后这条微博转评数万条，有人说他说得好，有人说他不该挂素人，底下掐成一片，热闹非凡。

寒冷的冬季过去之后，黎景桐终于又接受了一次手术。

术后纪承彦成天不停地在那念叨："这次手术很成功，你可得好好进行复健训练。"

黎景桐认真答应着："嗯！我会的。"

"等你彻底恢复了，我们再拍个电影，剧本我都看好了，导演我也约好了，阵容妥妥的，目标是让你再拿个影帝！"

纪承彦孜孜不倦地画着大饼，黎景桐倒也照单全收。

李苏说："你可少画点饼吧，免得把他给撑死了。"

"哪能是画饼呢，"纪承彦理直气壮，"我现在可是金牌制片人了，有四十六亿的票房背书，说话都是有含金量的。"

李苏看起来白眼都要翻到后脑勺去了。

待李苏走了，黎景桐刷着网上的帖子，突然道："我一直很好奇，当时你到底是怎么认出贺佑铭约的那个人的？光靠猜吗？"

纪承彦一本正经道："是的。"

"怎么猜得到啊……"

"就是猜得到啊。"

又过了一会儿，青年说："前辈，过去真的毫无意义吗？"

纪承彦看了他一眼："你要听实话吗？"

"嗯。"

两人在落地窗前，一个站着，一个坐着，窗外是春天的落日。

黎景桐之前细心养了一棵香椿树，是想着要弄点香椿给纪承彦炒鸡蛋吃。结果过年时候突然遭了雪灾，死相惨不忍睹。

本以为完全冻枯冻死了，现在枝头却又绽出新芽，挂了一点水珠，在雨后的阳光下闪烁如星。

纪承彦说："我从不否定过去。"

"……"

"只是我选择了现在。"

——END

番外

李苏虽然有心理准备,但在一眼看见黎景桐的模样时,还是说不出话来。

病房里很安静,两人都不说话,也就显得愈发安静。

直到黎景桐先开了口:"我演不了了,靠你了。"

李苏点点头,心里很难受。但他知道黎景桐这种时候最不想要别人的同情,悲痛更不必要。于是他尽量放松地说道:"放心吧。我刚好有档期。"

"嗯。"

过了一会儿,黎景桐又轻轻说:"前辈也……拜托你照顾一二了。"

李苏缓了半天,才尴尬道:"你说什么呢?"

黎景桐轻声说:"别装了,我不傻。"

"……"

"以前,你是我的粉丝,后来,你就不是了。"

"……"

"只有他……才会傻到……以为你还崇拜我。"

李苏这辈子没有这般不知所措过,一时间他也不知道该怎么办,是该先否认呢,还是先辩解,还是干脆继续装傻表示听不懂。

黎景桐又说:"你……很优秀……真的。"

"……"

"只比以前的我……差一点。"

李苏终于翻了个完整的白眼:"你不要这种时候还在讲笑话。"

"但现在的我，不一样了。"

李苏心里一紧，立刻打断他："瞎说什么呢，赶紧好起来吧。"

黎景桐安静了一会儿，说："你知道的，我好不起来了。"

对方这口气里的意思，让李苏心头一颤，登时顾不上要怎么让自己表现得置身之外了，他只能硬着头皮说："喂！别搞得我会乘人之危一样！我做人很有原则的，我不喜欢胜之不武！"

贺佑铭的新闻一出来，他就立刻发消息给纪承彦："你干的？"

纪承彦完全不否认，只谦虚道："我只是做了一些微小的贡献。"

"……厉害了啊，现在都在八卦他老婆和那个姓林的狗仔，完全没人提到你呢。"

"事了拂衣去，深藏功与名。"

"咬人的狗不会叫，"李苏缓缓打着字，"我还以为，你这辈子都不会对贺佑铭出手呢。"

"我不咬人。不对，我不是狗。"

李苏把手机放下，伸手摆弄了一下阳台上的盆栽。

他清楚纪承彦这是为谁做的。

T城的秋天，空气里提前有了过于冰冷的味道。

有些花还未来得及结出小小的果子，就已经凋落在泥土里了。

——————全文完

全新番外·暗涌

　　黎景桐刷着今日的娱乐头条,上面全是关于李苏和纪承彦的报道。

　　总体来说,还是李苏的风头更胜一筹,纪承彦毕竟年纪上去了,受众不如二十出头风华正茂的翩翩公子来得广,也属正常。谁不爱新鲜事物呢?

　　认认真真看完那些关于纪承彦的报道,把该截图的截图,该保存的保存后,黎景桐又开始看李苏的部分。

　　娱乐公众号一顿盘点李苏的以往经历,总结都是"大有可为""未来可期"。

　　出道以来未曾有过败绩,接的片子不算多,但反响一部比一部好,每一部都稳打稳扎地推着,把他推往更高一层楼。到了《弑神》更是人气大爆。

　　不管到时候《弑神》能不能让李苏斩获影帝奖项,就光是票房就足以在国产电影史上留下名字。

　　而李苏职业生涯中的里程碑式的作品,从《银狼》到《逆鳞》再到《弑神》,都是和纪承彦合作的,这似乎也隐隐见证着纪承彦从谷底重回巅峰的逆袭之路。

　　"看起来就好像命运之手将这二人引到了一起,让他们互相成就。"

　　这句话是公众号文章里写的,小编显然有着强烈的个人感情倾向。

　　"这两人搭档总能产生强大的良性的'化学反应'。"

　　"据业内人士透露,他们下一部合作的影片已经在筹备之中。光是想象他俩的对手戏就让人激动不已。"

黎景桐："……"

黎景桐把电脑关了，再看下去要点投诉了。

黎景桐将纪承彦签到华信之后，他的所有心思都用在纪承彦的资源和片约上，自己的事业难免搁置一旁，成就彼此的最大可能是《弑神》，然而他最后没能成功出演《弑神》。

当然他也从中赚到了钱，华信的投资得到了超乎预期的回报。

只是除此之外，他像是已然被遗忘了。

这部他一点点从零开始构造的，为了成全自己和偶像梦想的作品，最终并没有留下他的痕迹。

成就了纪承彦，他很高兴，也是得偿所愿。虽然这场盛大的欢宴里已没有了他的位置。

台上站在纪承彦身边的人是李苏，名字被捆绑在一起宣传的还是李苏。新生代男演员里，原本他是无可争议的霸主，在《弑神》一战之后，加上他这段时间的沉寂，这位置应该会让给李苏了。

这本没什么关系，娱乐圈的起起伏伏黎景桐早早就看得透彻，他不是很在意。

但他知道自己确实暗淡了，再也无法为那个人增辉了。

他人生中第一次觉得，好像失去了方向和斗志。

黎景桐独自在窗口坐了会儿，突然听得身后有动静。

他知道是有访客上门了，而且是常客，才不需要通报。

转过头去，见来人正是李苏。

黎景桐略微失望，但也并不意外。

他出事之后，在拒绝与纪承彦见面的那段自闭的时间里，李苏来看过他几次。

于他而言，既然已经向李苏郑重地托付过，就等于亮了自己的底牌，那也只能索性放开。

既然没必要再多出其他人来见证他脆弱的一面，他封闭起来的心房暂时也只够开启一道窄门和外界保持微弱的联系，那得以窥见他心事的访客，虽然无可奈何，也有且只有李苏了。

到现在一切好像都差不多回到正轨，似乎阴霾已散，雨过天晴，李苏也还是会时不时来坐一坐，两人的往来超乎预料地持久。虽然这来往的人称得上各怀心事，过程也暗潮涌动。

打过招呼，李苏开始查看起他的日常生活环境，黎景桐也自顾自地驱动轮椅来来回回。

和在纪承彦面前努力维持表象不同，他不介意在李苏面前出丑，有种破罐子破摔的感觉。反正对方已经是胜利者了。

李苏端详了他一会儿，道："你的脸恢复得差不多了。有些瑕疵化妆可以遮得掉，复出应该没什么问题。"

"……"听起来过于直接了，但因为李苏一贯就是这么直接，倒也没显得那么气人。

黎景桐说："我不考虑复出。"

"为什么？"李苏问，"担心腿脚问题？我看你不是已经能站起来了吗？"

"还行，一天能站一小会儿。"

"那就行了啊，"李苏说，"加强一下复健强度，过阵子就能跑会跳了。"

黎景桐淡淡道："跑不了一点，连滚带爬倒是还可以。"

李苏"啧"了一声："何必这么丧气，坚持一下，我觉得你很快就能好起来。"

"不行，"黎景桐说，"大概率还得再做次手术，也不一定能成功。"

这其中的痛苦，他尽量轻描淡写，然而李苏比他还要云淡风轻：

"那就做呗,你肯定能行的,等身体恢复得差不多,赶紧振作起来去演两个片子,以你的能力,拿个奖还不是手到擒来。"

"……"

以胜利者的姿态说这些话,那不是关怀不是期许,而是居高临下的怜悯。

黎景桐忍无可忍道:"我不需要复出,我也不需要拿奖。"

"嗯?"

"你要是听不懂的话,我清楚点告诉你,我不需要你的同情。"

李苏像是僵住了,他的脸有些扭曲,良久,他说:"你是不是被纪承彦传染了,变得一样傻啊?我不是同情你。"

"你不用……"

李苏打断他:"你要是听不懂的话,我清楚点告诉你,我是嫉妒你。"

"……"

"难道你觉得我赢了什么吗?"

"……"

"你以为人心真正的阴暗,是希望你永远不要好起来吗?"

"……"

"那也太愚蠢了吧。就算你永远都只能坐在轮椅上,你觉得他会远离你吗?你变成什么样子,真的能动摇他吗?

"最可恨的是,如果你真的永远好不起来,他会更坚定地陪着你,支持你!难道不是吗?你的损失、你的伤残,你身上所有不可逆的病痛,都是你的勋章,这世上再没有什么能比得过你的荣光。"

"……"

李苏自嘲似的说:"所以你还是赶紧好起来吧。不然现在这样,是最不公平的战争。"

"……"

"不是对你不公平,是对我不公平。"

"……"

李苏咬牙切齿道:"不战而胜也太可耻了,请你快点回到战场上,别再占便宜了!"

"呀,李苏也来啦?"男人带着一身屋外的寒气进来,拉开围巾,露出闪耀笑容,"你俩关系真好!"

两人一时都没能接话,李苏还在恢复表情,黎景桐也沉默着。

纪承彦把厚重的外套脱下,问黎景桐:"今天感觉怎么样?"

"挺好的。"

纪承彦端详了他一会儿,说:"真的!"

"嗯?"

"你比平常看起来有精神,"纪承彦笑道,"是李苏的功劳吗?"

不止是有精神。青年以往是温和的,平静的,但也如古井一般,是种死一般的沉寂。

而现在这潭水好像重新流动起来了。

黎景桐说:"嗯,他狠狠地鼓励了我。"

李苏:"……"

"是吗?"纪承彦来了兴致,"怎么鼓励的?效果这么好!让我也听听,我得学学。"

李苏说:"我先走了。"

纪承彦像每次李苏来的时候那样,热情地把他一路送到外面,毕竟黎景桐没法起身送客。

"还是等你司机来接吗?"

"嗯。"

"那我还是陪你等会儿。"

"好。"

两人站在寒风中,纪承彦突然说:"你真好,真的。"

"嗯?"

"也就你们几个对他还像以前一样，也就属你来得最多最勤快。"纪承彦呼了口气，"每次这么大老远过来一趟，就为陪他说会儿话，辛苦你了。"

这圈子是这样的，人还没走茶就先凉，黎景桐如果不能再站起来，那确实没有什么价值了。

李苏淡淡道："不辛苦。能一起说会儿话，就不辛苦。"

纪承彦十分感动："你可真是24K纯金粉丝！"

李苏道："你是24K纯金傻子。"

纪承彦："？"

天色渐渐暗了，司机却还未来。只有远处的街灯渐次亮起，昏黄的光落在白茫茫的大地上，映出长长的影子，将一些东西拉得无限遥远，遥不可及。